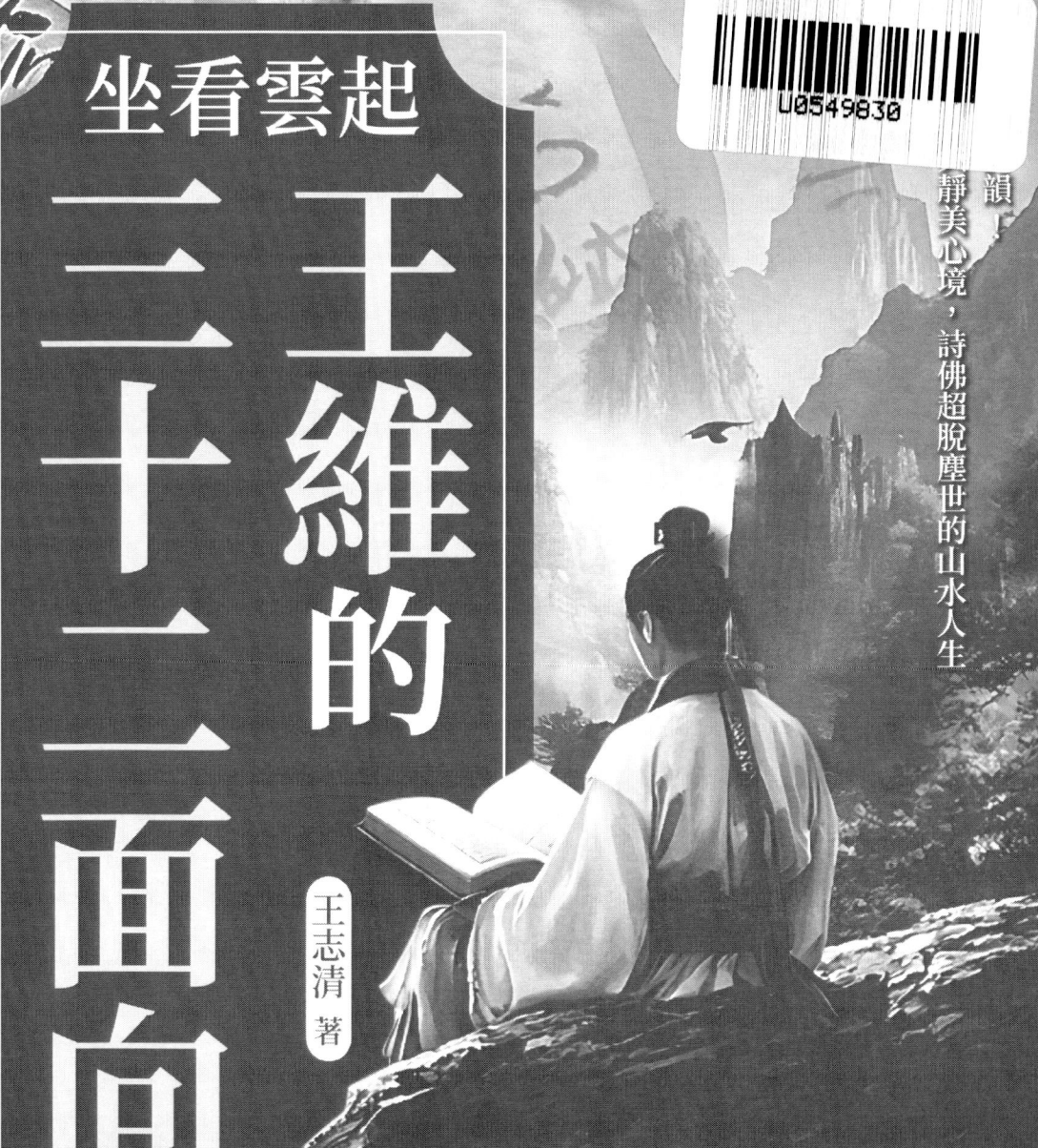

坐看雲起
王維的三十二面向

韻！靜美心境，詩佛超脫塵世的山水人生

王志清 著

【在平凡中見深意，在自然中尋哲理】

深度剖析王維詩歌的「和」與「靜」
盛唐詩人的多變風貌與超越塵世的靜謐之美

目錄

前言

　　一、何謂「三十二相」⋯⋯⋯⋯⋯⋯⋯⋯⋯⋯⋯⋯ 007

　　二、何謂「坐看雲起」⋯⋯⋯⋯⋯⋯⋯⋯⋯⋯⋯⋯ 012

　　三、何謂「盛世讀王維」⋯⋯⋯⋯⋯⋯⋯⋯⋯⋯⋯ 014

　　四、何以側重寫人⋯⋯⋯⋯⋯⋯⋯⋯⋯⋯⋯⋯⋯⋯ 016

第一章　倚風自笑的大雅風儀

　　一、雖然真實性不敢斷定⋯⋯⋯⋯⋯⋯⋯⋯⋯⋯⋯ 021

　　二、容止可觀是肯定的⋯⋯⋯⋯⋯⋯⋯⋯⋯⋯⋯⋯ 028

　　三、氣極雍容是為絕技⋯⋯⋯⋯⋯⋯⋯⋯⋯⋯⋯⋯ 033

　　四、其人清貴而別饒華氣⋯⋯⋯⋯⋯⋯⋯⋯⋯⋯⋯ 043

第二章　慷慨意氣的少年精神

　　一、縱橫之氣得於言外⋯⋯⋯⋯⋯⋯⋯⋯⋯⋯⋯⋯ 053

　　二、非少年詩亦然⋯⋯⋯⋯⋯⋯⋯⋯⋯⋯⋯⋯⋯⋯ 062

　　三、與寫什麼應該無關⋯⋯⋯⋯⋯⋯⋯⋯⋯⋯⋯⋯ 068

　　四、全在乎神完氣足⋯⋯⋯⋯⋯⋯⋯⋯⋯⋯⋯⋯⋯ 075

目錄

第三章　以和為上的生存智慧

一、欲與天地精神往來⋯⋯⋯⋯⋯⋯⋯⋯⋯⋯⋯⋯⋯⋯⋯083

二、人和的生存智慧⋯⋯⋯⋯⋯⋯⋯⋯⋯⋯⋯⋯⋯⋯⋯⋯087

三、美美與共的社會理想⋯⋯⋯⋯⋯⋯⋯⋯⋯⋯⋯⋯⋯⋯101

四、和平而不累氣⋯⋯⋯⋯⋯⋯⋯⋯⋯⋯⋯⋯⋯⋯⋯⋯⋯107

第四章　至簡崇尚的人性自覺

一、去奢去泰以養德⋯⋯⋯⋯⋯⋯⋯⋯⋯⋯⋯⋯⋯⋯⋯⋯117

二、不易染欲的真快樂⋯⋯⋯⋯⋯⋯⋯⋯⋯⋯⋯⋯⋯⋯⋯124

三、得意苟為樂⋯⋯⋯⋯⋯⋯⋯⋯⋯⋯⋯⋯⋯⋯⋯⋯⋯⋯129

四、大美亦至簡也⋯⋯⋯⋯⋯⋯⋯⋯⋯⋯⋯⋯⋯⋯⋯⋯⋯134

第五章　仁人愛物的君子情懷

一、何以只是問梅⋯⋯⋯⋯⋯⋯⋯⋯⋯⋯⋯⋯⋯⋯⋯⋯⋯147

二、不網不釣之仁⋯⋯⋯⋯⋯⋯⋯⋯⋯⋯⋯⋯⋯⋯⋯⋯⋯151

三、孝悌親親而先家肥⋯⋯⋯⋯⋯⋯⋯⋯⋯⋯⋯⋯⋯⋯⋯157

四、忘己而愛蒼生⋯⋯⋯⋯⋯⋯⋯⋯⋯⋯⋯⋯⋯⋯⋯⋯⋯165

第六章　隱忍不爭的仁者柔德

一、要官做也能做官⋯⋯⋯⋯⋯⋯⋯⋯⋯⋯⋯⋯⋯⋯⋯⋯175

二、見義智為的仁者之勇⋯⋯⋯⋯⋯⋯⋯⋯⋯⋯⋯⋯⋯⋯181

三、偶寄一微官的思維⋯⋯⋯⋯⋯⋯⋯⋯⋯⋯⋯⋯⋯⋯⋯186

四、拂衣其實也不易⋯⋯⋯⋯⋯⋯⋯⋯⋯⋯⋯⋯⋯⋯⋯⋯193

第七章　坐看獨往的閒極狀態

　　一、何以坐看雲起 ································· 205

　　二、此生閒有餘 ··································· 212

　　三、閒者便是主人 ································· 218

　　四、入興貴於閒 ··································· 223

第八章　我已無我的虛靜境界

　　一、沒有牢騷語的真靜 ····························· 233

　　二、心遠而地自偏 ································· 239

　　二、如何動息自遣身 ······························· 244

　　四、靜是一把萬能鑰匙 ····························· 250

結語

後記

目錄

前言

所謂「前言」，就是把最希望讓讀者最先知道的話，放在最前面來說。那麼，我最先要跟讀者說點什麼呢？

一、何謂「三十二相」

所謂「三十二相」，是指佛陀及轉輪聖王，殊勝容與，微妙形相，具足三十二種勝相，而一般的修行人只具某些莊嚴特徵。

姚鼐說王摩詰有「三十二相」。顧隨也認同這個說法。顧隨先生說：「姚鼐謂王摩詰有三十二相。佛有三十二相，乃凡心凡眼所不能看出的。摩詰不使力，老杜使力；王即使力，出之亦為易，杜即不使力，出之亦艱難。」(《駝庵詩話》) 顧先生是比較王詩、杜詩來說的，說的是二者之「相」。

說王維的「三十二相」，也只是個比喻的說法。不過，這可是個非常崇高的比喻，以世尊如來多變妙相來比王維詩的變幻莫測。所謂「凡心凡眼所不能看出的」，意謂要真正讀懂王維，需要一定的修練，需要熟參妙悟。

王維，乃曠世奇才，盛唐英靈。大唐的代宗皇帝說他是「位列先朝，名高希代」的「天下文宗」；「詩聖」杜甫說他是「最傳秀句寰區滿」的「高人」；宋代第一文人蘇軾用「詩中有畫，畫中有詩」極讚王維的作品，說他的畫超過了「畫聖」吳道子；北宋文化巨人黃庭堅說王維「定有泉石膏肓之疾」，是個愛山水成癖而不可救藥的人；大儒朱熹說王維是個他愧「不

前言

能及」的人；清代王維研究集大成者趙殿成說「唐之詩家稱正宗者，必推王右丞」；著名詩人、文學史論家林庚說「王維就是當時的大師」，是個「發展最全面的人」；著名學者錢鍾書說「恰巧南宗畫的創始人王維也是神韻詩派的宗師」；新儒學大師錢穆說王維「雨中山果落，燈下草蟲鳴」兩句詩「可以當得了一部中國哲學史」；海外著名唐詩學者、哈佛大學教授宇文所安說「王維在八世紀四十年代被稱許為『詩名冠代』」；著名美學家李澤厚說王維的自然詩極富哲理深意，「在古今中外所有詩作中，恐怕也數一數二」；著名法學家吳經熊說王維是唐朝最偉大的自然詩人，他的「靈魂是天藍色的」……總之，誠如著名學者胡明先生所言，「王維幾乎是唐代詩人中話題最多的一個」。

陳維崧七絕曰：「長鳴萬馬皆暗日，獨立六宮無色時。湖海高樓無長物，龍門列傳輞川詩。」陳維崧為明末清初文學大家，時有「詞壇第一人」、「駢文第一家」之譽。此詩盛讚王維，可謂讚到極致。首句「萬馬皆暗」典，出自蘇軾〈三馬圖贊並引〉之「引」說，西域貢馬器宇軒昂，「振鬣長鳴，萬馬皆暗」。意謂一馬但長鳴，眾馬俱失聲。第二句「六宮無色」典，出自白居易〈長恨歌〉：「回眸一笑百媚生，六宮粉黛無顏色。」陳詩的一二句，是將王維與唐代所有詩人比。詩的三四句，再把王維與司馬遷比。意思是說能夠為他藏書樓所收藏的，除了司馬遷的《史記》，就是王維的詩。這是詩，不是文論，更不是文獻考古，不好用言過其實來批評。而對王維與李杜的尊崇，本來就各有偏好。不過，王維在盛唐詩壇坐第一把交椅，而有「詩聖」、「文宗」之譽，這應該也是事實。王維的地位為李白、杜甫所顛覆，那是他們死後五、六十年的事情。李白「連天寶時期的大詩人都算不上」，而在「李白卒後的頭幾十年，幾乎沒人提及或模仿他的詩……到了九世紀初，圍繞於韓愈和白居易周圍的作家們，已經認為李白和杜甫是盛唐最偉大、最典範的詩人」。也就是說，「到中唐的大作家重新評價盛唐傳統時，李白和杜甫被抬高至他們從未有過的傑出地位。王

维被排列於李杜之下」[01]。我們這麼翻看王維與李杜的歷史，不是說要讓他們一比高下，更不是想重新洗牌，讓王維與李杜各歸原位，而是想要強調，王李杜三家各有千秋，三家同樣偉大，三家誰也不能取代誰。這自然也是要為被汙名化和邊緣化了的王維，說點實事求是的公道話。

應該承認，王維的詩確實不像質言直露的詩那麼好讀。所謂的「三十二相」，與「一千個人眼中就有一千個哈姆雷特」的意思並不同，這是強調王維詩難以達詁的「窮幽極玄」。王維學養深厚，而其作詩又恪守儒家詩教的「溫柔敦厚」原則，其詩特別婉轉含蓄，蘊藉厚樸，有不少詩淡極無詩，樸素得讓人覺得無味，且又深邃到無解。海外華人學者余寶琳在其《王維的詩：新譯與評論》自序中解釋，王維詩相對冷落的原因有三：其一，「王維的詩表面上看起來相當純樸，準確的視覺意象可與現實境況即相對應，而且詩作中顯露對自然的寧靜欣賞之情，似乎讓讀者對它沒有太多的詮釋空間」。其二，一旦「我們仔細再讀其詩作，其中便顯露出極難索解的哲學架構，而此一思想結構乃深植於佛教的形上學……因此也就令許多批評家望而卻步」。其三，「載道批評的傳統極為強勢」，特別看好「寫實主義詩人——那些在詩中反映和批評當代社會政治情況的詩人」。三點概括，很有見地，也相當精準，王維詩不易為人接受，不單純是時代的原因。

許思園先生說：「中國詩之最高成就亦即此空靈蘊藉、淡而實綺之風格。」他認為：「中國第一流詩最重含蓄，十分婉約，暗示力強，從容不迫，有餘不盡，感覺深微，能得空外之音、象外之色，此即所謂蘊藉。」王維詩正具有這個特點，或者說王維詩的主要特徵都讓他給說了出來。王維〈酬張少府〉詩寫人家向他請教窮通之理，他說，我不告訴你，你自己去悟。王維詩，其中的意思也不肯輕易許人，不肯直接告訴人，而要人

---

[01] 宇文所安：《盛唐詩》，三聯書店 2004 年版，第 141、43 頁。

前言

自己去悟。而他又似「故弄玄虛」，製造朦朧，讓人不易悟。他的輞川五絕，短小到極致，平淡到極致，素簡到極致，非要讓人「於言外得之」而不行。誠然，也因為他的不少詩太過內斂，太過含蓄，甚至太過模稜，使人閱讀起來就感到很不適應，很是吃力。

「元詩四大家」之一的范梈在《木天禁語》裡就說：「王維詩，典重靚深，學者不察，失於容冶。」所謂「容冶」，就是容貌美豔。意思是，王維詩的漂亮不只是外表，詩中不少語詞含典深隱，如不能深察細讀，就看不到其內蘊，不能理解其深意。

華人強調，詩人要有哲學家的修養與底蘊。胡應麟說「禪必深造而後能悟」(《詩藪》)，其實，也就有這層意思。王維詩哲味濃郁，意義深永，往往讓人往幽邃的禪意上連繫。駱玉明教授在他的《詩裡特別有禪》一書中說：「王維本人就是中國禪宗史上的核心人物之一，而說到詩和禪的關係，王維的重要性也是無可比擬的。他運用禪宗的哲理和觀照方法，為中國的詩歌創造了新的境界。」因為王維深受莊禪的虛靜無為、無念為宗的思想的影響，其創作努力消解純邏輯的概念活動，實現了對於山水自然融合為一的深觀遠照，獲得了超然物外的精神高蹈，詩也超越了執著於實寫的現實性反映，重言外之意，重委婉含蓄，似也更重象喻與暗示，強化了詩的象徵性。而如果讀者比較習慣於無須費力就能輕易獲得愉悅的速食式審美，內心感受遲鈍，主體審美視域平面化，就不容易對其深邃思想與超詣藝術有比較到位的感悟。因此，讀王維詩，需要有熟參妙悟的工夫。要真正讀懂王維，讀出靜美來，讀出禪趣哲味來，讀出幸福的快感來，還是要有點準備的，或者說有了準備則更好。我們說的準備，除了要有相當的文學基礎，還要有一定的禪學修養與老莊的知識素養，特別是要具備淡泊而平靜的心境。

尤無曲
臨王右丞〈雪山蕭寺圖〉

二、何謂「坐看雲起」

　　本書以「坐看雲起」為題，煉取王維「行到水窮處，坐看雲起時」（〈終南別業〉）的詩意，形成了這麼個聚光的書眼。

　　「行到水窮處，坐看雲起時」，詩意飽滿，哲味雋永，理趣橫生，一片化機之妙，而激賞千古。黃山谷說他「頃年登山臨水，未嘗不讀王摩詰詩」，指的就是這首詩。他認為，從此詩來看，「固知此老胸次，定有泉石膏肓之疾」。看來，黃山谷也病得很重，如此癖愛，他把「坐看雲起」也變成自己的人生態度了。

　　其實，「坐看雲起」也是王維詩的核心思想，是其詩的一個共同主題，也是其人的核心價值觀。王維詩裡常出現類似「臨風聽暮蟬」、「時倚簷前樹」的形象，詩人陶樂天籟，隨興幽遊，一切行止皆以適意會心為目的，無目的的合目的性。坐看雲起，心隨境轉，從容不迫，閒到極致，行於所當行而止於不可不止，一切似很偶然，一切皆為自然，一切又都是因緣，絕去執著而自由之極。

　　王維其人隨緣虛靜，反對偏執，道法自然，也文法自然，身心相離而理事俱如，無可無不可，天如何人亦如何。他似乎始終保持著一種雍容淵泊的自在狀態，不必縱酒而自我麻痺，增強生命的快感；也無須遊仙而自我蒙蔽，以逃避生死得失的困擾；更不是以慢世逃名的形態來抵銷失意，以故作清高。比起魏晉風度，王維才是真正的灑脫高蹈。王維以「坐看雲起」的超逸，強化了「隨緣任運」的自由性，以從不滯於物的超乎塵俗，消弭了仕與隱、禪與詩、人生與藝術的兩極對抗的形態，將生命的本能和效價提升到審美的品味，而顯示其合情合理的生命意義，展示其人性的全部瑰麗。因此，我們也於其中尋繹或詮解王維所以為超人、高人的生命奧祕。

詩寫性靈，錢穆先生將詩人說成是「性靈的抒寫者」。他認為詩人的「內心生活與其外圍之現實人生，家國天下之息息相通，融凝一致」。王維似屬於意象派或印象派詩人，不屑於寫實性的述懷，或者說其內傾性更強，追求物我一致、人我一致、內外一致的意境。

　　「行到水窮處，坐看雲起時」，詩人著力寫生命的感悟，寫體合自然的心性，寫物我天人同構冥合的閒適關係，放大了人與自然山水融洽的生機與韻律，寫出了一種天趣。其實，他寫的是一種超然物外的閒，也是一種需要熟參妙悟的「道」。

　　讀王維的詩，掌握住他的這種「坐看雲起」的風度與境界，亦即掌握住了其詩的精髓，捕捉到詩人內化於詩中的精神基因。王維詩的豐富性與深刻性，或者說是其詩理解的難度，在某種程度上就表現在這種「坐看雲起」的思維上。朱熹就說，他很喜歡王維的詩，但是，介紹給人家讀，人家感到不能理解。我們以為，主要是不能以直線思考去理解，不能以非黑即白的思想來評判。「坐看雲起」的思維，人家自然不容易理解。「水窮」而路阻，絲毫不能破壞王維的興致。水窮何礙？水窮而不慮心。雲起何干？雲起而不起念。乘興而遊，無所滯礙，真正是超然物外。想怎麼走就這麼走，想走多久就走多久，想走到哪裡就走到哪裡。坦途自然開心，受阻也不懊惱；順境自然和樂，逆境也不沮喪。行於所當行而止於不可不止，只有過程，沒有結果，也不問結果，沒有目標，沒有心機，不知何往，不知所求，一切都很偶然，一切都是自然，一切又都是因緣，一切無非適意，一切都無可無不可，一切皆不「住」於心，無念進退，不起世慮。「坐看雲起」實乃王維的大智慧，是其生命精神、人生態度、行事風度與處世策略。他的這種絕去執著的隨緣，這種靈活任運的自在，這種境隨心轉的適意，非常容易讓人自然接通或對應佛理禪機。禪的本質就是悟，禪也開始於悟。王維的這些寫自然的詩，最大的特點就是易於帶動人

前言

來悟,而讓人悟出人生與自然的真諦。

以「坐看雲起」作書題、作書眼,我們以為是抓到了王維及其詩的最突出的特徵。全書八章,每章四節,圍繞著這個中心展開,作選材、言說與立論的撰寫,詩人兼寫,人詩互證,側重寫其人,重在寫其人的人品、人格、人情與人性,寫他的人際關係,寫他的品德修養,寫他至簡的崇尚與生活方式,寫他靈活而不失真誠的待人接物的行舉風度與生存智慧。

三、何謂「盛世讀王維」

為什麼說「盛世讀王維」?我在某報上發表文章,用的這個題目。後來,我應邀為某日報撰稿,他們也用了這個題目。

我自新世紀開始,就在幾篇論文中用到「盛世讀王維」這個觀點:

一般而言,出王維與讀王維,有兩個重要條件:一是社會的平靜安定,民生富足;二是個人的淡泊虛靜,自然為上。從詩歌發生的角度看,社會興而山水文學興,政治越是穩定,詩人的心性也越是穩定而富足,文學所反映社會的形態也就愈少激烈寫實的直接性。盛唐社會的經濟、文化的繁榮鼎盛,不僅形成了詩人的休閒狀態及自然情懷,也形成了對於王維詩的特殊需求。王維所生活的時代,是中國封建社會的最鼎盛的時代,自7世紀開始,到了8世紀,大唐隆甚盛極,經濟異常繁榮,政治非常開明,社會充滿自信,文化也因此而特別發達。[02]

王維是盛世的產物。聞一多認為,後人學王維終是無成,主要是盛世不再的原因。陳貽焮先生在1960年代就指出:「王維生在盛唐時代,受到當時燦爛的文化藝術的薰陶,有極高的美術和音樂修養,因此,他創作詩

---

[02] 拙文〈東亞三國文化語境下的王維接受〉,《中國比較文學》2012年第1期。

歌時，就勢必比一般詩人更能精確地、細膩地感受到、掌握住自然界美妙的景色和神奇的音響。」[03]

王維詩的創作，與盛世具體的歷史環境有關；王維詩的接受，也與盛世具體的歷史環境有關。

王維以盛世感受與家國認知，以盛唐的價值觀與美學趣尚，而寫盛世氣象與盛世情懷。因此，王維的詩反映的是正宗的盛唐氣象，反映的是盛世家國與和諧社會的正陽面，反映的是盛唐人對盛世功業的普遍性追求，以及人們對美好平靜生活的渴望和享受。因此，即使是他作於唐王朝急遽下滑時期的詩，也沒有塵世紛爭的險惡和齟齬，而演繹著「桃花源」式的友愛與和睦，成為他那個時代詩歌的正能量與主旋律。

因為王維詩是盛世的產物，其詩與當時社會高度融洽，與盛世人心靈自然合拍，因此也最適合盛世人讀。

盛世創造了王維接受的文化生態環境。筆者亦詩亦論，且古且今，所著二十餘部書中，唯王維著述的銷路最好，有二十年長銷不斷的，有一印再印而最多已第五次印刷的，居然還有一次印刷兩萬冊的紀錄。這似可驗證「盛世讀王維」的觀點。

唐詩的發生，不能脫離具體的歷史環境；唐詩的接受，也不能脫離具體的歷史環境。我們所處的盛世，是比大唐盛世不知道要「盛」過多少倍的盛世。盛世社會，物資得到極大豐富，而人不僅有物質享受的人性，還有精神消費的神性與詩性。盛世社會，人在精神享受方面具有特別的需求。因此，盛世閱讀，開始成為一種人的本能需求。盛世讀王維，也成為盛世讀者的一種內在精神需求的積極回應。這還因為，我們需要詩來拯救自己。這個時代也有著人慾橫流的缺陷，現代人日漸異化，人在平庸乏味的日常生活中，正在變得心靈麻木、感覺遲鈍，變得沒有靈慧也毫無趣

---

[03]　陳貽焮：《唐詩論叢》，湖南人民出版社 1980 年版，第 138 頁。

前言

味，審美感受能力也日趨退化。用詩來拯救人的靈魂，中國古人王夫之說過，德國的海德格（Heidegger）也這麼說。聞一多先生說，像王維這類詩，最適合「調理性情，靜賞自然」的頤養。

隨著盛世社會的逐漸形成，社會意識形態由「抗爭哲學」轉型為「和諧哲學」，人們的閱讀消費需求與價值評判也隨之發生了重大變化，「無目的的合目的性」之審美正在成為我們詩意存在的一種休閒形式，成為我們精神消費的一種奢侈品。近年來，筆者應邀四處講王維，讓我深受感動的是，不少市民聽眾踴躍參與，讀王維已成為一種精神與情感的深刻需求，「因為我們內在回應了它，走出去迎接了它」（榮格〔Jung〕語）。

「盛世讀王維」，身逢盛世的人才能有這份閱讀閒情，才能有這種審美接受的趣味，也才能真正懂得享受這份福慧。

四、何以側重寫人

本書側重寫王維其人，於筆者來說，具有很重要的意義，甚至可以說是「里程碑」的意義。

朱光潛先生說：「推動學術的發展可以透過發現過去未知的東西來實現，也可以透過把已經說過的話加以檢驗、重新評價和綜合來實現。」雖然本書中的不少觀點我曾不只一次地提出過，其中的不少文獻資料我也曾不只一次地引述過，然於此撰寫中，我則有了「透過把已經說過的話加以檢驗、重新評價和綜合來實現」的更多自覺。

哲學家伽達默爾（Gadamer）認為，閱讀文字就是和文字對話，一個答案就意味著一個新的問題，答案無窮，問題無窮，文字的意義也無窮。我們在這種閱讀文字及和文字對話中，實現了對文字對象化的重新確認和

問題化的意識重構。三十年來讀王維,與王維對話,不斷有新問題,而又不斷地有新答案。黑格爾 (Hegel) 說:「藝術作品中形成內容核心的畢竟不是這些題材本身,而是藝術家主體方面的構思和創作加工所灌注的生氣和靈魂,是反映在作品裡的藝術家的心靈,這個心靈所提供的不僅是外在事物的複寫,而是它自己和它的內心生活。」幾乎所有的美學文論家都特別強調創作主體在詩歌發生中的決定性意義。換言之,有什麼樣的心靈,就有什麼樣的詩歌。自心所念,必有所現。我們這麼寫王維,從人的角度來寫,以反證其詩。撰寫的過程,也讓我們與王維走得更近。主要體會有三:

其一,認識王維其人,最好是將其放在特定的歷史環境裡。王維是盛世的產物,王維生活在中國封建社會最鼎盛的盛唐,不是衰世已顯的中唐,也不是國破山河裂的晚唐,更不是積貧積弱的趙宋王朝。還需要特別一提的是:王維出身於貴族家庭,不是窮苦勞動人民的子女;王維是個封建士大夫,不是優秀的馬克思主義者;王維寫的是山水田園詩,不是政治報告或策論檄文。因此,我們不僅要考慮其詩發生的具體語言環境,還要考慮到詩人對盛唐物質文化氛圍的盛世體驗,設身處地去感受詩人為時代與民族所激發出來的崇尚家國大義的拳拳之心與濃濃之情。

其二,認識王維其人,最好是將其與李杜等詩人比較。歷代詩話,總喜歡比較論,喜歡將王維與李白、杜甫比較而言,我們在本書中也不時地將王維與李白、杜甫、白居易、韓愈等作比較,本意不在揚此抑彼,雖然也可能被讀出了軒輊之意來。從詩人的身世際遇、道德學養、情性品行上比,側重在做人與交往上比,同類比較,自見高下,許多問題迎刃而解,而各自人性與風格的特點也越發彰顯了。王維為什麼崇尚至簡?王維為什麼無為不爭?王維為什麼不寫民生疾苦?凡此種種也不需要多加闡釋了,或者說也能夠更深入地詮說了。我們以為,詩人的人品比才氣更重要,才

前言

氣永遠不能彌補人品上的缺陷。曾幾何時，因人廢詩，往人品上說，以損王維的人，真讓人匪夷所思。

其三，認識王維其人，最好要細讀其詩，而將詩與人互參。「詩是詩人情感的歷史，心靈的歷史，是一種有痛癢可感、有脈動可觸摸的歷史。古人寫詩，大多有『紀』的成分與意圖，即使是王維，也是『紀』的寫法，紀行、紀實、紀事、紀心。王維的不少詩，簡約到不能再簡約，然結合其身世經歷來細玩，也還是能清晰尋見其『紀史』的影跡的。以『紀』而論，王維偏於精神，李白偏於情感，杜甫偏於思想。」（拙著《王維詩傳·前言》）王維其詩，沐如春風而神韻天放，讀其詩需要精神上的知遇與把捉。因為具有了側重讀人的意識後，即使是讀同一首詩，讀出來的味道也不同了。以詩證史，以詩證人，人詩互證，也讓我們更加走近了王維，甚至走進他的靈魂裡去了，而更加感到王維的可親可敬。

王維的詩，窮幽極玄，以語近情遙而含吐不露為主，多讓人「於言外得之」，這不僅是一種技巧，一種風格，也是一種深度，甚至是一個人的境界與風度。像其詩一樣，王維本人也是很難說到位的，總感到有一種「盲人摸象」的感覺，似乎是認識了全像，卻還沒認識全像。整體說來，王維離政治遠，而離人情近；離社會遠，而離自然近；離群體遠，而離內心近。他不是個完人，但絕對是個超人，是個好人，是個善人，是個想做人做到極致的人。你可以不喜歡王維的詩，但你不能詆毀他的人品。

真可謂：

一生無悔盡於詩，但恨結緣摩詰遲。

欲散蒙塵識真佛，遍搜二酉不吾欺。

第一章
倚風自笑的大雅風儀

第一章　倚風自笑的大雅風儀

　　古人有個非常具體的評語，說王維詩「倚風自笑」。魏慶之《詩人玉屑》曰：「王右丞如秋水芙蕖，倚風自笑。」胡應麟《詩藪》曰：「王右丞如秋水芙蓉，倚風自笑。」趙殿成《王右丞集箋注·序》亦曰：「古今來推許其詩者，或稱趣味澄敻，若清流貫達；或稱如秋水芙蕖，倚風自笑。」

　　「倚風自笑」，極其生動，也極有深意，讓人自然連繫到「回眸一笑百媚生，六宮粉黛無顏色」裡的一笑。這不僅是王維詩溫柔敦厚、含蓄蘊藉與親切平易之美質的比喻，也是其詩特殊魔力、魅力、親和力乃至影響力的寫照，誠如陳維崧「長鳴萬馬皆喑日，獨立六宮無色時」的詩讚。

　　其實，以「倚風自笑」評王維其人，也真是再貼切不過了。倚風而非迎風，更非順風頂風；自笑，自然而然，心隨境轉，風姿綽約，神韻天放，陶樂天籟而一派天然。這也可作王維從容平和而氣定神閒的大雅風姿來看。

　　「倚風自笑」，也就是「雅」的一個形象說法，自古評王維及其詩，多離不開一個「雅」字，如儒雅、大雅、高雅、閒雅、幽雅、雅麗等等。唐代宗說王維「抗行周雅，長揖楚詞」，「泉飛藻思，雲散襟情」。代宗以「雅」美譽王維詩，應該說也含有對王維其人品行與風度的盛讚。

　　王維天生麗質而容止可觀，天資聰慧，情性懿美，其貴族出身讓他有了接受良好教育的優越條件，自小就深受儒家修身思想的影響，內外兼修，完善自己，行為規範，形成了他文質彬彬的人格特徵，中正平和的人性精神與儒雅懿美的君子風度。因此，王維少年游俠兩京，而在京城高層社交圈內如魚得水，成為岐王貴主乃至整個上層社會追捧的「明星」。

　　筆墨之道，本乎性情。古人以為，「欲求雅者，先於平日平其爭競躁戾之氣，息其機巧便利之風」（沈宗騫《芥舟學畫編·避俗》）。王維其人清貴，篤守正道，息心靜慮，其詩秀色內含而榮光外映，無論是清廟之作，還是山林之作，風雅備極，色相俱空，具有淵雅沖淡的人文氣息和

從容高潔的文化氣度，具有一種特別的清貴之氣息，最能夠展現「溫柔敦厚」的詩教風貌。

因此，古人說「王維極雍容而不弱」，乃「千古絕技」。

因此，古人說「其詩溫柔敦厚，獨有得於詩人性情之美」。

一、雖然真實性不敢斷定

王維，乃雅人，千古定評。

然而，王維則沒有自我形象的詩文描繪。或者說，找不到他對自己形象的直接描述。李白就不同，李白說自己「隴西布衣，流落楚漢。十五好劍術，遍干諸侯。三十成文章，歷抵卿相。雖長不滿七尺，而心雄萬夫。皆王公大人許與氣義」（〈與韓荊州書〉）。李白自命不凡，什麼都喜歡炫，可能是他對自己特別的長相也非常滿意。時人魏顥說他「眸子炯然，哆如餓虎」，意思是李白兩眼發光，形同餓虎。魏顥是李白的好友，他在〈李翰林集序〉裡這樣說的，應該比較可信。時人對李白身世的考證，說他血管裡流的是胡人的血，其母非中原人。史書上對他行為的記載，多遊戲萬乘、笑傲諸侯，他要麼是狂放不羈，恃才傲物，磊落不群，要麼就是飄飄然的道骨仙風。聞一多說李白「像不受管束的野孩子」，臺灣學人黃永武也說李白的心志和作品都是以「野」字為基礎的。而人們對他詩歌評論則多用「壯浪縱恣，擺去拘束」之類。杜甫曾經以「飛揚跋扈」來戲謔李白，而以「高人」盛讚王維。從李、王二者的氣質風度看，杜甫的評價是極其精準的。性格上兩個極端，李白特別狂野，王維特別儒雅。

唐代有一則〈鬱輪袍〉的故事，對於我們認識王維的氣質風度，頗有參考價值，說「維妙年潔白，風姿都美」，「維風流蘊藉，語言諧戲，大為諸貴之欽矚」。

第一章　倚風自笑的大雅風儀

〈鬱輪袍〉故事，出自唐人薛用弱《集異記》，是說科考前王維由岐王引薦去見公主，先奏自創琵琶新曲〈鬱輪袍〉，然後獻詩，為公主賞識，而擢為第一。開篇就說：「王維右丞，年未弱冠，文章得名。性嫺音律，妙能琵琶，遊歷諸貴之間，尤為岐王之所眷重。」而在王維一曲〈鬱輪袍〉後，故事寫道：

公主大奇之。岐王因曰：「此生非止音律，至於詞學，無出其右。」公主尤異之，則曰：「子有所為文乎？」維則出獻懷中詩卷呈公主。公主覽讀，驚駭曰：「皆我素所誦習，常謂古人佳作，乃子之為乎？」

這個故事繪聲繪色，極富現場感，也極富感染力，迷倒了古今無數讀者。先說王維的模樣迷人，又說王維的演奏迷人，最終說王維的詩迷人。王維最有征服力的還是他的詩，而以詩征服了公主。應該說，這也是薛用弱撰寫這則故事的初衷。這個故事為後人廣泛轉述，改編流衍，也有嘲諷王維心術不正的改編。而今人網路上惡搞，更是將王維說成是玉真公主的情人，說成是李白的情敵，則更是荒誕離譜。

關於王維科舉之事的記載，正史一筆帶過，語焉不詳。而王維「鬱輪袍」的故事於正史無傳，純屬小說性質的敘事。胡適先生為了考察「行卷」風氣，在《白話文學史》中引此故事，他認為：「此說是否可信，我們不敢斷定。但當時確有這種風氣。」著名文史專家傅璇琮先生則認為，《集異記》所載王維〈鬱輪袍〉事，「其事本身之不足信」。程千帆先生在《唐代進士行卷與文學》也說：「薛用弱《集異記》所敘王維借岐王的力量行卷於公主事，顯然不足據信，但這種依託，卻不失為唐人認為行卷之風出現較早的旁證。」三位先生也都認為這個故事具有考察「行卷」的參考價值。日本著名學者入谷仙介在他著名的《王維研究》中也引此故事，說是「暫且不考慮它的真偽，我以為不論對了解當時的科舉狀況，還是了解青年王維的風貌，都有豐富的暗示意味」。他推測說：「京兆府解頭在當時的長安是

備受公眾矚目的熱門話題。十九歲多才多藝的美少年、社交界紅人王維，一舉獲得了這個頭銜，為筆記傳聞作者提供了絕佳的素材。……於是解頭的事被載入野史，及第詩也廣傳於世。」這則故事「在某種意義上傳達出諸王愛重王維風姿的訊息。有沒有發生過為使公主推薦而未雨綢繆的事另當別論，這段逸事裡的王維，的確是一位有著音樂天賦的可愛的天才美少年，用自己的才能贏得了顯貴者的眷顧。這個形象廣為世人所知，是這則逸事的創作前提，否則故事憑空懸想是難以創製的」。入谷先生認為，除了具有考察科舉的價值，還側重說讀者可從中獲取王維「天才美少年」形象的訊息。我們以為，故事塑造的王維形象，應該說是唐人心目中的王維形象。

唐人拿王維來說事，也不是沒有一點事實根據的「捕風捉影」，為什麼不拿李杜來杜撰呢？這是因為王維自身「為筆記傳聞作者提供了絕佳的素材」，或者說是，王維的生平閱歷與相貌才藝，可讓筆記家們拿來進行虛構創作。而這樣的虛構，又很能夠迎合唐代上層社會的接受趣味。

具體說來，現實生活中的王維，可為〈鬱輪袍〉故事提供虛構「素材」，主要有這麼三個方面：

第一，史載王維年少登進士第。《舊唐書・王維傳》：「維開元九年（西元721年）進士擢第。」王維十九歲舉為京兆府解元，二十一歲登進士第。

第二，史載王維精通樂音，尤擅琵琶。《舊唐書・王維傳》云：「人有得〈奏樂圖〉，不知其名，維視之曰：『〈霓裳〉第三疊第一拍也。』好事者集樂工按之，一無差，咸服其精思。」《新唐書・王維傳》也記載：「客有以〈按樂圖〉示者，無題識，維徐曰：『此〈霓裳〉第三疊最初拍也。』客未然，引工按曲，乃信。」王維不僅爛熟宮廷音樂〈霓裳羽衣曲〉，不僅「妙能琵琶」，還精通吹律，精通皇宮禮儀常用之樂如「雅樂」、「燕樂」。因此，王維進士及第不久，就解褐任職太樂丞。樂府歌詩專家吳相洲先生認

第一章　倚風自笑的大雅風儀

為，王維能做大樂丞，是朝廷量才錄用，他的〈扶南曲〉五首，「就是配合朝廷樂曲演唱的」。王維留存下來不少因聲度辭的歌詩，也可以證明。胡震亨《唐音癸籤》認為：「唐人詩譜入樂者，初、盛王維為多。」宋人郭茂倩《樂府詩集》中收王維之作 20 首，分屬「相和歌辭」、「清商曲辭」、「近代曲辭」、「新樂府辭」。

任半塘、王昆吾《聲詩集》收王維詩 20 首。讀王維詩，有一個突出感受就是，他非常善解自然音響，極擅捕捉自然樂音，自覺於詩中注入音樂元素，製造音響效果，其詩調極雅馴，律極優美。因此，唐代宗說其詩「調六氣於終篇，正五音於逸韻」。《史鑑類編》亦曰：

「王維之作，如上林春曉，芳樹微烘，百囀流鶯，宮商迭奏；黃山紫塞，漢館秦宮，芊綿偉麗於氤氳杳渺之間。真所謂有聲畫也，非妙於丹青者，其孰能之？」

第三，史載王維早年遊宦兩京，深得諸王貴主熱捧。《舊唐書‧王維傳》曰：「維以詩名盛於開元天寶間，昆仲遊兩都，凡諸王、駙馬豪右貴勢之門，無不拂席迎之，寧王、薛王待之如師友。維尤長五言詩。書畫特臻其妙，筆蹤措思，參於造化。」《新唐書‧王維傳》對《舊唐書》的內容稍加修改：「維工草隸，善畫。名盛於開元、天寶間。豪英貴人，虛左以迎。寧、薛諸王，待若師友。畫思入神，至山水平遠，雲勢石色，繪工以為天機所到，學者不及也。」兩則史載，突出了王維超凡的「學者不及」的才藝。陸侃如、馮沅君的《中國詩史》中說：「維一身兼詩、畫、音樂三長，所以譽望日隆，到處『拂席』了。」然而，我們以為，王維所以能夠為上層社會所特別熱捧，不僅是因為其超凡才藝，還應該有其形象與氣質的資本。唐朝是個看臉的朝代，唐人對相貌風度極是看重，如果相貌醜陋，獐頭鼠目或尖嘴猴腮的，即使你的才能再出眾，也可能不會得到朝廷重用，應該說至少不會得到貴族社會的追捧。我們完全可以這樣推測，王維風流

個儻，雍容儒雅，天才少年而魅力四射，在形象上就傾倒了長安，才可能為盛唐王孫貴族「無不拂席迎之」。因此，王維能夠受到「拂席」待遇，可以說還與他的高雅懿美的長相與氣度有關。

關於這一點，我們也是能夠從〈鬱輪袍〉裡看到端倪，考察到當時風氣的。薛用弱《集異記》裡的描寫，首先是岐王以豔服裝扮王維，然後從相貌與風度上刻劃王維，「岐王則出錦繡衣服，鮮華奇異，遣維衣之」。我們也於其中「考察」到了高層社會以貌取人（自然也包括了穿著）的風氣。

岐王李範，唐睿宗第四子，唐玄宗之弟，小玄宗李隆基一歲，是玉真公主的四哥。唐景龍元年（西元707年）進封岐王，拜太常卿，兼左羽林大將軍。王維遊歷於諸貴之間，而尤為岐王之所眷重，其〈從岐王過楊氏別業應教〉詩曰：

楊子談經所，淮王載酒過。興闌啼鳥換，坐久落花多。

徑轉回銀燭，林開散玉珂。嚴城時未啟，前路擁笙歌。

詩作於開元八年（西元720年），從詩中可看出王維與岐王親密無間的關係，他們一起去遊楊子別業。「興闌啼鳥換，坐久落花多」，鳥聲變換，夜鳥啼累而鳴聲幾換；落花積多，四周又新積一層花瓣。縱情已久，遊賞盡興，直至雅興闌珊，方才夜歸。後四句寫夜歸的情景，寫車騎笙歌之盛，一路銀燭通明，一路笙歌簇擁，車馬迤邐，從者紛紜。於此場面可見，岐王也是個奢華之人，很重儀式、很講排場，如王維之類的扈從，也應該是帶得出去的，不會讓他丟面子。至少，王維不是「蓬頭垢面然後為賢」的那種。

第一章　倚風自笑的大雅風儀

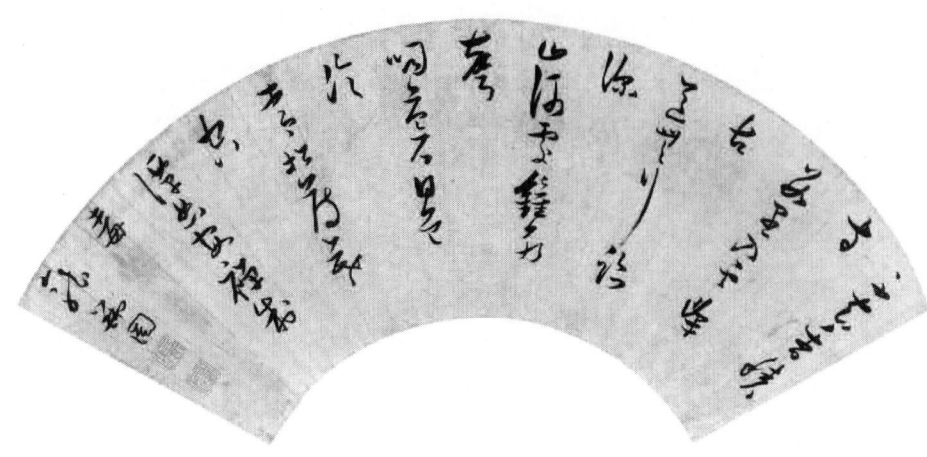

〔明〕張瑞圖　草書王維詩鏡心

王維〈敕借岐王九成宮避暑應教〉詩，寫他隨岐王去九成宮避暑。岐王奉旨離開長安而到九成宮避暑，也不忘帶上王維。王維如同貼身跟差，然詩中卻看不到絲毫「清客相」，也不是以阿諛為能事的唱頌，而是一種平等的酬答，是一種知音的交流，是一種純藝術的氛圍與友情關係的寫照。這個位極人臣、華貴無敵的岐王，也沒把王維視為幫閒湊趣、吹拉彈唱的藝人，應該說王維並非只是藝術高超而已。

王維享有「諸王待之如師友」的待遇，而「尤為岐王之所眷重」。這等好事怎麼就沒讓李白攤上呢？一生抱有「平交王侯」的李白，為什麼就沒來走岐王路線呢？或者說，岐王就怎麼沒有垂青李白？我們以為，這主要不是因為李白才華不及王維，而與其個性行舉應該有很大的關係。像李白這樣放蕩不羈的人，不要說是讓岐王「所眷重」，怕是要融入貴族社會也是很難的吧。杜甫〈江南逢李龜年〉曰：「岐王宅裡尋常見，崔九堂前幾度聞。」杜甫小岐王二十六歲，岐王死時杜甫才十四歲，而能夠經常於岐王豪宅裡走動，似不大可能。年齡固然是個問題，而其「生性」則是問題中的問題。《舊唐書·杜甫傳》說杜甫「性褊躁，無器度」。《新唐書·杜甫

傳》也說他「曠放不自檢，好論天下大事，高而不切」。抑或是家族遺傳，其祖杜審言就是個性格極其怪異的人。杜甫的個性和為人，不少方面與李白相同，同樣的狂傲與任性，而且都是借酒作狂之人。事實上，時人已把杜甫視為一般放浪形骸、縱情歌呼的酒徒詩狂。任華在〈雜言寄杜拾遺〉就有「郎官叢裡作狂歌，丞相閣中常醉臥」的形象描寫。嚴武也曾經寫詩規勸杜甫：「莫倚善題鸚鵡賦，何須不著鵔鸃冠？腹中書籍幽時晒，肘後醫方靜處看。」（〈寄題杜二錦江野亭〉）嚴武的詩，用了兩個典故來比喻杜甫，一是「氣尚剛傲，好驕時慢物」的禰衡，一是「日中仰臥，答曰晒書」的名士郝隆，雖然此二人學問很大，才華橫溢，但是，狂妄得不近人情。嚴武奉勸杜甫不要恃才傲物、放蕩不羈。雖然我們不能將李白、杜甫不能融入高層社會的原因完全歸咎於他們的「情性」，但是，卻可以肯定地說，王維的性格風度，是他自己為自己加了分，他才能在上層社會的交際中左右逢源。

　　雖然〈鬱輪袍〉是個故事，其真實性不敢斷定，然其對王維相貌與風度的描寫，也不完全是「空穴來風」而一無「原型」可據，或者說，故事裡所塑造的王維形象，似也有些合乎人物性格邏輯的成分，為什麼沒有把王維寫成「哆如餓虎」或「曠放不自檢」的樣子呢？王維成為寧王、岐王、薛王、玉真公主乃至整個上層社會追捧的「明星」，在京城高層社交圈子裡如魚得水，絕不單純是因為他超天才的藝術才華。可以這麼說，王維的儒雅形象及其高貴氣質與從容風度，也是他為上層豪族「無不拂席迎之」的一種資本，甚至成為他融入高層社會而左右逢源的一種運勢。性格決定命運，氣度決定格局，也真不是沒有一點道理的。

二、容止可觀是肯定的

〈鬱輪袍〉裡寫王維「妙年潔白，風姿都美」，說他是個「天才美少年」，應該不純是空穴來風。王維的容止可觀，是完全可以肯定的。

唐末王定保撰寫的《唐摭言》裡有一則「相由心生」的故事，叫做「裴度還帶」。故事是說中唐宰相裴度的面相，年輕未達時，算命先生說他相不好，恐有餓死之難。過了一段時間，那個算命先生又見到裴度時，則說他日後大貴，位極人臣。原來這期間，裴度做過一樁拾到玉帶而物歸原主的善事。凡事皆有轉機，行善積德，面相也發生了改變。命理學上認為，自身運勢在臉上就可以表現出來。唐代選拔人才，不僅德才兼顧，還要參考面相，形象品相風度儀表也要評分，似乎還是有一定道理的。這不是相學，但與相有關，相由心生，人的外在相貌受內在心理的影響，或者說人的面部能夠反映出其人的個性、涵養、心思與作為的資訊來。《資治通鑑》載：「荊州長史張九齡卒。上雖以九齡忤旨，逐之，然終愛重其人，每宰相薦士，輒問曰：『風度得如九齡不？』」史上對張九齡有著崇高評價，包括對他的風度。玄宗考察官員，挑選大臣，把儀表容貌作為考核的重要條件，以張九齡為參照標準。據說，隋煬帝玄孫楊慎矜，在接受玄宗面試前，還在家專門演練，特意將步伐邁得大大的，顯得氣宇非凡，幹練敏捷。王維為什麼少年時就為岐王他們愛重，為什麼人到中年又讓張九齡青睞，其風度不能不算是個重要原因。

王維溫柔儒雅，也不只是人長得帥，形象陽光，還包括了他行止處事的儀表風度。如果說相貌是先天的贈予，那麼高雅則主要是後天的修養與歷練，偏指氣質內涵，亦就是要具備儒家所要求的溫良恭儉讓。「溫良恭儉讓」出自《論語・學而》。子禽問子貢，為何每到一邦孔子皆能了解到該邦政事？子貢答曰：這是因為孔夫子溫良恭儉讓，別人樂意告訴他想要知

道的政事。溫良恭儉讓，泛指溫和平易，行為謙恭，態度誠懇，這是儒家所提倡的待人接物的行為準則，也是一種處世良方。儒家把「修身」放在第一位，而有「修身齊家治國平天下」的理想。這個意思是說，先要修養好品性，才能管理好家庭，進而治理好國家，以至於使天下太平。王維自小就深受儒家修身思想的影響，內外兼修，完善自己，行為規範，形成了他文質彬彬的人格特徵與儒雅懿美的君子風度。

　　王維血管裡流的是貴族的血，其父王姓其母崔姓，乃唐代五大姓中的兩大姓。宇文所安在《盛唐詩》裡說，王維「出生在帝國最有權勢的兩大家族中」，「從社會聲望方面看，王維的家庭背景是盛唐重要詩人中最高的」。聞一多說王維是最後的貴族，貴族最後的明星。聞一多非常看好王維的貴族身分，是欣賞其身上特有的一種「貴族精神」，即他的教養、氣質、風度以及君子人格與道德風範。日本作家川端康成在其隨筆〈臨終之眼〉中說：「我以為藝術家不是在一代人就可以造就出來的。先祖的血脈經過幾代人繼承下來，才能綻開一朵花。」此語似是套借過來的，歐洲諺語說：一代只能出個富人，三代才能成就貴族。意謂貴族不是暴發戶，貴族出生不只是比一般人擁有更多的財富，而主要是一種基因遺傳，是應該具有一種特殊修養，一種身分優越的特殊氣質。

　　張彥遠《歷代名畫記‧敘畫之興廢》曰：「聖唐至今二百三十年，奇藝者駢羅，耳目相接。開元天寶，其人最多。」盛唐時期，詩書畫樂各類藝術皆登上前所未有的高峰，而帝都京城則又是各類藝術高端人物薈萃的地方，王維小小年紀就在這裡站穩了腳跟，且受到王公貴族的特別賞識與禮遇，應該說他已非一般性藝人，就詩書畫樂而言，肯定是菁英中之菁英，極頂上之極頂了，自然也包含了其人學養品格與氣質風度的不同凡俗。貴族門第出身，決定了王維與他的兄弟們必然會受到極其良好的傳統教育，而具有了與貴族出生相搭配的學養與氣質。從《新唐書‧宰相世系表》中

第一章　倚風自笑的大雅風儀

得知，王維有四弟，均才藝過人，在官場或文壇均有不俗表現，王維與其大弟尤其突出。大弟王縉官至宰相，文才也甚佳。中唐朱景玄撰《唐朝名畫錄》，在「妙品上八人」中列入王維，說其「兄弟並以科名文學冠絕當時，故時稱『朝廷左相筆，天下右丞詩』也。其畫山水松石，蹤似吳生，而風致標格特出」。天寶年間著名書法家竇臮〈述書賦〉中賦讚王維曰：「詩入國風，筆超神蹟。李將軍世稱高絕，淵微已過；薛少保時許美潤，英粹含極。」其兄竇蒙為〈述書賦〉注曰：「右丞王維，字摩詰，琅琊人，詩通大雅之作，山水之妙，勝於李思訓。弟太原少尹縉，文筆泉藪，善草隸書，功超薛稷。二公名望，首冠一時，時議論詩則曰王維、崔顥，論筆則曰王縉、李邕。」

我們從王維的全才、超人、全面發展的素養上推斷，即使是其天資再好，其童年時代也一定是用過狠功的。《中庸》曰：「君子尊德性而道問學，致廣大而盡精微，極高明而道中庸。」錢穆先生引述此語而指出：「凡成為一文學大家，亦莫不經此修養，遵此軌轍而後成。」王維所以大成，必亦「遵此軌轍」也。馮贄《雲仙雜記》，是唐五代記錄異聞的古小說集，記錄名士、隱者和鄉紳、顯貴之流的逸聞軼事，其中有王維幼年苦吟以至走入醋甕的故事，想必也不全是杜撰。王維學識極其深厚，這是真實可信的。明顧起經在〈題王右丞詩箋小引〉盛讚王維，說「其為詩也，上薄騷雅，下括漢魏，博綜群籍，漁獵百氏。於史、子、蒼、雅、緯候、鈐決、內學、外家之說，苞并總統，無所不窺」。這個明代學者詩人、王維研究的先驅，對王維學養上的評價，讓我們很自然地聯想到元稹高評杜甫的一段話。元稹曰：「至於子美，蓋所謂上薄風騷，下該沈宋，古傍蘇李，氣奪曹劉，掩顏謝之孤高，雜徐庾之流麗，盡得古今之體勢，而兼人人之所獨專矣。使仲尼考鍛其旨要，尚不知貴其多乎哉。苟以為能所不能，無可不可，則詩人以來，未有如子美者。」這是杜嗣業找元稹為其祖父杜甫所作

二、容止可觀是肯定的

的墓誌銘,即著名的〈唐故工部員外郎杜君墓係銘并序〉。元稹之前,沒有誰對杜甫有過這樣全面、這樣高度的評價。王維也是個學富五車的人,「苞并總統,無所不窺」,突出了王維的後天修養,這也是王維小小年紀就能夠「平交王侯」的重要資本。反過來說,杜甫學養也極深厚,且詩才超群,卻不曾有什麼近身高層而顯山露水的機會,甚至還難免蒙受「朝扣富兒門,暮隨肥馬塵」的人格蒙辱,而有程度不等的仰人鼻息的心靈傷害,這與其個性氣質也是有一定關係的。

《孝經‧聖治》曰:「容止可觀,進退可度。」所謂「容止可觀」的「容止」,自然指儀容舉止,然「進退可度」就不單是長得帥,相貌好,還要談吐得體,行舉適度。可以肯定地說,「容止可觀,進退可度」是王維立足長安,交好權貴的重要條件。王維四十年為官,三十年在朝廷做京官,一直在皇帝身邊工作,這與其容止可觀而進退可度不能說沒有一點關係。我們也可用王維的出使,來反證我們的這個結論。王維中年後三次出使,開元二十五年(西元737年)第一次出使,以監察御史出使西北勞軍宣慰;開元二十八年(西元740年)第二次出使,以選補副使赴桂州知南選;第三次出使,是在天寶六載(西元747年),王維遷庫部員外郎,從門下省轉兵部,主管武庫等事,出使榆林新秦二郡。十年間,三次出使,充分說明王維能做,也肯做,還真的做得不錯,完全可以用「積極」來評價。歷代王朝皆重使者的遴選。春秋戰國時就有「重行人之職」、「榮使臣之選」的觀念;唐代也有「為使則重,為官則輕」的說法。開元間對使者的要求更是近乎苛刻,「常擇容止可觀、文學優瞻之士為之,或以能秉公執法,折衝樽俎,不辱君命者充任,故必盡一時之選,不輕易授人」(薛明揚〈論唐代使職的功能與作用〉)。也就是說,使者遴選的條件,除了政治條件、業務能力,還要文學水準強、顏值高、風度好。而王維三次成為「盡一時之選」者,代表君主和朝廷去行使某種特殊權力,可見其一定是「容止可

第一章　倚風自笑的大雅風儀

觀」而「進退可度」者也。

　　王維自小養成了溫文爾雅的特質與風度，成年後又因為長期生活於長安都市的王公貴族圈內，或侍宴豫遊，或林隱水逸，或酬唱贈答，形成了其人溫麗和平的思想情感和風流儒雅的氣質風度。王維也習慣於將日常生活閒雅化，彈琴、漾舟、靜坐、行杖，所有的坐臥行走也全都雅化了。

　　「行到水窮處，坐看雲起時。」（〈終南別業〉）
　　「松風吹解帶，山月照彈琴。」（〈酬張少府〉）
　　「澹然望遠空，如意方支頤。」（〈贈裴十迪〉）
　　「坐看蒼苔色，欲上人衣來。」（〈書事〉）
　　「野老念牧童，倚杖候荊扉。」（〈渭川田家〉）
　　「偃臥盤石上，翻濤沃微躬。」（〈納涼〉）
　　「倚杖柴門外，臨風聽暮蟬。」（〈輞川閒居贈裴秀才迪〉）
　　「靜言深溪裡，長嘯高山頭。」（〈自大散以往……至黃牛嶺見黃花川〉）
　　「金盃緩酌清歌轉，畫舸輕移豔舞回。」（〈靈雲池送從弟〉）
　　「山中習靜觀朝槿，松下清齋折露葵。」（〈積雨輞川莊作〉）

　　王維日常生活中的關、閉、倚、候、灑、掃等動作，一招一式，從容之極，散淡之極，溫雅之極。從他的行為方式，待人接物，可見其修養極深，閒雅深致，沒有仰天大笑，沒有狂奔亂走，也不大呼小叫。王維的生活是詩的生活，他的詩是生活化了的詩，他的詩反映的是十足的貴族生活。

　　王維曾以「美秀備於儀形，風流發於言笑」（〈魏郡太守河北采訪處置使上黨苗公德政碑〉）為人寫照，其實完全可以移評他自己。

　　「王維始終是這樣的溫文爾雅，從容不迫，無論寵辱，無論窮達，無論忙閒，沒有因為被出濟州而銷蝕，沒有因為得寵於明相張九齡而變異，

甚至也沒有因為陷賊被誣而扭曲。他既不孤僻，又不狂熱；他既非放蕩不羈的野馬，又非墨守成規的馴驢；他長期官居要職，卻沒有絲毫躊躇滿志的驕橫腐氣；他仕宦如魚得水，卻沒有任何官場狡詐；他仁人愛物，卻不在口頭上自我標榜；他虔誠耽佛向善，卻不在詩中大講佛禪義理；他道根深甚，又非道貌岸然的道學先生；他處世寬厚和善，卻不會謙恭作秀和矯揉虛偽。王維以其不凡的才情學問，灑脫的容止言談，表現出一種極高的文化品味，在人們的心目中樹立起『雅』的形象，給人感受到一種特別清高的自由精神與生存智慧。」（拙著《唐詩十家精講》）我們以為，對王維而言，「容止可觀」的高雅不僅是一種高華氣質，也是一種高瞻深厚的文化涵養，還是他的一種社交技巧、生存智慧與社交風度。

三、氣極雍容是為絕技

　　讀王維的詩，就像跟一個淵深而親和的智慧長者閒聊，如沐和風，如浴清暉。胡應麟說「王維氣極雍容而不弱」，認為這是他詩的「千古絕技」。這與我們在第二節裡說王維「容止可觀」，應該是同一個意思，其為人溫良恭儉讓，也是一種「千古絕技」，是一種「利器」，是王維能夠較好地發展的一種「祕訣」。在這一節裡，我們說他詩中的一種「千古絕技」，回應第二節裡說的意思，以詩反證，以詩證史，以詩證人。

　　所謂「氣極雍容而不弱」，很值得玩味。換言之，「雍容」是很容易「氣弱」的，或者說是容易給人「氣弱」的感覺的。氣弱，亦即氣不旺，不溫不火，沒有血氣，沒有血性。雍容，字面解為：從容不迫，溫文爾雅。「氣極雍容而不弱」是指其詩溫婉典雅，蘊藉敦厚，而內氣充沛淋漓。劉勰追慕孔子並取法經典，《文心雕龍》的「徵聖」、「宗經」說，提出了「文出五經」的文體理論與「體有六義」的創作、審美與鑑賞標準，為雅麗思想的

第一章　倚風自笑的大雅風儀

確立奠定了理論基礎。他反對「麗而不雅」而提出「聖文雅麗，銜華佩實」的經典規範，提出經典雅正文風的「麗詞雅義」的基本原則，運用雅麗思想作為各類文體創作的規範，並對歷代作品進行了審美評價。

王維的詩，自古多「雅」評。最早用「雅」來評王維詩的是他的同時代人殷璠。殷璠是個詩選家，被公認為是唐代最有水準的詩選家。他的《河嶽英靈集》也是至今留存不多的幾本唐人選唐詩選本裡最有價值的一部。《河嶽英靈集》及其敘、論、評，皆盛唐詩學的重要資料，歷來為研究者所矚目。

〔唐〕王維　冬雪山景圖

《河嶽英靈集·敘》曰：「開元十五年後，聲律風骨始備矣。實由主上惡華好樸，去偽從真，使海內詞場，翕然尊古，南風周雅，稱闡今日。璠不揆，竊嘗好事，願刪略群才，讚聖朝之美。爰因退跡，得遂宿心。粵若王維、昌齡、儲光羲等二十四人，皆河嶽英靈也，此集便以《河嶽英靈

集》為號。」這個「敘」,類似書的「自序」,交代選詩緣由,寥寥數語中,可見選家服務政治、服務社會的審美自覺,可見盛世尚風雅而聲律風骨兩兼的詩學觀,亦可見以王維為代表的盛唐詩歌的主流趣味與詩壇局面。「雅」是殷璠選評盛唐詩的一個重要標準。殷璠曰:「維詩詞秀調雅,意新理愜,在泉為珠,著壁成繪,一字一句,皆出常境。」此評中肯精準,充分肯定了王維詩雅的特點。他評儲光羲詩「格高調逸,趣遠情深,削盡常言,挾風雅之道,得浩然之氣」,評孟浩然詩「文彩丰茸,經緯綿密,半遵雅調,全削凡體」,評賀蘭進明「好古博雅,經籍滿腹」,評崔國輔詩「婉孌清楚,深宜諷味」,評閻防「為人好古博雅」,評劉眘虛詩「聲律婉態」等等。這也生動反映了盛唐人審美重「雅」的標準,反映了盛唐社會尚「雅麗」的主流話語。

王維詩「氣極雍容而不弱」的「調雅」、「理愜」,符合盛唐社會溫文爾雅、溫柔敦厚的審美崇尚,尤其符合盛唐宮廷貴族的欣賞口味。宇文所安《盛唐詩》裡指出:「王維在八世紀四十年代被稱許為『詩名冠代』,他的詩歌技巧來自宮廷詩歌寫作的訓練。」王維的詩歌技巧來自宮廷詩歌寫作的訓練,而朝廷廟堂的雅麗詩學觀念對他的創作具有深刻的制約和影響,規範了其詩的特殊形態與技巧,強化了其詩對於「溫柔敦厚」原則的堅守,也形成了其詩歌雍容高雅的風格。

唐太宗的〈帝京篇〉組詩十首很著名。《全唐詩》裡評價太宗詩曰:「詩筆草隸,卓越千古。至於天文秀發,沈麗高朗,有唐三百年風雅之盛,帝實有以啟之焉。」毛先舒《詩辯坻》中說:「唐太宗詩雖偶麗,乃鴻碩壯闊,振六朝之靡靡。」唐太宗以帝王之尊,身體力行,親啟唐風雅之先,他在組詩〈帝京篇·序〉曰:

予以萬機之暇,游息藝文。觀列代之皇王,考當時之行事,軒昊舜禹之上,信無間然矣。至於秦皇、周穆、漢武、魏明,峻宇雕牆,窮侈極

第一章　倚風自笑的大雅風儀

麗。徵稅殫於宇宙，轍跡遍於天下；九州無以稱其求，江海不能贍其欲。覆亡顛沛，不亦宜乎！予追蹤百王之末，馳心千載之下，慷慨懷古，想彼哲人。庶以堯舜之風，蕩秦漢之弊；用咸英之曲，變爛熳之音，求之人情，不為難矣。故觀文教於六經，閱武功於七德；臺榭取其避燥溼，金石尚其諧神人；皆節之於中和，不繫之於淫放。……釋實求華，以人從欲，亂於大道，君子恥之。故述〈帝京篇〉，以明雅志云爾。

此序可視為唐太宗的文學綱領，集中展現了唐太宗的文學思想，也極大地影響了當時的文學風氣，在文風轉向「鴻碩壯闊」的過程中發揮了積極的作用。太宗從服務政治的角度談詩創作，最後強調他所以創作〈帝京篇〉，乃「以明雅志」也。因此，太宗主張「節之於中和，不繫之於淫放」，反對放縱，反對「窮侈極麗」、「爛熳之音」，而追求「雅正」的詩風。〈帝京篇〉十首其四吟道：「去茲鄭衛聲，雅音方可悅。」

應該說，唐太宗特別看重創作上的表達，看重適度控制和控制適度，是儒家的詩教觀，屬於儒家詩學中和、中庸觀的體系。《禮記・中庸》曰：「喜怒哀樂之未發謂之中，發而皆中節，謂之和。中也者，天地之大本也；和也者，天下之達道也。」這種「中庸」觀和「中和」美，運用到詩歌創作來，就是恰到好處，恰如其分，不過分地放縱自己的情感，而是強調控制、強調可度的一種適度原則。這種詩觀，強調中節的控制，即指詩人之情之志發而為詩時，必須是溫柔敦厚的，也就是講求言有盡而意無窮的渾厚含蓄。王維詩「溫柔敦厚」的中和美的特點，即胡應麟所說的「氣極雍容而不弱」，從技術的層面考察，也就是創作上中節控制的「千古絕技」。

王維早年的作品〈早春行〉，屬於六朝時流行的「擬作」類，屬於「詩歌技巧來自宮廷詩歌寫作的訓練」的作業。詩寫懷春女的芳綺之思與懷人之情，寫得風情萬種、嫵媚百出，真個是生情而不縱情、端麗而非妖豔，充分顯示了詩人以理節情、以禮節慾而控制有度的分寸感。細加玩味，詩

中有一種淡淡的哀思，有點幽怨與無奈，似乎還有些其他的深味。因此，古人說此詩「別是一種纖麗語」。雖為豔情詩，纖麗綺靡，也有風流情思的表現，但是，筆涉「風情」而非豔冶淫麗之作，真個是氣極雍容而不弱，表現出「發乎情，止乎禮義」的禮義素養和控制藝術。詩人筆下，活脫脫刻劃出一位獨居深閨的貴族少婦，在這鳥語花香的季節裡，心底洶湧起思念之情，怎麼也無法排遣那份越是想要排遣而越是無法排遣的濃烈幽怨。人道是：「歡娛之詞難工，愁苦之音易好。」然而，王維的「歡娛之詞」也不難工，詩人的筆觸非常細膩而獨到，精雕細琢，反覆濡染，「樂而不淫」，溫婉柔麗，迥異於梁陳與初唐時期某些同類題材的纖豔豔冶，充分表現出高超的藝術表現力。應該說，這類詩也是可以折射王維的氣質風度的，至少可以說是反映了他的審美情趣。

　　王維氣質高貴，行舉優雅，其詩創作積極追求微婉善諷、委曲達情的表現性，其詩也呈現出蘊藉含蓄、溫潤雍容的「文質彬彬」的美學特徵，成為最適合以儒家詩教中和之理想尺規來衡量的中國詩史上最合格的「溫柔敦厚」範型。我們以為，王維詩歌之美，美就美在他擅長控制、中節適度上，鋒芒內斂、隱而不露的含蓄之美，表現在情感上是「樂而不淫，哀而不傷」，表現在文辭內容上則「文質彬彬」、「文質參半」，符合儒家「中和」、「中庸」的審美理想，是「溫柔敦厚」的審美理想在文學上的一種「千古絕技」。我們不妨以王維的〈被出濟州〉詩為例來作一解析。其詩云：

　　微官易得罪，謫去濟川陰。執政方持法，明君無此心。
　　閭閻河潤上，井邑海雲深。縱有歸來日，多愁年鬢侵。

　　這首詩是王維被貶離京時寫的，不為研究者所特別關注，一般的選本也不選。洪亮吉稱此詩「婉而多風」（《北江詩話》）。周珽說此詩「出調悽愴，寄情婉轉」，乃「『可以怨』之旨」（《唐詩選脈會通評林》）。這些評論，分明就是詩教美學觀。

第一章　倚風自笑的大雅風儀

　　王維一生，大難有二：一是被出濟州，二是陷賊不死。王維橫遭大劫，被出濟州，從天上跌到地下，跌入深淵，適才還光芒四射，瞬間就變得灰頭土臉。人生風雲突變，王維被出濟州的打擊，就像是李白被賜金放還，就像是杜甫被貶華州，就像是韓愈被貶潮州，就像是白居易被貶江州。陸游在〈澹齋居士詩序〉裡指出：「蓋人之情，悲憤積於中而無言，始發為詩，不然無詩矣。」這也是「感於哀樂，緣情而發」的意思。李杜韓白，他們都是詩人，皆超一流的詩人，皆唐代最重要的詩人，他們在遭遇災禍脅迫時都留下了我們很熟悉的詩，或「我本不棄世，世人自棄我」的鬱悶，或「慟哭松聲回，悲泉共幽咽」的哀怨，或藍關不前而有拋屍瘴江的感傷，或天涯淪落而有淚溼青衫的悲情。

　　王維的遭遇不可謂不大，人生發生這麼大的變故，其〈被出濟州〉還是寫得「波瀾不驚」，詩中「哀而不傷」的中節控制，給人欲言又止的情狀。「微官易得罪」定下了此詩的基調，是一首怨詩。「微官易得罪」而別有深意，意謂我們這些地位低微的官員，是極易獲罪而被問罪的。言外之意是，高官則不要緊，即使是有什麼也不能拿他們怎麼的。王維被貶，非常冤枉，自知是「代人受過」。開元九年（西元721年）春，王維擢進士第，解褐為太樂丞，只是個從八品下的「微官」。但不管怎麼說，也算是個好的起步，沒輸在起跑線上。然而，是年秋，因太樂署中伶人舞黃獅子犯忌，王維受牽累而被貶，被逐出了京城。按唐代《通典‧刑法》「六曰大不敬」法，舞黃獅子案乃屬驚天大案，擅動天子之色是為死罪。然從後事的處理看，則屬於從輕發落，王維也只落得個被出濟州的驅離。這是為什麼呢？筆者認為，是唐玄宗不讓王維與岐王他們走得太近了，而藉機將他支走了，走得遠遠的。日本學者入谷仙介也持此看法，他在《王維研究》一書中認為，玄宗忌憚「諸王」而有所提防，王維與諸王走得這麼近，是其被拆散而遭放逐的原因。舞黃獅子事只是個藉口，王維與岐王、薛王他

們走得很近，為玄宗所猜忌，而做了最高統治集團內部勾心鬥角的犧牲品，以舞黃獅子案中的「連帶責任」，而出官千里之外的濟州。

詩的第二聯說：「執政方持法，明君無此心。」二句意謂：雖然執政者按照法律對我有此處罰，而皇上卻無處罰我的本意。事實上，對他的處罰也沒當真，屬於警告性質。王維被罰，僅僅是被貶出京城，連「配流」都沒有。但是，對於春風正得意的王維來說，卻是個極其沉重的打擊。王維遭此大難似也一蹶不振，直至張九齡拜相而走入朝廷，這十五、六年的時間裡，彷彿人間蒸發了一般。詩的第三聯，「閭閻河潤上，井邑海雲深」二句寫景，寫得很婉轉，天高地遠，他將去的濟州，在黃河邊上，又靠近海。唐代濟州據考於今之山東茌平縣高垣牆村處。這也意味著他被拋向遠地，從此走離了社會政治中心，也遠去了諸王貴主的眷顧。

詩的最後一句則更有意味。趙殿成本、陳鐵民本皆作「多愁年鬢侵」。述古堂本、明十卷本以及《全唐詩》等，俱作「各愁年鬢侵」。細味詩意，我們以為，以「各」為好。「各」之所指，就不是詩人之一個「我」也，而是指「我們」，是指一幫人，也自然就包括諸王等一幫京城貴族朋友。唐人選本《河嶽英靈集》裡，此詩題目為〈被出濟州別城中故人〉。〈被出濟州〉的題目是略抄了前半部分，而省略了「別城中故人」。如果真是這樣，用「各」自然比用「多」更好。這個「各」字告訴我們，王維此詩是有所寄的，也是有所寄意的。他知道自己之「錯」就錯在因為與諸王皇室成員走得太近了。「各愁年鬢侵」的意思是，我們都因為被強行拆散而犯愁。我這一去，不知何時歸來，即使是歸來有期，到那時我們想必都是白頭老人了。

這麼大的劫難，這麼大的委屈，這麼大的傷痛，這麼不情願的分別，王維也寫得「氣極雍容而不弱」，他也真有一種「千古絕技」矣。這種「哀而不傷」的適度控制，亦即孔子講〈關雎〉說的「樂而不淫，哀而不傷」，

第一章　倚風自笑的大雅風儀

是儒家最推崇的詩教觀。《禮記・經解》:「溫柔敦厚,詩教也。」唐代孔穎達《禮記・經解》卷五〇云:「溫謂顏色溫潤,謂情性和柔。詩依違諷諫,不指切事情,故云溫柔敦厚是詩教也。」這麼表現,有什麼藝術魅力呢?《毛詩序》曰:「主文而譎諫。」劉勰《文心雕龍・宗經》說:「藻辭譎喻,溫柔在誦,故最附深衷矣。」所謂的「譎喻」,就是曲婉而不直言,就是「曲而達」、「譬而喻」,即使是表達深怨大悲之情也不能太直接。劉勰認為,這種「譎喻」的表達,最能夠將內心最深處的東西表現出來,最能夠表現內心的深度。

所謂「直詰易盡,婉道無窮」(沈德潛《說詩晬語》卷上)。王維最不喜歡,也最不情願感情一瀉無餘的直詰,而最看重,也最追求「曲而達」的婉道,不質直言之而比興言之,他的這種「千古絕技」主要就表現在呈現物象自身的律動和生機時,其潛在的含蓄天性規範了他內在主體的審美運作,濾盡一己喜怒,摒棄所有個我悲歡,聽憑山水自由興作,表現出萬物歸宗的淡泊。而其審美情感經過理性的過濾和轉化後,俱化為一種無為狀態,與水流花開高度默契,形成了潛氣內轉、含吐不露的表現性,即使是一腔憤懣之氣,也不會肆意噴薄,而定然溫潤柔和地化出,不直言、不明言、不大言、不贅言,不激不厲、不悱不發。其詩呈現出人與境諧、物與情融的溫柔和諧,微婉善諷,委曲達情,高趣遠旨而含蓄蘊藉,氣韻渾成而意境圓融,因此也最多言外之意、弦外之音,亦即司空圖著力推崇的「不著一字,盡得風流」的境界。趙殿成《王右丞集箋注・序》說王維詩:「真趣洋溢,脫棄凡近,麗而不失之浮,樂而不流於蕩,即有送人遠適之篇,懷古悲歌之作,亦復渾厚大雅,怨尤不露。苟非實有得於古者詩教之旨,焉能至是乎?」悲莫悲兮生離別,連這種大悲題材的詩,王維也不是一般性的「有別必怨,有怨必盈」的寫法,同樣有「渾厚大雅,怨尤不露」的特點。譬如他的〈送賀遂員外外甥〉詩曰:

南國有歸舟，荊門溯上流。蒼茫葭菼外，雲水與昭丘。

檣帶城烏去，江連暮雨愁。猿聲不可聽，莫待楚山秋。

這是王維送別詩中常見的思路，通篇全是景物描寫，然景語皆情語，取象設境，心與境接，情與景偕，寓意言外。被送之人已遠去而不見，詩人之憂愁如煙雨俱生，心隨檣帆而遠去，一切景象都高度地情緒化了，別意離情全從境出。王維送別詩也有直寫心中相思之情的，然以不說盡為妙。譬如其〈山中送別〉：

山中相送罷，日暮掩柴扉。春草明年綠，王孫歸不歸？

《全唐詩》注云「一為送友」。詩人中節控制，匠心剪裁，剪去了別時與別後的許多「黯然神傷」的過程，詩的篇幅極其精緻，而意味尤為深長。「春草明年綠，王孫歸不歸」二句，善用事典，宕開一筆，以「問」的形式而遙想開去。從詩意推斷，二人似乎是有明年相會之約的。而此一問，無限離情，十分婉轉。此「問」妙在不是問於相別之際，也不是問於久別之後，而是問於朋友剛離開之時。這才分別，便迫切地要知道其歸日，盼其早歸，又恐其久而不歸。這種「心懸」式的記掛，從當前跳接未來，身在此地而遙想彼地，時在今日而記掛他日，使全詩被濃濃的離思所籠罩。而經此一問，頓出無盡離情，意中生意，味外有味，無限惜別之情自在話外，真可謂匠心獨運，高人無數矣。他的〈別弟縉後登青龍寺望藍田山〉詩，寫兄弟離別，其詩云：

陌上新別離，蒼茫四郊晦。登高不見君，故山復雲外。

遠樹蔽行人，長天隱秋塞。心悲宦遊子，何處飛征蓋。

詩作於西元758年冬，作於為舍弟王縉送行後。王縉外放任蜀州刺史。王維晚境，鰥寡孤獨，與其老弟關係更加密切，對其弟的依賴感似也更強烈。今日一別，天高地遠，洵有生離死別的哀傷。詩人多愁善感，似

第一章　倚風自笑的大雅風儀

亦自感時日不多，不禁黯然魂銷，而大有離世之大慟矣。然詩不寫送別，不寫悲愴神傷的送別現場，而寫送別之後詩人獨自登高遠眺的一個細節：深秋遲暮，遠樹重遮，蒼茫一片，唯長天一色，即使登高，怎麼也看不到老弟遠去的車蓋了，離憂別情而與舍弟俱遠。此送別詩寫得真是怨尤不露，而感人至深。

王維的送別詩「渾厚大雅，怨尤不露」，雖然也寫憂愁，但不直言之，憂而不傷，愁多於眷，以溫潤之旋律、和柔之基調，表現別情離緒，不只是讓人「黯然傷魂」，而更多是讓人心懸而遙想的感動。

王維還有一類很特殊的送友人赴前線的詩，寫得抗壯激越，慷慨意氣，也沒有絲毫哀怨悽切，如〈送劉司直赴安西〉、〈送宇文三赴河西充行軍司馬〉、〈送崔三往密州觀省〉等，全是「慷慨倚長劍，高歌一送君」（〈送張判官赴河西〉）的高朗颯爽，充溢著一種飛動飄揚的英氣，充分表現了詩人主戰抗敵、立功報國的節義和英雄膽識，這些詩作都有一種「匈奴未滅，何以家為」的高邁境界，讀來也依然是典雅之致的氣格。

筆墨之道，本乎性情。趙殿成直接道出了王維詩所以如此的原因：「其詩溫柔敦厚，獨有得於詩人性情之美，惜前人未有發明之者。」（《王右丞集箋注·序》）是為「得於詩人性情之美」也。而於此何止是前人，後人亦關注不夠也。清人翁方綱《漁洋詩髓論》說：「詩者忠孝而已矣，溫柔敦厚而已矣，性情之事也。」溫柔敦厚所以為詩歌創作的法則，乃因其為封建專制制度對士人性情、人格的規範。

王維的詩，無論是清廟之作，還是山林之作，均具有淵雅沖淡的人文氣息和從容高潔的文化氣度，顯現出特別的清貴之氣，含蓄蘊藉，雅淡淵遠，最能夠表現「溫柔敦厚」的詩教風貌，既不奔放債張、超邁飆舉，亦不哀怨恚憤、深譏激刺，應該說這不只是一種「千古絕技」，也「得於詩人性情之美」。或者說，「詩人性情之美」，也成了一種「千古絕技」也。

四、其人清貴而別饒華氣

　　王維別饒華氣，其詩以雅麗取勝，薛用弱《集異記》中〈鬱輪袍〉的故事，也是很能說明問題的。胡明〈關於唐詩 —— 兼談百年來的唐詩研究〉一文說「《集異記》、《唐詩記事》之類的書都忙著記載的王維無疑是一個時代的寵兒，頗有知識分子領袖的身分」。《集異記》卷二《王維》中〈鬱輪袍〉故事，寫王維不惜降低身分而混入伶人中，與岐王「同至公主之第」。

　　維妙年潔白，風姿都美，立於前行，公主顧之，謂岐王曰：「斯何人哉？」答曰：「知音者也。」即令獨奏新曲，聲調哀切，滿座動容。

　　王維即使是混在伶人中，其清貴相也掩飾不住，讓公主覺得其人氣度不凡，如同其詩「別饒華氣」。施補華《峴傭說詩》云：「摩詰五言古，雅淡之中，別饒華氣，故其人清貴；蓋山澤間儀態，非山澤間性情也。若孟公則真山澤之癯矣。」施公以為，孟浩然所以不能與王維比，因其「山澤間儀態」，亦是「山澤間性情」。也就是說，其詩也像其人，「真山澤之癯」也。而王維雖為「山澤間儀態」，而非「山澤間性情」，因為其人「清貴」，就是其詩想要有「山澤之癯」而不能也。宇文所安《盛唐詩》說：「孟浩然是一位地方詩人，這一點極大地影響了他的詩歌藝術觀。」孟浩然久居山鄉，多隱居生活，視野狹窄，見識不廣，閱世不多，影響了他的性情，也決定了他的價值觀，決定了他看問題的方法與深度。因此，其詩就沒有那麼的溫厚，沒有「言有盡而意無窮」的蘊藉。施補華又說：「孟浩然、王昌齡、常建五言清逸，風格均與摩詰相近，而篇幅較窘。學問為之，才力為之也。」施公以為，孟浩然、王昌齡及常建他們無法與王維比，雖然詩風相近，而他們的詩皆「篇幅較窘」也。什麼原因造成這個「窘」的呢？既有「學問」的問題，也有「才力」的原因。應該說，這裡的「篇幅較窘」與詩的長短無關，而是指他們詩中沒有王維詩裡所具有的那種從容不迫的氣韻

第一章　倚風自笑的大雅風儀

及雍容清貴的氣息。王維老友儲光羲的孫子儲嗣宗,其〈過王右丞書堂二首·其二〉裡讚曰:「風雅傳今日,雲山想昔時。」意思是,王維「風雅」流傳至今,然而如今已無法複製,而只能憶昔當年也。王維詩裡有一種無法複製的「清貴高雅」之氣,這是一種雅潔超逸的興致神韻,是一種沖淡雍容的文化氣度,也是一種雅麗高華的美學氣象。王維出生貴族,這沒有什麼值得誇耀的,他最讓人誇耀的是他的身上與他的詩裡有一種迷人的「貴族精神」。這也是他及其詩特別為上層社會所愛重、為盛唐社會所廣泛好評的重要原因。李因培《唐詩觀瀾集》曰:「右丞詩榮光外映,秀色內含,端凝而不露骨,超逸而不使氣,神味綿渺,為詩之極則,故當時號為『詩聖』。」這是說王維詩溫柔敦厚,具有一種雍容大度而渾厚典雅的氣象,一種榮光外映而秀色內含的特質。

筆者曾戲言,如要選兩句最能表現「盛唐氣象」的詩,就選王維的「九天閶闔開宮殿,萬國衣冠拜冕旒」。此二句詩出自〈和賈舍人早朝大明宮之作〉:

絳幘雞人報曉籌,尚衣方進翠雲裘。九天閶闔開宮殿,萬國衣冠拜冕旒。

日色才臨仙掌動,香煙欲傍袞龍浮。朝罷須裁五色詔,佩聲歸到鳳池頭。

寫作這首詩的時候,王維已經老了,且驚魂甫定,經歷過了一場生死之劫,而安史亂後的大唐,也已元氣大傷。然而,這首和詩,取帝王威儀和大國隆盛而立意,製造了一種盛世大國的皇庭所特有的雍容華貴與光明璀璨,氣象極其高華,境界極其宏闊。頷聯二句,寫萬國來朝的場面,將大唐帝國的威儀與聲勢表現到無以復加:巍峨的宮殿大門層層疊疊,如九重天門迤邐打開;畢恭畢敬的萬國使節,誠惶誠恐地拜倒丹墀。詩中藝術地反映了一個國家的盛大國力,一個時代的蓬勃精神,乃至一個民族的高

度自信。因此，古人說「它皆不及，蓋氣象闊大，音律雄渾，句法典重，用字清新，無所不備故也」(《批點唐音》)，說「此詩如日月五星，光華燦爛」(《唐詩觀瀾集》)。

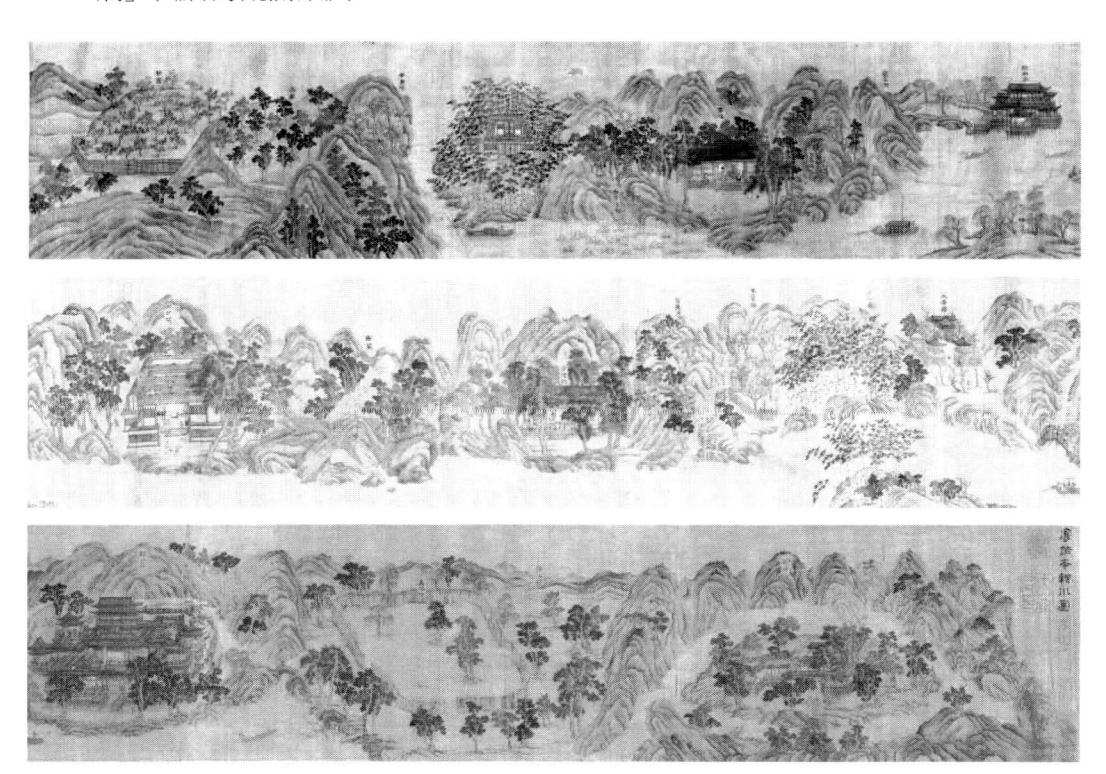

〔北宋〕郭忠恕（傳）　臨王維輞川圖

這是首和作，賈至首唱〈早朝大明宮〉，而和者甚眾，於眾多和作裡，王維與杜甫、岑參三人所和最佳。所謂「它皆不及」，即杜甫與岑參皆不及也。《唐詩三百首》裡只選了王維和岑參兩人的和詩。看來這三首和詩裡，杜甫只能叨陪末座了。沈德潛對杜甫的和作似也很不看好，《唐詩別裁》選杜甫七律五十七首，而不存此和詩。沈公這樣解釋說：「早朝唱和詩，右丞正大，嘉州名秀，有魯、衛之目。賈作平平，杜作無朝之正位，不存可也。」而非常耐人尋味的是，這段詩評，按於王維和作之後。王維

第一章　倚風自笑的大雅風儀

七律入選十一首，此作赫然在列。胡震亨《唐音癸籤》亦曰：「早朝四詩，名手匯此一題，覺右丞擅場，嘉州稱亞，獨老杜為滯鈍無色。」他解釋說：「富貴題出語自關福相，於此可占諸人終身窮達，又不當以詩論者。」意思是，杜甫和詩沒寫好，不是他的功力不行，不是他的技巧不夠，主要是因為他沒有那個「富貴相」。胡震亨說「於此可占諸人終身窮達」，就是說，憑各自的詩，可「占」各自的人，可「占」出其人的「窮達」境遇來。杜甫乃窮途潦倒之人，豈可說出富貴話來？因此，杜甫不敵王維，也不敵岑參，是其詩寒傖窘癯而雅麗高華不足也。

至德二年（西元757年）四月，杜甫歷盡艱險投奔靈武新朝，總算封官左拾遺，不久便有此和作。蔣寅先生說：「杜甫幸運的是活到了大曆五年（西元770年），那些感時憫亂、憂國憂民之作為他加了分，最終以道德加分與太白並列第一，在許多人眼中或許他還要勝出。」意思是杜甫長於表現社會動亂、民生疾苦的題材，杜甫最讓人推崇的詩，就是記錄盛唐衰敗的詩，就是他靈魂呻吟的詩。換言之，杜甫不擅創作歌舞昇平、朝堂宮苑的題材。他一生窮苦，飽經失意和困窘，詩沒能很好地反映出「盛唐氣象」來，不是他的功力問題，而是其人的生命精神與生存狀態的原因。論七律，杜甫的功力與成就，真不在岑參之下，也不在王維之下。施補華《峴傭說詩》曰：「少陵七律，無才不有，無法不備。」杜甫特擅七律，尤其是晚年更多經營，其七律數量有一百五十餘首，差不多十倍於前人，對後人影響也極大，李商隱、黃庭堅與元好問等皆以其為圭臬。

非常有意味的是，沈德潛《唐詩別裁》卷十三在「杜甫」七律目之題下寫道：「杜甫七言律有不可及者四：學之博也，才之大也，氣之盛也，格之變也。五色藻繢，八音和鳴，後人如何彷彿？維摩詰七言律風格最高，復饒遠韻，為唐代正宗。然遇杜〈秋興〉、〈諸將〉、〈詠懷古蹟〉等篇，恐瞠乎其後，以杜能包王，王不能包杜也。」沈公以「博」、「大」、「盛」、

「變」將杜甫七律誇讚到極致,他還意猶未盡,拿王維來比較而進一步突出杜甫。其實,他也認為二者具有不可比性,一個是「正宗」,一個是「變格」。事實上,杜甫詩已經具有了非常明顯有異於盛唐氣象的風格特點,即有異於盛唐王、岑的寫法,故而歷代論者多稱之為的「變調」。然而,沈德潛還是要拿王維來比,這是因為非王維也沒有誰配與之比也。從沈公開列的杜甫七律的篇目看,似乎是在說,我杜甫不與你王維比應制類的詩,我應制詩比不過你。王維最擅五律,五絕則更絕。王維現存七律二十首,是杜甫之前創作七律最多的詩人。這更可說明,除了王維,沒有誰的七律可與杜甫頡頏的。然七律應制,沒有誰可與王維頡頏的。王維的七律應制詩擴大了應制詩的表現領域,賦予了這種詩格以豐富的表現內容,塑造出了高華雅麗的詩歌意象,使得七律應制擺脫了初唐應制詩的局限,成為一種真正意義上的抒寫性情的體裁,具有極高的美學價值。我們學舌蔣寅也說句「俏皮話」,應制題材的詩為王維加了分。

　　明代以「三楊」為代表的臺閣詩人,以盛唐為宗,從恢張皇度、襄讚政教的角度來論詩,如明高官楊士奇盛讚貞元、開元詩「以其和平易直之心,而為治世之音」(《玉雪齋詩集序》)。王維所以擅寫和平氣象,因其心「和平易直」也。王維所以能夠將這類詩寫得高華雅麗,亦因其心「和平易直」也。他有一批寫皇家宮苑的詩,他寫到的宮苑就有大明宮、興慶宮、望春宮、九成宮、華清宮以及曲江等,還寫其扈從侍宴、侍遊的經歷與感受,既有朝會之作、遊覽之作,也有宴飲之作、送別之作等。其筆下宮殿豪華典麗,城闕層出不窮,而往往同時配以清遠新麗的自然景色,將皇都氣象、大國風範、君臣和諧三者合而為一,彰顯出一派輝煌壯闊、昇平和樂的聖皇盛世的大唐氣象,讓人具體感受到盛世昇平、永珍更新的恢宏氣象,他的詩也自然就讓皇家讀者特別愛讀了。如七律〈奉和聖制從蓬萊向興慶閣道中留春雨中春望之作應制〉,從「望」字著筆,從廣闊的空間

第一章　倚風自笑的大雅風儀

展現長安宮闕的形勝之要，再寫唐玄宗出遊盛況，寫興盛時期之帝都長安的神采。中間二聯寫道：

鑾輿迥出千門柳，閣道回看上苑花。雲裡帝城雙鳳闕，雨中春樹萬人家。

詩人在望中製造了春雨迷濛而雲繚霧繞的效果，一切都在春雨中，一切也妙在春雨中，雨霧之迷濛為長安帝城籠罩上了盎然之春意和氤氳之瑞氣，但見那：閣道高架，天橋迥起，天子車駕如在半空中行走，置身閣道車中而轉身望去，御苑裡騰起花海柳浪。帝城雄麗，鳳闕雙雙而高高翹起，凌空盤旋於雲霧裡，邦畿富庶，萬家攢聚而春樹茂密，滋潤於濛濛春雨中。

「雨中春望」的詩題，盡展帝都長安春光爛漫、雅麗壯觀的盛世面影，帝城宏偉，街市繁盛，風調雨順，百姓安居，百業昌盛，典型的8世紀中期的大唐氣象。徐增云：「右丞詩都從大處發意。此作有大體裁，所以筆如遊龍，極其自在，得大寬轉也。」（《而庵說唐詩》）詩人馳騁筆墨，收放自若，從容於規矩，化古板為靈動，將本來不易寫好的應制詩寫得意趣橫生，興味淋漓，精工整練而不失瑞麗飛揚。因此，錢基博先生曾指出：「論王維詩者，多稱其清微淡遠，罕道其雄奇蒼鬱；喜言其蕭散曠真，不知其精整華麗，是所謂知其一不知其二。」王維以他得自天賦的聰穎與睿智，汲取其長期生活於長安都市的經驗元素，提純了他在侍宴豫遊、酬答唱和中獲得的特殊感受，融入其溫文爾雅的特質與風度，形成了其特有的雍容雅致、溫麗和平的詩歌美質。

明徐獻忠《唐詩品》說：「右丞詩發秀自天，感言成韻，詞華新朗，意象幽閒。上登清廟，則情近圭璋；幽徹丘林，則理同泉石。言其風骨，固盡掃微波；採其流調，亦高跨來代。」這是對王維詩的極高評價，其實也含有對其人的高度讚美。宗白華《美學散步》裡說：「一切美的光是來自心

靈的泉源:沒有心靈的對映,是無所謂美的。」這也對應於王維的駢句:「守正之人其氣高,含章之人其詞大。」(〈京兆尹張公德政碑〉)從主體人格來看,王維其人清貴,篤守正道,秀色內含而榮光外映,其詩自然也就雅麗高華而敦厚蘊藉;而我們則於其詩裡,感受到他雍容清逸的氣度,看到他「倚風自笑」的大雅風姿矣。

真可謂:

氣格高華溫玉身,最傳秀句盡天真。倚風自笑空今古,唯有雍容不讓人。

第一章　倚風自笑的大雅風儀

第二章

慷慨意氣的少年精神

第二章　慷慨意氣的少年精神

王維很儒雅，其詩溫柔敦厚。然而，他的不少詩裡，還是讓人真切感受到了一種慷慨意氣與飛揚精神。這就是林庚先生所說的「少年精神」吧。

林庚先生早就熱情澎湃地讚美說：「在盛唐解放的高潮中，王維主要的成就，正是那些少年心情的、富有生命力的、對於新鮮事物敏感的多方面的歌唱，那也就是當時詩歌的主流。」[04] 林先生是王維研究的先行者，也是先覺者，然而，他對王維的客觀而崇高的評價，卻還是被妖魔化王維的龐大聲浪所淹沒，或者說，他的這個「少年精神」的觀點，還沒能為人比較普遍地接受。

「少年精神」類似「盛唐氣象」與「建安風骨」等術語，用來形容或表現一種健康而陽光的精神氣象，具有朝氣蓬勃、磅礴活力、青春旋律、時代氣息、意氣風發、風華正茂、樂觀豪邁等豐富的涵義。

王維其人溫文爾雅，其詩恪守溫柔敦厚原則，以平和悠閒的狀態而凝神專注地把握當下，特別講究詩人主體在審美運作中自身情感的控制：喜怒哀樂不行諸色，即使是滿腔憤懣也不會一吐為快地肆意噴薄，中節而柔化，迂迴婉曲，委而有節，詞不徑出而情不激起，含而不露，淡泊平和，看上去自然便有「無血氣」的感覺了。

總之，王維的詩，榮光外映而秀氣內含，縱橫之意、慷慨之氣皆「當於言外得之」也。因此，其詩「不落人間聲色」的「興象超遠，渾然元氣」，也是一種血氣，是一種讓人輕易感覺不到「血氣」的血氣。黃庭堅說：「血氣方剛時，讀此如嚼枯水。」他說的是讀陶詩，其實讀王維詩亦然。

意氣風發的王維，意興無窮地詩寫山水田園，寫邊關塞上，寫城闕宮苑，寫迎來送往，因為擁有「少年精神」，他「瞬間就掌握了世界的全體」。他在其所涉及的幾乎所有題材裡，大寫寧靜和平的盛唐環境，大寫為理想而不惜戰死的盛唐人的生命價值觀，大寫國家利益高於一切的家國

---

[04]　林庚：《中國文學簡史》，古典文學出版社（上海）1957 年版，第 275 頁。

情懷，大寫生在天朝的自豪感、自信心與濟世精神。而他的這些詩中，「少年精神」如同陽光般溫馨而瀰漫，充滿了高華雅麗而不失清逸俊爽的氣息。

一、縱橫之氣得於言外

一般而言，王維的詩溫柔敦厚。即使是他的邊塞詩、懷古詩與送別詩，也寫得「色相俱空，風雅備極」（胡應麟語）。明代王維研究專家顧可久讚王維〈少年行（四首）〉「通篇豪俠縱橫之氣模寫殆盡，當於言外得之」，是為高見，中肯之的論。也就是說，王維即使是寫這類易於以大言、豪言、狂言表現的游俠題材，也作「曲而達」的表現，而讓人「於言外得之」也。

〈少年行〉組詩，真實而生動地記錄了王維少年游俠的青春行旅，反映了王維青少年時期建功馬上的浪漫理想與人生價值取向，突顯了他超邁豪縱的精神面貌。組詩其一，寫游俠少年的颯爽英姿，後三首則是寫他們為國殺敵而建功疆場的英雄壯舉。然其詩的表現很藝術，不是直接寫，其「少年精神」也需要我們「於言外」方可「得之」。其實，王維幾乎所有的詩，都具有「當於言外得之」的特點。

我們不妨以〈少年行（四首）〉（其一）為例，驗其「於言外得之」之妙也。

新豐美酒斗十千，咸陽游俠多少年。

相逢意氣為君飲，繫馬高樓垂柳邊。

詩寫邀人喝酒，透過喝酒來寫人，寫人的精神。此詩「前開後合。一言酒，二言人，三、四始說合。相逢意氣，言意氣相投也。意氣二字，是

第二章　慷慨意氣的少年精神

少年人行狀」（黃生《增訂唐詩摘鈔》卷四）。詩取一個極平常的視角，攝取生活中一個極普通的「邀宴」題材，而表現盛唐時代一個極豪邁的少俠形象，折光一個時代極有代表性的「少年精神」。

詩之「言內」所寫，幾個少年，陌路相逢，一見如故而互相欣賞，於是繫馬垂柳邊，相攜登酒樓。詩之絕妙處，在於虛處落筆也。而我們「於言外得之」的，則是這幫游俠非同尋常的「意氣」，林庚先生說，這就是「王維早年的精神狀態」，亦即「那種生氣蓬勃的少年精神」。

王維的〈少年行〉，作於其十五到二十歲間，開元八年前後，他孤身遊兩京時。著名美學家李澤厚《美的歷程》一書中說：「盛唐是人的意氣和功業。」即使是按照有些歷史學家研究的定論，開元之治終結於開元二十四年，盛唐大幕開始垂落於開元二十八年，開元八年距離結束盛唐盛世還有二十年。開元八年前後，正是大唐帝國的上升時期、鼎盛時期，整個社會瀰漫著蓬勃的青春氣息，充滿了尚武、尚勇、尚建功的精神色彩。王維的〈老將行〉，開篇就寫道：「少年十五二十時，步行奪得胡馬騎。射殺中山白額虎，肯數鄴下黃鬚兒！一身轉戰三千里，一劍曾當百萬師。」那是個「男兒本自重橫行」（高適〈燕歌行〉）的時代，「功名只向馬上取，真是英雄一丈夫」（岑參〈送李副使赴磧西官軍〉）。詩人以建功立業自許且自期，詠俠詩的創作和任俠精神的表現也逐漸達到了一個高峰。爭做少年游俠，成為初盛唐時的一種社會風氣，成為王孫公子、富豪子弟們逞權比勢、爭強鬥勝的一種生活方式。游俠中有不少「富二代」、「權三代」，他們乃國戚勳臣之後，或乃巨富名宿子弟，權勢灼手而輕財好施。游俠中也不乏少年英傑之輩，以游俠的方式結交豪傑，行俠仗義，以博取聲名與功業。這些詩中，生動刻劃了少年游俠慷慨放縱、豪放恣肆的英武形象，熱情歌頌了重諾守信、救急振弱的俠義精神，也表現出保家衛國、建功馬上的崇高理想。

〈少年行〉應該是個「樂府舊題」，乃樂府雜曲的一種，如何遜〈長安少年行〉、盧照鄰〈結客少年行〉。《樂府解題》：「〈結客少年行〉，言輕生重義，慷慨以立功名也。」因此，這也成了重義氣、欲立功之詩人的必選之題，而可謂代不絕作也。

李白也有〈少年行（二首）〉。據考李白〈少年行〉詩作於三十歲後，比王維的〈少年行〉晚了十多年。古人說李白〈少年行〉「摹寫少年之態，曲盡其妙」（《唐詩解》）。〈少年行（二首）〉均以寥寥數語勾勒少年形象，其一為五言古詩，透過一個少年對荊軻的嚮往追慕，表現出他的俠骨剛腸。其二為七言絕句：

五陵年少金市東，銀鞍白馬度春風。落花踏盡遊何處，笑入胡姬酒肆中。

詩也寫喝酒，飽含熱情地抒寫豪俠少年尋歡作樂，踏花遊春，笑入酒肆。同類題材，同為七絕，作法大不同，其詩比王維〈少年行（四首）〉（其一）如何？而孰高孰低，讀者自見。

李白與〈少年行（二首）〉差不多同時所作的〈俠客行〉詩也寫酒，似寫於醉中，寫其醉態，抒發了作者對俠客的傾慕，對拯危濟難、用世立功生活的嚮往。在對趙地俠客的形象、行為與精神氣質極度刻劃與渲染之後，詩中即寫道：「三杯吐然諾，五嶽倒為輕。眼花耳熱後，意氣素霓生。」正面直寫其豪飲狀。三杯熱酒下肚，便有重於泰山的一諾既出；而兩眼昏眩，雙耳燥熱，已經酒醉亢奮，俠客重然諾、輕死生的精神白虹貫日。李白四十二歲應詔入長安「翰林待詔」，四十四歲被賜金放還而永遠地告別了長安，之後便進入了他創作的高峰期。其詩的扛鼎之作，多出現在他被賜金放還後。譬如〈將進酒〉，極寫人生失意的「悲」與「愁」，「高堂明鏡悲白髮，朝如青絲暮成雪」，一天時間就愁得鬚髮全白。他對自己的要求太高，或者說是功名心太強，政治期望值太高，要「申管晏之談，

第二章　慷慨意氣的少年精神

謀帝王之術」,而當他感到自己的政治理想成為泡影後,極其絕望,精神瀕臨崩潰。李白寫酒的詩多,特別喜歡寫酒,也特別擅長寫酒,且多直寫,古人就說其詩「十有八九寫酒」,酒也為李白的詩加了分。

王維寫酒的詩很少,沒有幾首,也不正面寫。飲酒在唐代成為激發意氣的勝事,豪飲酣醉也被視為一種英雄本色。王維這首詩雖寫酒,但不正面寫,而是以寫酒為名,用來帶出游俠,從而寫人的精神意氣。「新豐美酒斗十千,咸陽游俠多少年。」首句說酒好,當下最好的酒,最貴的酒,即「喝的不買,買的不喝」的那種酒,喝的是身分。曹植〈名都篇〉曰:「歸來宴平樂,美酒斗十千。」李白〈將進酒〉曰:「昔時陳王宴平樂,斗酒十千恣歡謔。」新豐,乃產美酒的地方。咸陽,指長安或長安一帶。所謂「游俠」,則是指好交遊、重言諾、仗義輕生、扶危濟困的俠義之人。「多少年」,萬首絕句作「皆少年」。意思是,這一帶游俠的人大多數是少年人。事因酒而起,酒因人而貴,人因酒而豪。酒與人而對舉,人與酒而因果。酒好人俠,人由酒帶出,人仗酒勢,酒助氣豪。

「相逢意氣為君飲,繫馬高樓垂柳邊」二句,有兩個細節動作:一是「繫馬」柳蔭;二是「登樓」使酒。仍然是虛寫,也妙在虛寫,簡練傳神,聲情俱美,歷歷如繪也。吳功正先生的《唐代美學史》評此詩說:「英勇殺敵、效命疆場的描寫,深化了咸陽俠少們『意氣』的內涵,這一內涵以國家社稷為本,顯得更為深厚凝重。這就完全區別於長安街頭駕鷹鬥雞的紈褲子弟了。而在長安俠少意氣風發、建功立業的身影中又有著詩人主體理想、願望的寄託。」「相逢意氣為君飲」句,非常精準地勾勒出少年游俠的豪邁氣質,非常精準地抓住了盛唐人的精神特徵:即使是邂逅相逢的陌路人,無須長期往來而亦皆「故人」,杯酒之間便能相逢論交而成為意氣相傾的知己。

一、縱橫之氣得於言外

這就將那種英雄相惜的豪縱，那種同氣相求、同聲相應的俠爽，那種重義輕財、奮發有為的襟抱才情，寫得極其傳神，活靈活現。

「一生大笑能幾回，斗酒相逢須醉倒。」（岑參〈涼州館中與諸判官夜集〉）唐人的那種俠者重義然諾、仗義疏財、扶危濟困、排紛解難、知恩必報的精神特質，經由唐代詩人的熱情謳歌，千載之下依然令人感奮。有學者研究認為，李白血管裡流淌的是胡人的血。其實，唐朝帝王李氏家族也有著胡人的血統。李世民的祖母是北周鮮卑大將獨孤信的女兒，李世民的母親竇氏也出自北周皇族，也是鮮卑人，李世民就是鮮卑血統。唐朝國風民俗禮教中自然也雜入胡人風俗，這也使唐人的民族自豪感得到高度張揚。美國學者謝弗（Edward H. Schafer）在《唐代的外來文明》（*The Golden Peaches of Samarkand: A Study of T'ang Exotics*）裡說：長安和洛陽

〔明〕董其昌　泉石青松圖

「是胡風極為盛行的地方」，以穿胡服、戴胡帽、用胡食、說胡話為時髦。長安浸染在「胡風」之中，這種胡風為長安社會增添了新的元素與新的活力，極大地豐富了長安人的生活內容，提高了長安人的生活品質，也深刻地影響了一代唐人。因此，那些血管裡流的不是胡人血的唐人，也極具血

第二章　慷慨意氣的少年精神

性豪縱、俠義風骨。即使是溫文爾雅的王維，也深受感染，重友情、厚交誼，雖然不是動輒豪飲，卻也杯酒意氣。詩歌取材於少年游俠，不僅為這種歷年不衰的游俠世風所膺服，而且以第一人稱的寫法，寫出了自己加入少年游俠者中的強烈感受。王維少年遊宦二京，本身就具有游俠的意味，而他在京城深受追捧，少年得意，心情極好，其勇決任氣而欲有作為之心日強，這是非常正常的。

王維〈少年行〉之妙，妙在於虛處落筆，沒有直接寫，不作正面寫，也沒有一句實寫。詩寫少俠邀宴，其場面之豪華、氣氛之熱烈、言諾之慷慨，游俠少年形象栩栩如生，皆呼之欲出，直讓人感到英氣颯爽，意氣飛動，然而所有的這一切皆讓人「於言外得之」。王維以「意氣」寫人，或者說是以「意氣」自寫，讓我們在這些「意氣」俠少的身上，讀出了一個血性王維，一個卓特雄姿、倜儻風流的詩人王維，一個為朋友傾情倒意、肝膽相照的王維，同時也讀出了盛唐時代的青春氣息，讀出了激昂風發而奔放不羈的「少年精神」。這些也都是我們「於言外得之」的。

王維寫酒，以酒來寫血性豪情，來表現他與朋友的深情，一般都是虛寫，沒有「眼花耳熱後」的實寫。他與李白寫酒不同，與杜甫寫酒也不同。郭沫若先生說杜甫嗜酒終身，十四、五歲就已經是個酒豪了，嗜酒不亞於李白。杜甫自曰：「誰能更拘束，爛醉是生涯。」（〈杜位宅守歲〉）其〈寄題江外草堂〉詩曰：「我生性放誕，雅欲逃自然。嗜酒愛風竹，卜居必林泉。」他在寫給好友鄭虔的〈醉時歌〉詩裡說：「得錢即相覓，沽酒不復疑。忘形到爾汝，痛飲真吾師。」郭沫若在《李白與杜甫》書中有個統計，杜甫有飲酒詩三百餘首，占其現存詩文百分之二十一強，李白有一百七十首，占其現存詩文百分之十六強。杜甫詩還喜歡用酒來收尾。金志仁先生在〈杜甫《登高》詩指瑕與寫作時地考辨〉一文中也有個統計，「杜甫與李白一樣皆一生嗜酒，詩中寫酒的詩篇很多，還特別喜歡以寫酒來收結全

詩。我做了一個統計，在杜甫現存 1,400 多首詩中，以酒收結的詩作竟達 80 多首（不包括篇中寫酒的詩）」。金先生說，「這些以酒收結的詩句大多數寫得平常」，以酒收結「簡直成了杜詩結穴的一種模式」。說是不少詩前面寫得好好的，「結尾也忽然轉酒收結，變得無意味。〈登高〉也是這種類型詩作中的一篇，也突然轉寫酒收結，而且結得並不理想，表現得非常典型」。

至於陶淵明，朱光潛《詩論》裡說：「淵明詩篇篇有酒，這是盡人皆知的，像許多有酒癖者一樣，他要借酒壓住心頭極端的苦悶，忘去世間種種不稱心的事。」因此，「酒對於他彷彿是一種武器，他拿在手裡和命運挑戰，後來它變成一種沉痼，不但使他『多謬誤』，而且耽誤了他的事業，妨害了他的病體」。酒於王維，也是一種「武器」，增進友情的「武器」。「勸君更盡一杯酒」，他自己不喝勸人家喝，似乎還是捨命陪君子，在很特殊的「生離死別」的時候，也開懷暢飲。林庚先生在《唐詩綜論》裡說：「〈渭城曲〉的可喜之處不在於它的離情，而正在於離情中所給我們的更深的生之感情。」林先生是個著名詩人，見解獨特，詮釋新深，他於其中讀出了「新鮮的啟示」。他認為，寫「生離死別」的詩，妙在給人「更深的生之感情」，「要把人帶到更高的理想去，而不是作為生活的附庸」。因為，「我們在這個世界上便又一次認識了自己的生命，那才是一個經過磨練而更鮮明的生命」。王維的〈渭城曲〉，亦即〈送元二使安西〉的別稱，其詩曰：

渭城朝雨浥輕塵，客舍青青柳色新。

勸君更盡一杯酒，西出陽關無故人。

詩的前兩句寫景，後兩句寫情。王昌齡的〈芙蓉樓送辛漸〉（「寒雨連江夜入吳」），非常著名，是這麼寫的；高適的〈別董大〉（「千里黃雲白日曛」），非常出色，也是這麼寫的。唐人寫別離，先寫別景，再寫別情，〈送元二使安西〉也是這個手法。然而，「畢竟以此首為第一。唯其氣度從

第二章　慷慨意氣的少年精神

容，風味雋永，諸作無出其右故也」（黃生《增訂唐詩摘鈔》），真可謂「情味俱深，意境兩盡」之「真絕作也」（《唐人萬首絕句選評》）。

唐代從長安往西去的送別，多在渭城。渭城即秦都咸陽故城，漢改渭城，在長安西北，渭水北岸。朝雨剛過，驛道輕塵不揚，客舍周圍的柳樹，清柔新翠。一場深情離別，卻是輕快而明朗的情調，絕無半點黯然銷魂的氣氛。因此，古人說：「人皆知此詩後二句妙，而不知虧煞前二句提頓得好。」（《而庵說唐詩》）這是說詩之景寫得好。霍松林也說「這首送別詩情深味厚而略無衰颯氣象，表現了盛唐詩的時代特徵」，與盛唐的四海晏然、天下昇平的社會環境互相映襯，屬於盛唐氣象。

詩的前兩句，先創設出一個「勸」的氣氛。送元二圍繞「勸酒」來寫，詩眼即一「勸」字。因此，在前兩句「提頓」之後，出現了臨別之「勸」的剎那場景。「勸君更盡一杯酒，西出陽關無故人」，詩人將宴前席間的物事情態一律捨去，而將所有殷勤話別的內容，凝成一句勸酒辭：乾了吧，請再乾了這杯酒，出了陽關後就沒了我這個老友相伴。這個「勸」字極其凝練，極富生活化，動作性也極強，而將惜別之情瞬間推到了頂點。「凡情真以不說破為佳。」（張謙宜《絸齋詩談》卷五）就這一「勸」，真情無限，情感極其豐富，然妙在「不說破」也。不說破比說破還要讓主客雙方之情所不堪，不說破比說破所還要說的內容不知要豐富多少。

這個「不說破」，亦即王維「怨尤不露」的作法，「即有送人遠適之篇」，「亦復渾厚大雅，怨尤不露」（趙殿成語）。不說破，不是沒有說，只是說而沒說破，沒有直接說出來，故而，其詩便亦「氣度從容，風味雋永」；故而，我們也就只能「於言外得之」了。為什麼王維就一個「勸」字而不說破呢？為什麼我們感到還是不說破為佳呢？元姓友人出使安西，王維為其送行而有此「勸」，讓他喝了還要再喝。這是因為此行非同尋常。唐代安西都護府，治所在龜茲城（今新疆庫車附近），處於河西走廊盡西

頭的陽關，和它北面的玉門關相對。自漢代以來，這裡一直是軍事要塞，也是走向西域的通道。因為元二要去的是安西，不是西安。西出陽關，就是去到河西走廊的盡西頭。當時的安西，是個黃沙瀰漫的窮荒絕域，還是個殺伐常有的血腥戰場。「西出陽關」，意味著邊地局勢的緊張和複雜，元二受命於危難而赴安西，結局什麼樣，不可預料，什麼情況都是可能發生的。因此，這臨行勸酒之「勸」中蘊含著極其豐富而真摯的深情，而不願去說破，而不便去說破，而不能去說破。這裡既有對元二旅程艱辛的擔憂，對其前途命運的關切，又有一種可能就是永訣而難分難捨的依依別情，更有對元二深明大義、慨然赴邊之義舉的讚美。詩人的關懷、安慰、惦念、憂慮、體貼、鼓勵與祝願等，所有情感都融進這臨行前的一個「勸」的動作裡，不去說破也不用說破。因此，這種單純只「勸酒」而不說破的表現，不僅反映了朋友之間的深摯關係，表現了特殊場景中的特殊情緒，也使詩的題旨超出了一般性的私我格調而昇華到家國情懷的高度。因為此詩發於「意氣」，一時意興所致，率性即興而成，信口詠出，自然天成「神境」，是乃「由作者一時天機湊泊，寧可失黏，而語勢不可倒轉，此古人神境，未易倒也」（黃生《增訂唐詩摘鈔》）。因為，「人人意中所有，卻未有人道過，一經說出，便人人如其意之所欲出，而易於流播，遂足傳當時而名後世」（趙翼《甌北詩話》）。

　　「少年精神」，即盛唐人精神，抑或時代精神。林庚先生在《唐詩綜論》裡比較唐代四大詩人（王維、李白、杜甫與白居易）時，還特別提到王維的〈隴頭吟〉（「長安少年游俠客」），說是「這種游俠少年走向邊塞的浪漫豪情，正是盛唐時代少年精神的展現」。王維其人儒雅，其詩「溫柔敦厚」，其「意氣」之發表與李白既同又不同，李白是「眼花耳熱後，意氣素霓生」，〈少年行〉是意氣使酒，酒發意氣。王維的意氣，似乎比李白還要意氣，具有一種動人心魄的深厚沉鬱，又不失血性陽剛之美也。我們「於言外得之」也。

第二章　慷慨意氣的少年精神

二、非少年詩亦然

「少年精神」這個術語，是林庚先生唐詩研究最具代表性的見解。

林先生說：「王維的〈少年行〉所謂：『孰知不向邊庭苦，縱死猶聞俠骨香。』這就是盛唐時代的精神面貌。」林先生非常欣賞〈少年行〉中的這兩句，以其作為「盛唐時代的精神面貌」的代表。此二句出自王維〈少年行（四首）〉的第二首：

出身仕漢羽林郎，初隨驃騎戰漁陽。

孰知不向邊庭苦，縱死猶聞俠骨香。

我們在前文中已經引述了李白的〈俠客行〉，這首詩的最後四句是：

縱死俠骨香，不慚世上英。

誰能書閣下，白首太玄經。

李白詩作於中年，比王維晚了二十年，詩中也是「縱死俠骨香」的俠客崇拜。四句的意思是，做人就要像俠客侯嬴和朱亥他們那樣仗義行俠，縱然死去而俠骨猶香，不愧是蓋世之英豪。誰還願像《太玄經》的作者揚雄那樣，白首著書，老死窗下呢？「俠骨香」在前人詩裡就出現過了，看來已成為盛唐那個時代的流行語，王維也這麼用。而就詩論詩，以風骨、意氣比，王維自不在李白之下也。

王維詩虛構、塑造了一個為國家而戰的游俠少年的英勇形象。游俠少年以皇家禁軍身分，隨驃騎將軍而出戰漁陽。難道他不知道血戰邊關的艱苦和危險嗎？然而為了博取百世流芳的英名，寧可戰死也無悔無怨。「孰知不向邊庭苦，縱死猶聞俠骨香」，唱出了盛唐人極端英雄主義精神的最強音，表現出驕傲與悍勇的游俠少年這種唐代特有的俠崇拜，這種捨生忘死而為國捐軀的英雄主義精神，這種對個體生命價值肯定的犧牲精神與價

值觀，具有強烈的鼓舞人心的正能量。因此，林庚先生說，這樣的詩是「盛唐時代的精神面貌」的典型反映，生動表現了王維的「少年精神」。

馬上建功的豪情，為國獻身的思想，是王維「少年精神」中的重要組成部分。這在他的邊塞詩中表現尤為卓絕，如〈燕支行〉、〈老將行〉、〈隴頭吟〉、〈出塞作〉、〈使至塞上〉、〈從軍行〉、〈送元二使安西〉、〈送劉司直赴安西〉等。王維橫跨山水詩與邊塞詩兩大重鎮，筆者甚至提出了王維乃盛唐邊塞詩第一人的觀點。其實，唐人早就非常重視王維的邊塞詩了，甚至超過了對其山水田園詩的重視。他同時代人的選本《河嶽英靈集》，選盛唐詩人二十四個，王維與「高岑王李」邊塞詩四大家皆入選。選本仿鍾嶸《詩品》分上、中、下三卷，王維與李頎、高適在上卷，岑參與王昌齡在中卷。「姓氏之下品題」中，殷璠只在王維「品題」裡提到了他的邊塞詩，而其他「四大家」均未有「品」。《河嶽英靈集》共選入王維詩十五首，其中邊塞詩〈隴頭吟〉、〈少年行〉，加上「品題」裡提到的〈從軍行〉，共三首。李頎入選十四首，邊塞詩選〈古意〉；高適入選十三首，邊塞詩〈燕歌行〉、〈塞上聞笛〉、〈營州歌〉；王昌齡入選十六首，邊塞詩〈從軍行〉（烽火城西）與〈少年行〉、〈塞下曲〉共三首；岑參入選七首，沒有一首邊塞詩。在盛唐選家的眼中，王維邊塞詩的地位並不弱也。

中唐姚合的《極玄集》選本，選詩共百首，凡二十一人，選入盛唐王維與祖詠兩人，其餘皆中唐大曆詩人。選本裡王維名列第一，其三首選詩中，〈觀獵〉是邊塞詩，還有兩首是送別詩。王維的〈送元二使安西〉亦屬邊塞詩，影響極大，被中晚唐詩人不斷提及。劉禹錫曰：「舊人唯有何戡在，更與殷勤唱渭城。」（〈與歌者何戡〉）張祜曰：「不堪昨夜先垂淚，西去陽關第一聲。」（〈聽歌二首〉）李商隱曰：「唱盡陽關無限疊，半杯松葉凍頗黎。」（〈飲席戲贈同舍〉）白居易詩中至少有五首提及，如「理曲絃歌動，先聞唱渭城」（〈和夢得冬日晨興〉）等。唐人欣賞王維的邊塞詩，不

第二章　慷慨意氣的少年精神

亞於欣賞其山水田園詩。

　　林庚提出了一個發人深省的論斷：「沒有盛唐就沒有邊塞詩。」林先生認為：「邊塞詩的湧現，因此乃正是時代精神的產物，那遼闊的視野，奔放的豪情，反映著整個時代高視闊步的足音，這也就是歷代稱譽的盛唐之音的特色。」因為，「邊塞的歌唱為這種豪情找到了一個最適合於表現的場合；它激盪著時代的豪情，也建立在時代豪情之上的」。而盛唐過後，邊塞詩派的歌唱也就一去不復返了。中晚唐時期，寫邊塞詩的詩人並不少於盛唐時，諸如李益、盧綸、李賀、李商隱、張籍、白居易、杜牧、王建，以及郎士元、戎昱、司空曙、楊巨源、張仲素、施肩吾、許渾、趙嘏、司空圖、羅隱、周樸、盧汝弼、韋莊、金昌緒等，為什麼沒有一個公認的邊塞詩派？中晚唐時，內憂外患，戰爭頻仍，不少戰爭是在朝廷與藩鎮或各藩鎮之間進行的。安史之亂後，唐王朝國力日衰，中央漸漸失去對邊遠地區的節制，如吐蕃大舉東進，隴右、河湟等地相繼淪喪，鄯、秦、成、洮等十多個州亦先後喪失。總之，這時的邊塞詩已沒了「氣吞萬里如虎」的自信與豪情，也缺少了「少年精神」，而多類似於南宋基調沉鬱悲涼的愛國詩，傳世之作不多，作品參差不齊，不成規模，不成氣候。

　　王維的邊塞詩，即使不是寫於少年，也洋溢著飽滿的「少年精神」。他的〈使至塞上〉曰：

單車欲問邊，屬國過居延。徵蓬出漢塞，歸雁入胡天。

大漠孤煙直，長河落日圓。蕭關逢候騎，都護在燕然。

　　〈使至塞上〉是王維邊塞詩的代表作，是盛唐邊塞詩的代表作，也是古代邊塞詩的代表作，其詩熱情歌頌了以身許國的守邊將士們的愛國主義與英雄主義精神，洋溢著以國家強盛為驕傲的豪情，也表現出詩人不負使命問邊涼州的驕傲與健邁的精神面貌。

二、非少年詩亦然

王維中年出塞,雖不能說是君主特別信任或朝廷特別倚重,至少是「盡一時之選」者也。王維「銜命」出使,在大唐全盛時,在唐軍大獲全勝的大好形勢鼓舞下,詩人特別榮耀也特別驕傲,從〈使至塞上〉的整體構思看,詩以身負使命而出使開篇,以完成使命追蹤都護到燕然而收束,形成了一個完整的構思,突出了赴邊勞軍的「在場」狀態。詩的中間四句,寫漫漫行程之長遠,也寫其長途跋涉的艱辛與興奮,一路奔襲,日夜兼程,邊塞滿目荒涼,除了隨風飄捲的蓬草,除了偶爾可見的幾行歸雁,荒無人煙,走不到盡頭。而「大漠孤煙直,長河落日圓」二句一轉,轉出了個「千古壯觀」。烽煙升騰於無垠的大漠中,挺拔而直上青天;落日裝點於蜿蜒的長河之上,渾圓而眷戀相依。其詩化蒼涼為豪放,化肅殺為壯麗,清雄綺麗,極富創造精神也極富浪漫色彩。詩人深為塞地廣袤蒼莽、浩瀚悲涼所震撼,也為將士們捐軀報國的精神所感染,不僅沒有淒傷感與孤獨感,也沒有跋涉勞頓的疲憊與怨尤,相反意氣蓬勃,崇高感情陡然而昇華。詩中「蕭關」二句收尾則更妙,暗用三個典[05],信手拈來,宛如己出,自然仿寫,不僅極大地擴大了詩的容量,而且還改變了詩的表現形態,引起讀者對虞世南、何遜詩的聯想與類比,巧妙地讚美了這些為報效國家而血灑疆場的唐軍將士,以漢之竇憲轉喻唐都護之功,認為此戰大獲全勝而聲威遠震具有「刻石勒功」的意義;不僅折射出渾厚恢宏的盛大之氣與太平之象,也讓人從中看到詩人的自豪感與喜悅情,感受到詩人的家國情懷。

王維走出朝廷,深入邊地,使得他站到人性憫情的高度來思考與感發,既關注邊疆的安危和國家的命運,也關心士卒的生命與生活。應該說,這種深沉的人文精神與道德關懷,在王維有了邊地生活後而生成與加

---

[05] 典一,虞世南〈擬飲馬長城窟〉,開篇:「前逢錦車使,都護在樓蘭。」典二,何遜〈見征人分別詩〉曰:「淒淒日暮時,親賓俱佇立。征人拔劍起,兒女牽衣泣。候騎出蕭關,追兵赴馬邑。且當橫行去,誰論裹屍入。」典三,《後漢書・竇憲傳》曰,竇憲大破單于軍,「遂登燕然山,去塞三千餘里,刻石勒功,紀漢威德,令班固作銘」。

第二章　慷慨意氣的少年精神

劇，則更加合理。王維出使河西的那些詩，皆充滿了極端的樂觀主義與英雄主義。其〈出塞作〉云：

居延城外獵天驕，白草連天野火燒。暮雲空磧時驅馬，秋日平原好射鵰。

護羌校尉朝乘障，破虜將軍夜渡遼。玉靶角弓珠勒馬，漢家將賜霍嫖姚。

這是直接描寫戰事的邊塞詩，不僅在王維筆下不多見，在所有的唐代邊塞詩中也少有。暮雲低垂，沙漠空曠，草枯無邊，獵火騰起，盤馬彎弓，夜渡朝馳，整個畫面生動，人物傳神。詩人以打獵聲勢之盛，寫出了強悍吐蕃咄咄逼人的氣勢，暗示邊情危急，渲染了邊關劍拔弩張、一觸即發的兩軍對壘之勢。詩人筆下的唐軍從容鎮靜，應付裕如，神速威猛，攻守兼備，自然也就能夠以壓倒一切的凌厲氣勢而奪取最後的勝利。詩的結尾處順帶一筆，透露出賞功勞軍的題旨。這樣寫，不僅突顯了將士英勇殺敵立功的英雄氣概，具有宣傳鼓動與激勵的意味，符合詩人犒勞使節的身分和觀察視角，也折光出大唐帝國異常強盛的威勢，千載之下，仍然氣勢如虹，成為民族愛國主義和英雄主義的慷慨強音。我們從這些描寫裡看到，詩人對邊地、對戰事、對敵我雙方、對軍事部署等，不僅全然在胸，爛熟於心，而且能夠巧妙構布，得體傳寫。方東樹在其《唐宋詩舉要》中對此詩極有著高評價：「前四句目驗天驕之盛，後四句侈陳中國之武，寫得興高采烈，如火如錦，乃稱題。收賜有功得體。渾顥流轉，一氣噴薄，而自然有首尾起結章法，其氣若江海之浮天。」

王維在邊地約一年時間，他親入兵幕，參與邊軍生活，情緒相當樂觀也相當豪邁，他這個時期的邊塞詩寫得如火如荼，豪情萬丈。後來，王維官居長安，仍然不時地有些邊塞詩的寫作，仍然念念不忘其出塞經歷，「單車曾出塞，報國敢邀勛」（〈送張判官赴河西〉），非常驕傲地回憶起自

己當年出塞的情境,充滿了自豪感與幸福感,自然也表現出他的「少年精神」。

王維〈從軍行〉屬於「短篇之極則」的佳作:

吹角動行人,喧喧行人起。笳悲馬嘶亂,爭渡金河水。

日暮沙漠陲,戰聲煙塵裡。盡繫名王頸,歸來獻天子。

詩中的情與景高度契合,近乎敘事詩的結構與敘寫,非常逼真地傳寫出邊塞唐軍出征、行軍、赴敵、激戰、凱旋的全過程,既有將士出征時的悲壯、赴敵時的無畏,又有鏖戰時的激烈和凱旋時的感奮。邊塞奇瑰壯偉的異域風光以及粗獷豪放的軍營生活,孕育了詩人的想像力,也培養了他捕捉邊地景象的敏銳感,詩中「堆砌」如金河、吹角、笳悲、沙漠邊陲、戰聲煙塵等物象,並置而整合成映照生動的戲劇化場景,十分成功地渲染了邊塞風光的廣漠,也襯托了將士英勇殺敵立功的英雄氣概。「盡繫名王頸,歸來獻天子」二句,霸悍豪放,氣勢逼人,含有必勝的信念與極端的英雄主義精神,具有宣傳、鼓動與激勵的意味,符合詩人的使節身分和觀察視角。

「孰知不向邊庭苦,縱死猶聞俠骨香。」至今讀來,仍然讓人慷慨意氣,豪情萬丈。王維少年時的詩裡充滿了「少年精神」,其非少年時的詩裡,這種精神依然豐沛而飛揚。意氣風發的王維出於意氣而詩寫俠骨豪情,寫意氣血性,寫國家利益高於一切的時代精神,寫為了理想而不惜戰死邊關的盛唐人的生命價值觀。這就是王維的濟世思想,這就是王維的家國情懷,這也就是王維的「少年精神」。而王維的這種「少年精神」,不只在他的少年詩作中才有,也不只在他的邊塞詩中才有。

第二章　慷慨意氣的少年精神

三、與寫什麼應該無關

　　因為王維的山水田園詩寫得太好了，又因為王維的山水田園詩多寫寧靜淡泊，也因為王維詩給人印象最深的是他的寧靜淡泊，因此，古來論詩者便多論王維的山水田園詩，引導人多從寧靜淡泊上論，多從寧靜淡泊上求。方東樹《昭昧詹言》說：「王摩詰。輞川於詩，亦稱一祖。然比之杜公，真如維摩之於如來，確然別為一派。尋其所至，只是以興象超遠，渾然元氣，為後人所莫及；高華精警，極聲色之宗，而不落人間聲色，所以可貴。然愚乃不喜之，以其無血氣無性情也。」應該說方東樹對王維詩的評價是很高的，他高度肯定了這種詩的重要特點與特殊價值。他是相較杜甫而言的，他認為王維詩缺少興觀群怨的社會性，即使「可貴」也「不喜之」。他只是說他「不喜之」，並沒有說這種詩不好。也就是說，這是他的審美觀，與王維詩的品質高下無關。他不喜歡「無血氣無性情」的詩，而喜歡有血氣有性情的詩。誰也沒有權利反對他「不喜之」，或強迫他不能「不喜之」。我們以為，作為他個人的審美趣味，喜之與不喜之，都是極其正常的。何況，方公認為「無血氣無性情」的也只是王維輞川詩，而對其非輞川詩也有「一氣噴薄」而「其氣若江海之浮天」的極評，自然不在「不喜之」之列也。

〔明〕董其昌　山水圖卷

　　然而，把方東樹「無血氣無性情」的觀點，作為一種審美評判，拿來定性王維輞川詩乃至所有詩的標準，這就非常不正常了。如果再以此來引申批評，說王維詩逃避現實、為人冷血云云，則更屬於「有罪推定」的思維了。

　　孔子有一段談「血氣」的名言，他認為君子有三戒：少之時，血氣未足，戒之在色；及其壯也，血氣方剛，戒之在鬥；及其老也，血氣既衰，戒之在得。（語出《論語·季氏》）其實，詩亦然，需要有「戒」的控制。詩教講求溫柔敦厚，也不能憑一時的「血氣之勇」。或者說，詩講溫柔敦厚，更不應該全都是那種血氣債張、狂言豪言的風格。王維詩以儒家詩教為準則，注重審美主體在審美運作中對自身情感的中節控制，不是一吐為快，不是一傾為樂，而是迂迴婉曲，委而有節，詞不徑出而情不激起，含而不露，淡泊平和，尤其是他的輞川詩看上去自然便有「無血氣」的感覺了。

　　古人論詩，喜歡以氣論，認為「詩不可以無氣」。最先以氣論的是曹丕，他在《典論·論文》裡提出了一個「文以氣為主」的觀點，認為氣之清濁有體。韓愈則以「氣盛言宜」將氣盛的意義誇張到極致，這也是中唐詩爭強鬥狠、尚怪獵奇的美學趣味。方東樹說王維輞川詩「無血氣」，又認為其詩「興象超遠，渾然元氣，為後人所莫及」。看起來前後矛盾，然而

第二章　慷慨意氣的少年精神

也不矛盾。「元氣」與「血氣」，都是「氣」的範疇，即為人的精氣神，屬於感情表現。「元氣」之「元」是開始的意思，也就是說元氣是萬事萬物的根源，是構成萬物的原始物質。

「血氣」應生於「元氣」。而方東樹所說的「血氣」，應該是指詩歌的情感表現，實質上就是指衝動的情感，或是指情感的衝動，而於詩上則主要是率性狂放、縱橫恣肆、慷慨奇詭類的外傾性表現。如果這就是所謂「血氣」，王維則恰恰沒有。其詩歌創作不可能沒有情感衝動，沒有情感的衝動也出不了好詩。然而，他衝動的「血氣」不行諸色，不作一吐為快的肆意噴薄，透過中節柔化的「曲而達」、「譬而喻」的表現性，化為一種「不落人間聲色」的詩形態，而其「興象超遠，渾然元氣」，就具有了一種讓人感覺不到「血氣」的「血氣」。黃庭堅說他讀陶詩，「血氣方剛時，讀此如嚼枯水」。其實讀王維詩亦然，其「《輞川》諸詩，皆妙絕天成，不涉色相。止錄二首，尤為色籟俱清，讀之肺腑若洗」（黃叔燦《唐詩箋注》）。王士禛指出，這些輞川詩，「神與境會，境從語顯，其命意造語，皆從沉思苦練後，卻如不經意出之，而意味、神采、風韻色色都絕」（《唐人萬首絕句選評》）。其詩非無氣血無血色，而是「色色都絕」也。王維的這些詩，表面看來平淡無奇，全不借助外在色相而清空一氣，而皆以氣取勝，真個是真氣充沛，元氣淋漓，靜氣瀰漫而清氣逼人也。以其輞川詩的〈竹里館〉為例，其詩曰：

　　獨坐幽篁裡，彈琴復長嘯。
　　深林人不知，明月來相照。

詩人清幽意興，選擇「幽篁」、「深林」、「明月」三物象，寫月夜幽林之景，選擇「獨坐」、「彈琴」、「長嘯」三行舉，寫遠離塵囂的人，而簡化了所有的背景設色與因果關係的交代，似乎是信手拈來，隨意寫去，極其

自然平淡。明月輝映，幽竹相擁，獨坐其間，彈琴也好，長嘯也罷，一切自然而必然，成為詩人順其自然的本真性情而自然生成的一種生命狀態，也是其主觀契合幽雅客觀而閒適自得的生存方式。彈琴不是自我炫耀的作秀，長嘯也不是矯揉造作的表演，全憑心性意興之所至。「深林人不知」與「明月來相照」對舉，更是意味深長，人不知我，我亦無須人知，無意於人之知或不知，然唯為明月所知，有明月相知也。詩人全身心地融入自然，陶醉於無邊風月中，塵慮皆空，樂道自得，獨享孤獨，生成了無人所知的大歡喜，進入了與自然同體、與大化同在的境界，詩亦妙諦自成，境界自出矣。誠如屠隆讚曰：「沖玄清曠，爽氣襲人。」（《鴻苞論詩》）王士禛則謂其「毋乃有傲意」（《唐人萬首絕句選評》），也就是說，古人還於清氣之中看到了傲氣。現代研究者，有人說其貌似嫻雅的背後隱含著感憤與不平，也有人說讀出了一種陶醉於圓融自足世界裡的深深孤獨感，還有人說其中隱約有類似阮籍「嘯傲」的「佯狂形態與叛逆精神」。這些看法，似乎都與「血氣」有關了。我們以為，只要不是預設立場，或者是觀點先行，你讀出了什麼都可以，都很正常，因為詩不是說明文，因為王維詩「溫柔敦厚」而追求「於言外得之」的表達。

　　有無「血氣」，雖然並非考量詩之高下的美學標準，但是王維詩裡怎麼可能沒有「血氣」呢？如果「血氣」只是狹隘地指慷慨意氣而直接表現，王維詩中也是不乏佳作的，譬如他的〈少年行〉，譬如他的〈送元二使安西〉。王維還有一些送別詩也寫得「血氣方剛」。其豪氣厲揚，英氣逼人，讓人懷疑出自詩以「不落人間聲色」為特色的詩人之手，譬如〈詩送陸員外〉、〈送張判官赴河西〉、〈送平澹然判官〉、〈送劉司直赴安西〉、〈送趙都督赴代州得青字〉、〈送宇文三赴河西充行軍司馬〉、〈送崔三往密州觀省〉等，就霸氣十足，慷慨威武。

　　王維有一批詩，贈別同僚，送友人赴前線，沒有絲毫哀怨悽切的黯

第二章　慷慨意氣的少年精神

然，多是抗壯激越，慷慨意氣，表現出「匈奴未滅，何以家為」的高邁境界，充分反映了詩人主戰抗敵、立功報國的節義內容和英雄膽識。他的〈送張判官赴河西〉詩云：

單車曾出塞，報國敢邀勳。見逐張征虜，今思霍冠軍。

沙平連白雪，蓬捲入黃雲。慷慨倚長劍，高歌一送君。

此詩的構思很特別，思想性很強，思想教育的意味很重。這也是王維詩中表現最有自信、最意氣風發、也最顯自然人格的一首詩。此詩似是贈給一個後生小輩的，詩人結合自身赴邊出塞的經歷而現身說法，把赴邊之舉描繪得具有很強的誘惑力，激勵對方慷慨赴邊，殺敵報國，這對於滿懷壯志凌雲而準備赴邊的張判官來說，簡直就是千載難逢的立功報國的機會。詩雖然是贈別，寫給別人的，卻現身說法，一上來就說自己：「單車曾出塞，報國敢邀勳。」出塞問邊，是王維心中永遠抹不去的記憶。雖然不是邀功，但也有點自炫的口吻，他也為自己有過戍邊的經歷而驕傲。王維有著「單車曾出塞」的本錢，也曾奮不顧身，幾次臨危受命出使邊塞。王維在詩中對這個年輕人說，你現在將要去追隨張征虜，就像我當年跟從霍將軍。意思是，你也要像我那樣報國無私、一往無前。頸聯寫景，聲色頓生。王維極擅點染之法，「沙平連白雪，蓬捲入黃雲」二句，這既是想像之景，又源自詩人的邊塞生活經歷，最妙的是渲染了一種悲壯肅穆的送行氣氛。此處的景，可以理解為詩人的寄語，語含景中：此去就是環境惡劣的邊地，就是走馬馳騁的沙場，要這個年輕人做好心理準備。這也自然過渡到尾聯的「送」，詩末「慷慨倚長劍，高歌一送君」二句，點題送別，又是自寫，慷慨勉勵，高歌相送，展現出一個意氣風發、軒昂颯爽的送友形象。王維的送別詩，情辭豪邁，意氣慷慨，字裡行間鼓盪著豪氣雄風，生動地反映了詩人建功邊關的家國情懷，也表現出非常典型的盛唐人昂揚自信的精神風貌。

王維有一批寫送別的詩，其於詩中鼓勵人以國家為重，積極投身保家衛國的戰爭，而其中抒寫則未免太過「血氣」了，譬如：

「當令犬戎國，朝聘學昆邪。」（〈送宇文三赴河西充行軍司馬〉）

「須令外國使，知飲月氏頭。」（〈送平澹然判官〉）

「當令外國懼，不敢覓和親。」（〈送劉司直赴安西〉）

「忘身辭鳳闕，報國取龍庭。」（〈送趙都督赴代州得青字〉）

「欲逐將軍取右賢，沙場走馬向居延。」（〈送韋評事〉）

如此霸道猛悍，分明就是示豪撒潑，簡直近乎野蠻，以現在的觀點看，是很典型的「大國沙文主義」，具有強烈的擴張意識與殖民思想。真不敢相信這也是儒雅王維的手筆。這些詩都寫於王維中晚年，都是送人赴邊的內容，都是祝頌與希望的意思，也都生動表現出詩人的慷慨意氣，表現出他的「少年精神」。

王維的這些送別詩，其實也可歸類於邊塞詩，情緒激昂，音節鏗鏘，字裡行間充滿了對威武戰神的膜拜，表現出藐視天下而壓倒一切的英雄主義精神，折射出大唐帝國鼎盛期的時代光影，生動表現了王維武力強國的基本思想。盛唐盛世，雖然國力強盛，然卻不時受到異族的騷擾，使唐主不得不採用和親之下策，而求得一時苟安。唐玄宗時期更是唐朝屈辱和親的密集期，且送出去的公主往往被當作牲畜一樣凌辱，甚至被虐殺，這讓唐人丟盡顏面，詬恥蒙羞。王維是希望這些即將奔赴疆場的同僚朋友，做出一番驚天動地的大事來，讓唐人出一口惡氣，也使異邦再也不敢蔑視大唐。而從送別詩寫作的角度說，這樣的寫法，對於即將開赴戰場的人來說，具有讓人熱血沸騰的鼓動性。這也寫出了詩人心目中的戰神風采，包含了詩人自己的強國之夢，以及渴望建功立業之心。

第二章　慷慨意氣的少年精神

〔唐〕王維（傳）　伏生授經圖

　　王維是個非常全面的詩人，什麼體式均擅，什麼題材皆作，什麼風格都有，均有超一流的作品。龔鵬程《中國文學史》指出：「歷來我們對王維及其詩之認識是偏頗的。」人們往往「大談王維的冲淡恬靜而忽略其豪健風格；大談王維之山水田園詩，而漠視其邊塞題材。」龔先生認為，這是「論者太懶」，「往往就是一刀切」，說到王維，總是「維詩清逸」一套。「其實王維作品裡，山水田園詩僅占四分之一，其述豪俠、詠邊塞、陳閨怨者，無論質與量，均不遜於山水田園。比諸岑參、高適，亦無愧色（王世貞且謂其〈出塞作〉若非犯兩馬字，足當唐詩壓卷）。豈曠淡清逸云云所能局限？」也就是說，我們在讀王維與論王維時，不能為「曠淡清逸」觀所局限。

　　「少年精神」應該說與寫什麼並沒有直接關係。王維不管寫什麼，「述豪俠、詠邊塞、陳閨怨者」等，其詩發於「意氣」，亦多能夠寫出「少年精神」來，他的非山水田園詩如此，山水田園詩亦如此；他的長篇歌行如此，五言短制亦如此；他的少年詩如此，非少年詩亦如此。

四、全在乎神完氣足

　　王維詩中的「少年精神」，不只限於他少年時寫的詩，也不只限於邊塞詩類題材的詩。他的山水詩也以氣勝，渾然元氣，清空一氣，古人評其詩「一氣渾淪，神勇之技」（沈德潛《唐詩別裁》）。其實，「王右丞詩境雖極幽靜，而氣象每自雄偉」（賀貽孫《詩筏》）。王維的〈終南山〉，以四十個字為偌大一座終南山傳神寫照，就寫得氣象萬千：

　　太乙近天都，連山到海隅。白雲回望合，青靄入看無。
　　分野中峰變，陰晴眾壑殊。欲投人處宿，隔水問樵夫。

　　王夫之的《唐詩評選》讚此詩曰：「工苦安排備盡矣，人力參天，與天為一矣。」這是對王維詩精湛而高超藝術的至高無上的評價。詩從終南山太乙峰落筆，總覽全山，仰觀俯瞰，極言山之高遠。起筆即極度誇張終南山的高遠實體與恢宏氣勢，「太乙近天都」，是垂直方向的擴展；「連山接海隅」則是水平方向的延伸。中間兩聯，具體描寫終南山的內部形態。身在山中，移步換形，雲氣變幻，由清晰而朦朧，由朦朧而隱幻，剛剛走出茫茫雲海，迎面又是合攏上來的濛濛青靄，讓人置身於感察無窮、動盪不定的妙幻之中，而又讓人消融於時空和外物的深度裡。頸聯寫詩人立足「中峰」，縱目四望，終南山全景盡收眼底，「分野中峰變」，側重於從區域方面寫山內部的縱深，其領域之廣大，甚至大到對應天文分野；而「陰晴眾壑殊」側重於從天候方面寫山的神奇，透過陰晴濃淡之光線下千巖萬壑的懸殊景象，來寫山之千形萬態的奇幻。詩的前三聯正面寫終南山，末聯則側面寫，欲投宿山中人家，「隔水」相問，打破了山中的沉寂。人的出現，妙不可言，山之益淵深亦益博大矣。沈德潛嘆曰：「或謂末二句與通體不配。今玩其語意，見山遠而人寡也，非尋常寫景可比。」（《唐詩別裁集》卷九）王維寫山，在變化中寫山，寫山的變化，利用空間關係的照應

第二章 慷慨意氣的少年精神

和雲氣變化的微妙,營造出空幻虛縹的情境,遠近高下,陰陽虛實,閃滅離合,貌實而虛,形顯而幻,貫穿於全詩的是一種博大渾厚的混沌之氣,終南山也因此而更加宏偉壯大,遊人也更有了一種宏大無比的存在感。

其實,王維詩,包括輞川詩,雖多寫靜,然氣象氤氳,意氣飛動,只是讓人不容易感受到,一如詩僧皎然所說的「氣高而不怒」、「力勁而不露」的那種。非常有意味的是,聞一多先生將盛唐詩人分為兩派,孟浩然屬於「文弱派」的代表,而將王維作為「豪壯派」的代表。「豪壯派」的代表還有高岑李杜。王孟詩都喜歡寫靜,二人的詩區別其實是很大的,宇文所安認為他們的高下也幾乎是不可相提並論的。「王維與孟浩然的詩在表面上相似,使得一些批評家和選詩家將他們連繫在一起。可是,在他們對隱逸風景描寫的共同興趣後面,卻隱藏著氣質和詩歌個性的根本區別。」孟浩然有兩句寫洞庭的詩,「氣蒸雲夢澤,波撼岳陽城」(〈臨洞庭湖贈張丞相〉),倒是氣勢磅礡而並不「文弱」的。古人認為,這可與杜甫寫洞庭的「吳楚東南坼,乾坤日夜浮」(〈登岳陽樓〉)齊名。古人也認為,王維的「江流天地外,山色有無中」,亦千古絕唱,詩家俊語,與孟、杜二詩不相上下。王維此二句詩,出於他的五律〈漢江臨泛〉:

楚塞三湘接,荊門九派通。江流天地外,山色有無中。
郡邑浮前浦,波瀾動遠空。襄陽好風日,留醉與山翁。

此詩甚佳,氣象萬千,意境開闊。詩寫眾水交流,密不間發,雄渾壯闊,由楚入湘,與長江九派匯合,首聯就為全詩造足了宏大氣氛。泛舟江上,縱目遠望,只見莽莽楚湘大地浩浩湯湯奔湧而來的「三湘」之水相交相接,漢江洶湧入荊江,與長江九派匯聚合流。詩以概寫總述,而有先聲奪人的「崚嶒之勢」。「江流天地外,山色有無中」二句,更是以氣韻勝,既是寫實,又充滿想像。漢江滔滔遠去,彷彿已流入天地之外,襯以蒼

茫而空濛的遠處青山，越見江勢的邈遠浩瀚而氣象恢宏。頸聯「郡邑浮前浦，波瀾動遠空」二句，側重寫觀感，寫幻覺，其壯也不亞於前聯。明明是所乘之舟為水波所搖動，詩人卻說是城郭在水上浮動；明明是浪拍雲天，詩人卻寫成天空在震盪。「浮」與「動」兩個動詞用得極妙，以動與靜的錯覺與幻覺寫水勢磅礡，極富動感，進一步渲染了磅礡水勢。此詩三聯寫水，真可謂於浩渺中見雄奇，而於雄奇中見浩渺，呈現出渾渾無涯、包載天地的水天奇觀，氣之不可謂不大，「若江海之浮天」矣。

胡應麟《詩藪》裡評〈古詩十九首〉：「蓄神奇於溫厚，寓感愴於和平；意愈淺愈深，詞愈近愈遠，篇不可句摘，句不可字求。」其實，這用來評王維的詩，也是非常合適的，或者說，王維詩也就是這個特點。王維的詩，也不宜「句摘」不宜「字求」。但是，《紅樓夢》中香菱摘來的那幾句，也確實可觀。《紅樓夢》第四十八回，黛玉教香菱學詩說：「我這裡有《王摩詰全集》，你且把他的五言律讀一百首，細心揣摩透熟了，然後再讀一、二百首老杜的七言律，次之再李青蓮的七言絕句讀一、二百首。」香菱用功讀詩之後，接受黛玉的考試，她們談的全是王維詩。香菱說：「大漠孤煙直，長河落日圓」兩句太好了，還有「日落江湖白，潮來天地青」、「渡頭餘落日，墟里上孤煙」真是太不可思議，「念在嘴裡，倒像有幾千斤重的一個橄欖似的」。王維詩中確實妙句甚多，「大漠孤煙直」二句似乎最膾炙人口也。一般人讀〈使至塞上〉也都把興奮點集中在此二句上。王維極擅取景設境，古之邊塞用狼煙，取其直而聚，雖風吹之不斜。狼煙孤起，升騰如豎，邊關太平無事，而非狼煙四起。落日渾圓如盤懸於半空，欲落而不落，寧靜安寧肅穆。詩人狀難言之景於目前，含不盡之意於言外。如果將二句放在整個詩中來考察，更是妙不可言，其描寫服從於全詩，這種奇特風光和壯麗境界，折光了盛唐盛世的和平寧靜，也寫出了詩人的風發意氣與豪邁陽光的心情，正可謂「蓄神奇於溫厚，寓感愴於和平」。

第二章　慷慨意氣的少年精神

王維的〈觀獵〉，被沈德潛說成是「神完氣足」的律詩正體，而「章法、句法、字法俱臻絕頂」(《說詩晬語》)，其詩曰：

風勁角弓鳴，將軍獵渭城。草枯鷹眼疾，雪盡馬蹄輕。

忽過新豐市，還歸細柳營。回看射鵰處，千里暮雲平。

這就不是方東樹所「不喜之」的詩了，他比較老杜的詩來讚，說其開篇「直如高山墜石，不知其來，令人驚絕」，亦即百轉之氣噴薄而出也。施補華則全面分析說：詩「起處須有崚嶒之勢，收處須有完固之力，則中二聯愈形警策。如摩詰『風勁角弓鳴，將軍獵渭城』，倒戟而入，筆勢軒昂。『草枯』一聯，正寫獵字，愈有精神。『忽過』二句，寫獵後光景，題分已足。收處作回顧之筆，兜裹全篇，恰與起筆倒入者相照應，最為整密可法」(《峴傭說詩》)。詩的前四句寫出獵，後四句寫獵歸，王夫之則認為「後四語奇筆寫生，毫端有風雨聲」(《唐詩評選》卷三)。詩的前四句偏於實寫，後四句偏於虛寫。前四句寫獵時，精工傳神，氣概壯激，聲色音像，活靈活現，造足了氣氛，直寫馬的迅捷、鷹的神猛、將軍的矯健身手，現場感特強。後四句寫獵後，詞約義豐，舒展自如，開闊自若，委婉蘊藉，韻律感鮮明，真有瞬息千里之勢，想像的空間更大，饒有深味。詩之大妙，妙在不落聲色的蘊藉，寫將軍而不直接寫其人，沒有對將軍具體形象的正面描寫，而將軍圍獵時矯健神武的神勇，獵後生氣遠出的瀟灑，皆躍然紙外，神情畢現。此詩之妙，還妙在非寫盛世，卻讓人感受到盛世的平靜，「千里暮雲平」寫的是邊疆的寧靜，只有盛世，邊疆才會這樣寧靜。

王維詩渾然元氣，清空一氣，多需要人「得之於言外」。林庚先生《唐詩綜論》中說：「我們如果以為只有揭露黑暗才是有思想性的作品，這說法是不全面的⋯⋯有人又以為唐詩中的積極浪漫主義精神是不滿足於現實，

因此它必然是在揭露黑暗,這說法也是不符合邏輯的;不滿足於現狀固然可以是揭露黑暗的,但也可以是追求理想的。」王維總是把山水自然、現實社會寫得那麼溫馨寧靜,即使是鄉村民生的題材,或關注下層平民生活的詩,也多正面展現,正能量反映,盡可能表現一種人與社會、人與自然的和諧,而極少反映痛苦的一面,更不去批判社會的陰暗面,這與他溫柔敦厚的美學思想有關,與他的生活環境、生存狀態比較優越有關。因為,「不滿足於現狀固然可以是揭露黑暗的,但也可以是追求理想的」。他詩裡寫的是盛唐時代特有的寧靜與和諧,寫的是盛世人對美好平靜生活的嚮往和享受,寫的是對盛世功業的自信和自豪,比較準確地反映了盛世社會的和諧本質。因此,我們也不能因為王維寫的不是黑暗,不能因為王維詩沒有「為時而著」、「為事而作」的批判現實、干預社會的社會功能,不能因為他現實主義的實用理性比較薄弱,就說他沒有抗爭性,說他的詩缺乏思想,說他的詩「無血氣」。林庚先生認為王維詩所以「穆如清風」,那是因為其詩「與時代的氣氛息息相通」,「那就彷彿是清新的空氣,在無聲地流動著,無時不有,無處不在。這正是因為與時代的氣氛息息相通。因此,王維的詩歌也總是那麼富於新鮮感」。

　　王維其詩,往往是從一個極平常卻又很獨特的視角,創構一種雅麗而淨化的意境,表現他的兼濟思想,表現他的社會理想,折光「盛唐氣象」。這種詩,表現出詩人對世界存在所具有的不可動搖的信賴,表現出詩人萬千氣象的內心世界,讓人真切感受到其中的「少年精神」。汪湧豪先生《中國文學批評範疇及體系》一書認為,《河嶽英靈集》的選家殷璠,他所以竭力推崇王維之流的詩,「就是因為他們的詩脫棄凡近,興象高遠」。「興象」即「是指詩歌所達到的一種融匯著詩人勃然發動的主觀情志的客觀物象,以及由這種物象造成的寄意出言的特殊景象」。「興象」的形成,與詩人體內之性氣密切關係。我們觀王維詩中之「興象」而得其精

第二章　慷慨意氣的少年精神

神,得其「少年精神」。王維詩中的「少年精神」,使王維「瞬間就掌握了世界的全體」。而他的這種「少年精神」,也使其詩瀰漫著一種陽光般高華而溫馨的氣息。

真可謂:

俠骨柔情火與冰,干雲意氣敢持矜。

問邊史有單車在,慷慨誰人比右丞。

第三章

以和為上的生存智慧

第三章　以和為上的生存智慧

在中國人的道德觀念中，「和」是萬物的構成勢態。儒、釋、道三家的一個共同之處，均強調天地之和與人命之和，亦即「天人合一」的哲學思想。

中國古人自覺以「和」來衡定政治和人事，以「和」來敘述藝術規律與藝術高下。中和美也成為中國古代哲學、美學的最高範疇。

以和為尚，以和為上，是王維安身立命、行事處世的道德規範，也成為他的人性自覺，成為他的生存智慧。

王維以和為尚，愛自然，愛山水，愛得無人可比。他也非常擅長協調人與自然的關係，以山水自然作為對生命的供奉，道法自然，順應自然，也親和自然，以流連自然風景的人生情趣，追隨內心最本真的生活，追求天和境界。即使是一般人不感興趣的山水，一般人看不出什麼美來的平常山水，他也大有如遇知音的親切和激動，生命處於還鄉的興奮之中。詩人沉浸於山水中，把感性的自然山水作為情感的對象，又能超越山水外物而達到精神上的「天籟」與「天樂」，而在直接體驗和領略自然靜美的同時，更加密切了人與自然的關係，加速了物我共構共融秩序建立的程序，其人其詩也合於自然之節律而以自然之美為美。

王維自覺踐行「和為貴」的儒家思想，雖然他生性愛靜愛閒愛獨處，然其斂讓謹和，溫良謙恭，待人真誠，平易近人，無貴無賤，廣交豪門皇族，成為社交紅人，而與平民百姓也常常是「談笑無還期」。王維自言他的僧侶朋友也很多，「山中多法侶，禪誦自為群」（〈山中寄諸弟妹〉）。因為善交樂群，很有人緣，也讓王維因此獲得了極大的便利。

詩歌是盛唐士人社會生活中的重要內容，詩歌也成為王維社會交際的重要工具。王維的詩也表現出以和為貴、以和為上、以和為美的審美自覺，成為中國古典詩歌「中和美」的美學典範。

王維詩，一團和氣，沒有一點火氣，也沒有一點點的酸氣。什麼樣的題材，什麼樣的體式，他都能夠寫出和諧圓融的人際關係與社會生活來。

王維以盛世價值觀與中和審美觀，寫盛世感受，寫盛世的社會和諧，寫盛世唐人的自由意志與生存狀態，光風霽月，靜穆含蓄，反映了詩人對於和諧與閒雅的特殊追求，呼應和反映了民族的主靜精神，代表了以「和」為最高境界的中國詩學內蘊與美學境界。

真個是與天和，其樂無窮。與人和，其樂無窮。

一、欲與天地精神往來

《莊子・天道》曰：「與天和者，謂之天樂。」王維的品德與智慧，最顯明之處就是順應自然，親和自然，追求與自然和諧的「天樂」境界。王維愛自然，愛山水，愛得難有人可比，愛得讓人覺得他「定有泉石膏肓之疾」也。什麼樣的山水，什麼季節的山水，對於王維來說都是好山水，什麼樣的山水皆可遊亦可留。人是自然的人，自然是人的自然，而人與自然和諧同樂，於大自然的山水優遊與審美體驗中享受無盡之「天樂」。

這種深入骨髓的熱愛，助長了王維走向自然的自覺與深度。他喜歡一人走入自然，興來每獨往，悄悄地走入自然的深處。他的〈山中與裴秀才迪書〉全文如下：

近臘月下，景氣和暢，故山殊可過。足下方溫經，猥不敢相煩，輒便往山中，憩感配寺，與山僧飯訖而去。北涉玄灞，清月映郭。夜登華子岡，輞水淪漣，與月上下。寒山遠火，明滅林外。深巷寒犬，吠聲如豹。村墟夜舂，復與疏鐘相間。此時獨坐，僮僕靜默，多思曩昔，攜手賦詩，步仄徑，臨清流也。當待春中，草木蔓發，春山可望，輕鰷出水，白鷗矯翼，露溼青皋，麥隴朝雊，斯之不遠，倘能從我遊乎？非子天機清妙者，豈能以此不急之務相邀。然是中有深趣矣！無忽。因馱黃檗人往，不一，山中人王維白。

第三章　以和為上的生存智慧

　　這封信僅二百字，寫於王維中年後期，天寶三載（西元744年）前後，亦即王維四十四、五歲時。信裡的中心意思是說他一人冬遊藍田山的原因。什麼原因呢？實在是因為「景氣和暢，故山殊可過」。意思是說，雖時值寒冬臘月，然氣候溫和舒暢，藍田山間景緻實在太美，太有誘惑力了，太應該有此一「過」矣。因此，他實在禁不住自然美的誘惑，也實在等不及約伴裴迪同行，而有了融入自然的此獨「過」也。書中寫道，他在感配寺稍作休息，跟寺中住持共進餐後，便迅速融入深山了。王維寓目輒書，放筆盡情寫來，湖水、明月、遠山、林木、燈火、村落，還有吠聲、舂米聲和寺鐘聲以及隱約的城郭，皆排列紙上，朦朧可見，清晰可聞。詩人移步換形，在變化中寫景，寫景的變化，山中月色與月色裡的山中，充滿了神祕感，充滿了朦朧美，美不可盡言也，自然也就「多思曩昔」，也就自然勾起了與裴迪同遊的回憶，流露出一種淡淡的憂思，一種悔不該獨往的懊惱與怨悔。也因此，便有了盛情相邀的此信書寫，並以對春景的想像性描寫來打動被邀請方。王維這樣寫道：輕捷的鰷魚躍出水面，雪白的鷗鳥展翅飛掠，晨露打溼了高地上的青草，雉鳥在清晨的麥田裡歡叫。難怪宋元時期的馬端臨說：「余每讀之，使人有飄然獨往之興。」（《文獻通考‧王右丞集》）

　　王維是因為興來而獨往，是得到美的召喚而走入山林，不是被外力推入山林的，不是事功理想破滅而消費山林的苟活，也不是「越名教而任自然」的遺世獨立的對抗與任性，更不是「以放任為達」而消解人性缺失的逃避。因此，他很輕易地就做到了真正的融入，生成了一種歸寂山林的知覺與感悟，生成一種同閒自然的狀態與歡欣，和諧自然，化入山林，而有「坐看雲起」的隨緣與忘機，享受與萬物為春的天樂。

　　王維走向山水，而在「順應自然」、「見道忘山」的走向中，體悟寧靜的真諦，領略雲水自然的意境，以靜照忘求的審美觀照與方式遇合山水，

表現出混同自然的人性自覺,而將自然包羅永珍和普惠眾生的生命之法,作為根本的宗旨,協調與自然之間的生命和諧,在美學層面上達到「天人合一」的最佳狀態。其詩也因此具有了高度的「融」人入境的和諧美,生成了特有的和諧本質與和樂境界。王維〈自大散以往深林密竹磴道盤曲四五十里至黃牛嶺見黃花川〉詩曰:

> 危徑幾萬轉,數里將三休。
> 迴環見徒侶,隱映隔林丘。
> 颯颯松上雨,潺潺石中流。
> 靜言深溪裡,長嘯高山頭。
> 望見南山陽,白露靄悠悠。
> 青皋麗已淨,綠樹鬱如浮。
> 曾是厭蒙密,曠然銷人憂。

這首詩讓有「唐無五言古詩」之陳見的王夫之,也叫好不迭,評以「勻浹」,也就是融洽勻稱,浹淪肌髓。王夫之認為,其詩「佳處迎目,亦令人欲置不得,乃所以可愛存者,亦止此而已」(《唐詩評選》),說這是王維最好的五言古詩,甚至是最好的唐五言古詩。王維以大謝「寓目輒書」的寫法,長鏡頭掃描,忠實地表現他不辭辛勞而追逐山水的遊歷,而其「危徑幾萬轉」的興致,真個是欲與天地精神往來,可讓我們讀作「獨與天地精神往來而不敖倪於萬物」(《莊子‧天下篇》)哲學思想的詩性詮釋。王維的自然美學觀受老莊的影響,在「不敖倪於萬物」的和睦中,心隨物動,心隨境轉,順山萬轉,逐水百里,徹底自放於大自然之中,以山水之性情為性情,與天地同流,與萬物歸一。這種人與自然的關係及其山水自然的體驗方式,真可謂「行到水窮處,坐看雲起時」也。

王維與自然山水,還建立了一種和諧共處的生命秩序,即「入鳥不相

第三章　以和為上的生存智慧

亂，見獸皆相親」(〈戲贈張五弟諲三首〉其三)。莊子的「與麋鹿共處」，表現了人與自然的和諧之樂，人、鳥、獸之間具有了一種溫順親和的關係，而人則在與外物的高度和諧中，與萬物和諧共存，進入「天人合一」的至高和洽的境界。王維在與自然的親和體驗中，深得三教生態之精髓，表現出天如何我亦如何的生態智慧。王維親和山水，不是以占有山水為目的，不是以凌駕山水為快感，也不是以滿足低階的感官享受而坐愛與歆羨。因此，他在對於自然外物的體驗中，沒有絲毫的物種優越感，更不是魏晉人式的放縱，只有順應自然的人性自覺。他十分看重萬物原生態的自性，重視生態情境，其體驗方式不聲張、不驚擾，更不會粗暴地破壞生態平靜，而以混同於山水的狀態獲得山水的愉悅。王維融入山水自然，平心息機而失去自我，成為一種超越功利的自性回歸，因此，一旦進入山水，山水便是故人，山水便是親人，王維自己也成了山水，「我心素已閒，清川澹如此」(〈清溪〉)。詩人心淡如青川，人閒如青山，人即山水，山水即人，我就是青溪，青溪就是我。即使是一般人不感興趣的山水，一般人看不出什麼美來的平常山水，他也大有如遇知音的親切和激動，生命處於還鄉的興奮之中。詩人沉浸於山水中，把感性的自然山水作為情感的對象，又能超越山水外物而達到精神上的「天籟」與「天樂」，俱道適往，著手成春，即隨物賦形而順應自然。

　　王維在對於大自然的體驗中，自然山水也成為其重要的生命依託和精神泉源，從而生成了一種以寬厚情懷擁抱自然萬物的生命精神，其心靈和行為在自然面前也表現出極度的自由，人與自然具有了內在的一致性，人與自然的關係也進入審美層面。黑格爾《美學》(Lectures on Aesthetics) 裡指出：「山岳、樹林、原谷、河流、草地、日光、月光以及群星燦爛的天空，如果單就它們直接呈現的樣子來看，都不過作為山岳、溪流、日光等等而為人所認識。但是第一，這些對象本身已有一種獨立的旨趣，因為在

它們上面呈現出的是自然的自由生命,這就在也具有生命的主體心裡產生一種契合感;其次,客觀事物的某些特殊情境可以在心靈中喚起一種情調,而這種情調與自然的情調是對應的。人可以體會自然的生命以及自然對靈魂和心情所發出的聲音,所以人也可以在自然裡感到很親切。」王維以自然無為的思想,在與自然的親近中培養出與自然高度契合的真情感而識得天地之心,透過和諧自然的生命體驗,了解到自然是生命之本源和宇宙精神的最高表現,從而依循萬物的本性而去愛護、欣賞自然界的所有事物,表現出人與自然融洽無間而息息相通的生態智慧。

王維以和為尚,以和為上,不僅重人倫和諧,也十分注重人與自然的和諧,不破壞山水自然的和諧生態,也不破壞人與自然之間的和睦關係,以自然為美,以自然美為美。王維的這種與萬物為春的生態觀與生存智慧,反映在他對山水自然的體驗方式上,就是以素樸無為的自然人性而契合融洽山水自然的自然天性,物各自然,美各其美,美在自美,而在直接體驗和領略自然靜美的同時,密切了人與自然的關係,加速了物我共構共融秩序建立的程序,其人其詩也即合於自然節律而以自然之美為美。

二、人和的生存智慧

王維極擅與人來往,深諳「溫良恭儉讓」之道。因為其人低調,斂讓謹和,溫良謙恭,因此也很有人緣,讓人很樂於與他來往,甚至以與他來往為快樂,感到與他來往有面子,也有收穫,這也讓他在很多重要的場合裡,成為很受歡迎的人。

第三章　以和為上的生存智慧

莊子曰:「與人和者,謂之人樂。」(〈天道〉)王維雖然生性愛靜、愛閒、愛獨處,然自覺踐行「和為貴」的儒家思想,謙恭真誠,平易近人,無貴無賤。他似乎有點清高,但絕不輕狂;他嚴以自律,苛以自責,但絕不低三下四;他從不爭強鬥勝,也很少有豪情萬丈的時候,總那麼的淡泊從容,不卑不亢。

詩歌是盛唐士人社會生活中的重要內容,也成為他們社會交際的重要工具。王維本質上是個詩人,他在當時社會與詩壇的強大影響,使他更懂得也更充分地利用了詩歌的工具。宇文所安也是這麼說的,他認為,那時「與宮廷詩一樣,京城詩很少被看成是一門獨立的『藝術』,而主要被當作一種社交實踐」,而「在京城社會的大範圍裡,這些詩人由於詩歌活動的連繫,形成了一個較為密切的群體」。詩歌交往就是人際交往,詩歌關係亦為人際關係。王維一生交往無數,主要是詩交。或者說,與王維交者多擅詩,至少也都與詩沾邊,詩歌增進了他們之間的友誼,而使他們之間擁有了千絲萬縷的關係。我們從王維存詩的題目上可見,當時幾乎所有的重要詩人都與他有所來往,如張九齡、孟浩然、王昌齡、高適、岑參、崔顥、李頎、裴迪、儲光羲、丘為、張諲、綦毋潛、祖

〔唐〕王維　劍閣雪棧圖

詠、盧象、錢起、祖自虛、王縉、崔興宗、杜甫、殷遙、黎昕、嚴武、苑咸、賈至、慕容承等。

非常蹊蹺的是，王維與李白竟然沒有任何「關係」。王維的不少朋友，是李白的朋友；與李白來往的不少詩人，也與王維有所來往，譬如孟浩然、王昌齡、高適、岑參、杜甫等。但是，所有的記載裡都找不到王維與李白來往的任何資訊，哪怕只是同時出現在同一個場合，哪怕只是各自詩中有一字提及對方，哪怕只是各自朋友詩文裡將二人並提。王維與李白，幾乎同年生死，同為盛唐頂級詩人，同有廣泛知名度與十足影響力。特別是，李白自天寶元年秋進京供奉，到天寶三載春賜金放還，在長安不足兩年的時間，王維時官左補闕，也沒有出使，二人真個是低頭不見抬頭見的，竟沒有打過一個照面的紀錄。這也成了讓人百思不解的謎。

聞一多把王維、李白、杜甫三者放在「安史之亂」中來考察他們的為人。而將這三者的人際關係，放在這個重大政治事件中來考察，真不失為一個好觀察點。疾風知勁草，患難見真情。人的一生，會遇見很多人，有不少人成為我們的朋友，而只有人在落魄時，才知道哪個是真朋友。安史亂後的至德二年，李白、杜甫與王維，都曾面臨一死，都曾入獄，都有死裡逃生的險情，似乎也都有朋友的援手。

至德二載（西元 757 年），李白以附逆永王璘而陷潯陽獄。李白獄中曾多方投書自救，亦投〈送張秀才謁高中丞並序〉給高適。高適是李白的朋友，他們屬於貧賤之交。高適曾與李杜同遊梁宋，裘馬輕狂，慷慨賦詩。身陷囹圄的李白寄詩高適，沒有了日常所有的那份傲氣，題目上都未直呼其名，而稱高適為「高中丞」，似有點摧眉折腰的「謁」上之意味。他於詩前小序曰：「余時繫潯陽獄中，正讀《留侯傳》。秀才張孟熊蘊滅胡之策，將之廣陵謁高中丞。余喜子房之風，感激於斯人，因作是詩送之。」序中說他在獄中還正讀《留侯傳》，顯然是借話說，是要把高適比作漢相張子

第三章　以和為上的生存智慧

房。而其詩二十六行，前十八行皆寫張良，最後八行開始寫高適，說「高公鎮淮海，談笑卻妖氛」，說他「戡難光殊勳」，即因平亂有功，建立了不朽的功勳。同時說自己是「玉石俱燒焚」，便只得「但灑一行淚，臨歧竟何云」。這麼崇高的比擬，這麼肉麻的好話，無非就是要高適救他出獄。然而，安史之亂讓李白變成了罪人，高適變成了功臣。這位昔日同遊梁宋好友，不知為什麼竟未重然諾而救李白，是不能救不敢救，還是不好救不屑救？比較可靠的記載，李白因崔渙與宋若思二人合力相救而出獄。崔渙以宰相之尊充任江淮宣慰使，宋若思時為御史中丞亦行次潯陽，李白便接二連三地投詩呼救。乾元元年（西元758年），出獄後不久的李白，已年近花甲，還是被長流夜郎了。李白一生中獲得朋友最大幫助的，就是應召入京，那是著名道士司馬承禎、吳筠的作用。李白也是個好交友之人，也有不少的「故人」，但是，他的人際關係不如王維好，這是肯定的。雖然他重然諾而輕生死，然其尚才使能、豪飲狂誕的行事方式，其自命不凡、誇誇其談的性格特點，似乎不能與人非常融洽，杜甫就說他「痛飲狂歌空度日，飛揚跋扈為誰雄」（〈贈李白〉），高度凝練地概括了李白的性格特點以及由此造成的行為處境。杜甫懷李白的詩〈不見〉中寫道：「不見李生久，佯狂殊可哀。世人皆欲殺，吾意獨憐才。」也許是性格的原因，弄得「世人皆欲殺」的地步，這就不是一般的不大討人喜歡了。

　　杜甫獲罪受審，也與安史之亂有關，雖不是太直接的關係。也許真是朝中無人莫做官，杜甫一生「奉儒守官」，然無考運，困居長安，只能是「朝扣富兒門，暮隨肥馬塵」，一直沒能找到個發展的機會。安史之亂給了杜甫機會，他冒險走鳳翔，麻鞋見天子，得授左拾遺，從八品上，似有詩友房琯的作用。至德二載（西元757年）五月，宰相房琯被貶，杜甫上疏為房琯辯護，言辭過激，觸怒肅宗，詔付三司推問。皇帝下制而命刑部、御史臺與大理寺三司衙門會審，這是唐代最高司法審判。也就是說，肅宗

已下達了嚴懲杜甫的旨意。其時，三堂會審主審法官之一的韋陟出於公心，堅持認為「杜甫所論不失諫臣大體」。然杜甫雖未被重判，卻弄丟了左拾遺，出為華州司功參軍。不久，杜甫棄官而發秦州，往同谷，抵成都。他奔朋友而去，嚴武時為成都尹，兼劍南兩川節度使，高適先是代理了兩個月，其時為彭州刺史。「這兩個人，一個是梁宋漫遊時的舊友，一個是房琯的同黨，如今成為草堂裡最受歡迎的客人。也只有他們的資助，杜甫在接受時才覺得不是使他感到無限辛酸的恩惠，而是由於友情。」（馮至《杜甫傳》）因此，杜甫也很坦白地向他們求過援助。「故人供祿米，鄰舍與園蔬。」（〈酬高使君相贈〉）高適給了點米，杜甫還寫詩致謝。杜甫也喜歡交遊，朋友不少，然真心幫他的卻不多，韓愈〈感春四首〉其二說：「近憐李杜無檢束，爛漫長醉多文辭。」這也幫我們找到了原因。

而唐人楊巨源云：「王維證時符水月，杜甫狂處遺天地。」（〈贈從弟茂卿〉）這將王維與杜甫比較著寫，突出了王維順天應命、隨緣樂群的性格特點。王維在安史之亂中橫遭大劫，險象環生，然皆逢凶化吉，遇難呈祥了。我們以為，這其中自然有諸多原因，而與他人緣好也是很有關係的。陷賊接受偽署的三百官員中，就王維一個人得以倖免，沒有受到任何處分，也只是官位象徵性地挪了挪。王維被特赦出獄，彷彿英雄凱旋，大小官員紛紛前來祝賀與慰問，他似也更受同僚的敬重，這就不要說他的朋友了。在他的生死之交裡，值得拿出來說的如韋陟韋斌兄弟，如李遴、裴迪、嚴武等。因為這些「人際關係」，王維的結局比李白、杜甫他們就幸運了不知多少。於此，我們也可以考察王維的為人，考察他的人品與人格魅力。

王維陷賊，自殘抗爭，去閻王殿裡走了一趟，幸虧韋斌悉心照料，才撿得一條性命。韋斌與王維乃「車笠」之交，其父韋安石乃武後、中宗、睿宗三朝宰相。韋斌與兄韋陟齊名，然性格與其兄迥異。他雖出生顯貴，才大官高，而舉止端莊，言行持重，稟性耿直，剛直厚道，史稱其「容止

第三章　以和為上的生存智慧

嚴厲，有大臣體」，就是很有大臣風範的意思。安史之亂中韋斌亦陷賊，他為什麼對自殘後的王維如此悉心照顧？除了因為他們自幼就意氣投合，還有就是很佩服王維義不失忠的堅貞智鬥。用王維後來為其所寫的碑銘文裡的話說就是，「維稚弱之契，晚年彌篤」。

韋陟「與弟斌俱秀敏異常童」，他略長王維幾歲，自小就有文名，十歲即授職溫王府東閣祭酒、朝散大夫。其人非常高傲簡慢，絕不濫交。王維少年遊宦兩京而寄人籬下時，與他就成了好友。韋陟曾被張九齡引為中書舍人，王維所以能為張九齡擢為右拾遺，也許就是仗其引薦之力。韋陟以其才識器度享譽當時，然不幸因才見忌，時多坎坷，而徘徊於州刺史、節度使、御史大夫、禮部與吏部尚書等職之間，歷任五地太守。天寶五載（西元 746 年），李林甫構陷刑部尚書韋斌，貶斌為巴陵太守，韋陟亦「以親累」而出為襄陽太守。王維〈奉寄韋太守陟〉詩以「荒城自蕭索，萬里山河空」開篇，極寫韋陟去後自己的悵惘與失落。王維知南選時曾路過此地，有「襄陽好風日，留醉與山翁」的流連忘返。襄陽還是那個風景留人的襄陽，如今好友出為襄陽太守，那裡所有物象在王維詩裡皆著「蕭索」色的肅殺荒涼了，而有「故人不可見，寂寞平陵東」的悵恨。

王維在高層官員中的人緣極好，有不少的「車笠」之交。他被「特赦」出獄的那天，李遵派豪車來迎請。李遵，乃皇族宗子，唐太祖景帝七世孫，平定安史之亂的功臣，封鄭國公，正二品。世態炎涼，趨炎附勢，然李遵卻很隆重地來迎請王維。扈從皇帝定逆的宗室大臣李侍郎，竟給王維如此禮遇，這讓王維大為感動，而將李遵比作傅玄、信陵，簡直就是戰國時的孟嘗、平原，這與李白將高適比作張良不同。王維〈與工部李侍郎書〉中說：

一昨出後，伏承令從官將軍車騎至陋巷見命，恨不得隨使者詣舍下謁。才非張載，枉傅玄以車相迎；德謝侯生，辱信陵虛左見待。古人有

此,今也未聞,所以竦踴惕息,通夕不寢。維自結髮,即枉眷顧,侍郎素風,維知之矣。宿昔貴公子,常下交布衣,盡禮髦士,絕甘分少,致醴以飯,汲汲於當世之士,常如不及,故夙著問望,為孟嘗平原之儔。

我們於此書中也可見,二人乃結髮之交,且王維一直受到李遵的眷顧。書中「侍郎素風,維知之矣」,亦可這麼推解:「維之為人,遵亦知之矣。」我們也不能不推想,王維出獄,李遵等人幕後亦有助力。如此不避嫌疑而愛重王維,他們確非一般朋友關係。從此表述裡可見,王維與李遵乃莫逆之交,自初成年時就非常交好,篤交少說也有三十餘年。李遵不僅沒有因為王維陷賊而疏遠他,對他似乎還更同情與尊重。可見二人非勢利之交,是以人品為基礎的肝膽相照的金石之交也。

在王維的諸多朋友中,裴迪是個冒死救他的人。《舊唐書·王維傳》曰:「維以〈凝碧詩〉聞於行在,肅宗嘉之。會縉請削己刑部侍郎以贖兄罪,特宥之,責授太子中允。」也就是說,王維得以免罪,其〈凝碧詩〉發揮很大的作用。而裴迪就是那個將王維「潛」為之的詩而「潛」帶出來的人,以至於讓肅宗「聞於行在」也。王維的〈凝碧詩〉曰:

萬戶傷心生野煙,百官何日再朝天?

秋槐落葉空宮裡,凝碧池頭奏管絃。

詩中放筆縱寫安史亂軍蹂躪之地的百姓苦難,寫百官重見天日的渴望,寫詩人對局勢的深深憂慮。這是一首拚著掉腦袋的危險寫出來的抗爭詩,李沂在《唐詩援》中寫道:「有無限說不出處,而滿腔悲憤俱在其中,非摩詰不能為。」趙殿成《王右丞集校注·序》中也說:「普施拘禁,凝碧悲歌,君子讀其辭而原其志,深足哀矣。」於詩可見,王維之憂國憂民,亦不減老杜矣。故而,宋之阮閱《詩話總龜》將〈凝碧詩〉列入《忠義門》。

詩的原題為〈菩提寺禁,裴迪來相看,說逆賊等凝碧池上作音樂,供

第三章　以和為上的生存智慧

奉人等舉聲，便一時淚下，私成口號，誦示裴迪〉。詩才二十八個字，題目卻三十九個字。這個題目類似詩序，非常具體地反映了詩創作的原因、過程乃至現場情況。我們甚至懷疑這題目是裴迪後「加工」的。題目裡兩次提到裴迪：「裴迪來相看」與「誦示裴迪」。這應該不是裴迪想要邀功，而是他積極地想要作為「人證」，想要證明王維「潛為詩」的創作是他親眼看見的，確證詩的真實性。王維於長安被安祿山的將領張通儒俘虜，押解至東都洛陽，拘於菩提寺中，裴迪冒死來探王維，將其潛為之詩帶出，為肅宗「聞於行在」。凝碧一詩，感召天地。而裴王友誼，亦令人動容也。

　　裴迪為什麼冒死前來救王維？裴迪官至蜀州刺史及尚書省郎，然時未居官。這個裴迪，比王維小十六、七歲，被王維說成是「天機清妙」，而最得山水之「深趣」的靈性詩人。王維的存詩中，與裴迪贈答或同詠的詩最多，多達三十餘首；《全唐詩》裡裴迪所存詩二十八首，全都是與王維的贈答同詠之作。王維的〈輞川閒居贈裴秀才迪〉詩裡，他把自己寫成歸隱的陶潛，而將裴迪寫成醉酒的楚狂。王維與裴迪的來往長達二十餘年。他們之間是一種欣賞與被欣賞的關係，屬於精神知音，也是無話不談的摯友。王維〈酌酒與裴迪〉詩云：

　　酌酒與君君自寬，人情翻覆似波瀾。
　　白首相知猶按劍，朱門先達笑彈冠。
　　草色全經細雨溼，花枝欲動春風寒。
　　世事浮云何足問，不如高臥且加餐。

　　這是一首談人際關係的詩。看來是裴迪遇到了與人「不和」的事，王維置酒相勸，主動為其排憂解愁。全篇除了頸聯外，句句是勸慰語，不外是要裴迪自寬，不要往心裡去。世態炎涼，人心險惡，不如高臥加餐。董乃斌先生的《王維集》品評說：「你可以責怪王維思想消極，但你不能否認他所揭示的世情很真實，而且這世情並不限於古代，是不是呢？」詩以說理

二、人和的生存智慧

為主，多為理語，特別是這樣直言相告如何處世的，在王維詩中極少見。

晚年的王維不僅躲官職，也躲人群，這與他的陷賊驚嚇似也有關。然由於王維的名氣、地位與人緣，仍然不斷有同僚來訪，他也受邀出訪。因此，接待訪友便成為他晚年活動重要內容。譬如嚴武就曾多次造訪，王維存詩中有幾首寫給嚴武的詩，很能夠說明他們非一般的關係。

嚴武比王維小二十幾歲，是個少壯派，是個官二代，官至吏部尚書，封鄭國公，算得上是王公大臣了。人們但知嚴武與杜甫關係不錯，《新唐書‧嚴武傳》曰「最厚杜甫」；《新唐書‧杜甫傳》說「武以世舊，待甫甚善」；《全唐詩》嚴武條，說其「最善杜甫，其復鎮劍南，甫往依之」。然新舊唐書皆載，杜甫醉酒羞辱嚴武，激怒了性本「暴猛」的嚴武，差點被嚴武斬殺。杜甫倚靠嚴武，嚴武敬重王維。王維〈晚春嚴少尹與諸公見過〉寫嚴武等同僚來訪。詩的最後寫道：「自憐黃髮暮，一倍惜年華。」意謂多謝嚴少尹百般安慰，而自當善加珍重倍憐晚景。不久之後，王維又有〈酬嚴少尹徐舍人見過不遇〉詩，從題目上可見，嚴武又來看王維，也是帶人來的，不巧的是王維不在家。同來的徐舍人，指徐浩，剛從襄州刺史任上召回，拜中書舍人，正五品上。王維詩裡只是說：我可不是有意迴避你們的，你們在寒舍喝了杯茶水就打道回府了，真不好意思。王維也沒有虛情假意地賠多少不是，說明他們的關係很不一般。

上元二年初春，嚴武又來看王維，王維時年六十一歲，而以〈河南嚴尹弟見宿敝廬訪別人賦十韻〉詩相贈。從題目上可以看出幾個變化。變化一，嚴武已官遷河南尹；變化二，王維在嚴武名後加了個「弟」；變化三，嚴武這次來，沒有帶朋友來，且在王維家住了一宿；變化四，前幾次詩皆五律，今詩為十韻，二十行詩，這在王維晚年的詩裡，其長度少見。從這些變化裡可見，他們的關係已發展得很深了。此次會面，難分難捨，有不少知心話需要徹夜長談。詩中寫道：「貧交世情外，才子古人中。冠上方

第三章　以和為上的生存智慧

簪豸,車邊已畫熊。」因為嚴武官任河南尹,詩說其乘畫熊車。又因為嚴武還兼任御史中丞,以及服獬豸冠。河南尹,從三品,兼有地方行政長官和中央高級官員的雙重身分。王維誇嚴武有古人之風,不忘舊情而來看望他。詩的最後寫道:「為學輕先輩,何能訪老翁。欲知今日後,不樂為車公。」此四句似可想見二人執手泣別的情景。王維傷感不已,灑淚話別:當下之後輩學人,大凡看不起先輩,誰還能來看我這老頭子呢?今日你我分別,我必將為不能見到閣下而悶悶不樂啊。

王維陷賊後,那些高官碩儒的朋友們,不僅沒有對他冷眼相看,反而更加體恤,愈加同情。這倒不是因為世態已非「人情翻覆似波瀾」之炎涼,而實在是因為王維的人格魅力,因為王維的品行與才情。或者說,王維靠他的人品與才情征服了他的朋友們。古希臘著名的哲學家蘇格拉底(Socrates)說過:「告訴我誰是你的朋友,我就知道你是什麼樣的人,這往往比你自己說你是什麼樣的人更可靠。」我們何以要這麼多地寫王維的朋友,就是這個想法,就是要告訴誰是王維的朋友,這比我們直接說王維是個什麼樣的人而讓人感到更可靠。

人生得一知己難矣。王維卻有那麼多的知己,有這麼好的人緣,人生真幸福也。王維被出濟州時,吟友祖詠來濟州看他,〈喜祖三至留宿〉寫的就是這次會面,「早歲同袍者,高車何處歸」,說什麼也不讓祖詠匆匆就走。祖詠以〈終南望餘雪〉詩著名。《唐詩紀事》記載,祖詠應考,文題是〈終南望餘雪〉,按照規定,應該作成六韻十二句的五言排律,但他只寫了四句就交卷。祖詠雖未被錄取,卻贏得了盛名。由此看來,祖詠也是個很有個性的人。王維〈贈祖三詠〉,題下原注有「濟州官舍作」。這是一首二十句的古詩,直敘中有委曲,夜短情長。黃培芳《唐賢三昧集箋注》卷上評曰:「四句一韻,深情遠意,綿邈無窮,置之《毛詩》中,幾不復可辨,此真為善學《三百》者也。」古人將其比作詩三百,強調其將情感寫得

十分真樸溫厚,真個是情意可掬。詩的最後四句曰:「仲秋雖未歸,暮秋以為期。良會詎幾日,終日長相思。」情真意切,纏綿悱惻,讓人一唱三嘆。可見王維待人很真誠,是個有情有義的人。

而當祖詠告別王維東去時,王維長途相送而直至百里之外,重友情如此者古來罕見。臨別時,王維復贈〈齊州送祖三〉詩:

送君南浦淚如絲,君向東州使我悲。

為報故人憔悴盡,如今不似洛陽時。

王維送祖詠,從濟州直送到齊州,語短情長,餘味不盡,依依惜別傷離的情感催人淚下,表現的是友人去後自己黯然銷魂的空虛落寞感。王維的不少送別詩,可拿來考察他與朋友的關係,考察他對朋友的真摯感情。他的這些詩裡所表現出來的對朋友的真誠,千載之下,讀來猶感人至深也。

王維與儲光羲的關係更非一般。儲光羲是開元十四年(西元 726 年)的進士,與崔國輔、綦毋潛同榜,比王維晚了四、五年。儲光羲也只比王維小五、六歲,卻對王維謙稱門生,其詩酬王維云「門生故來往,知欲命浮艖」(〈答王十三維〉)。儲光羲在〈同王十三哭殷遙〉稱王維「故人王夫子」。儲光羲田園詩可謂盛唐第一人,其詩上承陶淵明,下開范成大,堪稱古代三大田園詩人之一。蘇轍之孫蘇籀說其詩「高處似陶淵明,平處似王摩詰」(《欒城遺言》);明人胡應麟說「儲光羲閒婉真至,農家者流,往往出王、孟上」(《詩藪》)。儲光羲在當時也已詩名頗盛,殷璠《河嶽英靈傳》稱其五言古詩:「格高調逸,趣遠情深,削盡常言,挾風雅之跡,得浩然之氣。」王維也非常愛重儲光羲,其〈待儲光羲不至〉曰:

重門朝已啟,起坐聽車聲。要欲聞清佩,方將出戶迎。

晚鐘鳴上苑,疏雨過春城。了自不相顧,臨堂空復情。

第三章　以和為上的生存智慧

　　詩寫他久等儲光羲不至而一天忐忑不安的情狀。儲光羲應邀要來王維家做客，王維大早就做好了準備工作而迎候在堂前，忽起忽坐，焦躁不安，一有動靜即迎出戶外，然左等右等仍不見客至，自是焦躁落寞。然而，王維在坐立不安中白等了一天，等來的是「晚鐘」，等來的是「疏雨」。晚鐘聲聲，敲打出詩人的惆悵；疏雨霏霏，打溼了詩人的熱情。已知儲光羲今天肯定不會光顧了，王維還是守於堂前而枉自多情地等待。儲光羲〈藍上茅茨期王維補闕〉寫其迎王維：「酒熟思才子，溪頭望玉珂。」說是家中自製老酒已經儲存好久，專等王維來暢飲卻望穿秋水而不見至。儲光羲〈同王十三維偶然作十首〉（其四）詩中自寫其為人道：「見人乃恭敬，曾不問賢愚。雖若不能言，中心亦難誣。」我們以為，這既是寫自己，也是寫王維，他與王維在待人接物上有不少共同的地方。王維談笑盡鴻儒，往來有白丁。他雖出身貴族，雖長期居廟堂之高，卻能夠很自然地融入尋常百姓中，沒有任何的架子，無貴無賤，無長無少，從不擺架子。王維詩裡寫了不少沒有名姓的山叟野老，讓我們領教了他是怎樣的一個平淡、平和、平易的人。無論是「田夫荷鋤至，相見語依依」（〈渭川田家〉），還是「偶然值林叟，談笑無還期」（〈終南別業〉），抑或是「復值接輿醉，狂歌五柳前」（〈輞川閒居贈裴秀才迪〉），在這些文字中，人與人之間都是那麼坦誠親切，默契和諧，隨意隨緣，與世無爭。

　　王維的〈積雨輞川莊作〉，古人極其看好，推為唐詩七律的壓卷之作。趙殿成按此詩曰：「諸家採選唐七言律者，必取一詩壓卷，或推崔司勳之『黃鶴樓』，或推沈詹事之『獨不見』，或推杜工部之『玉樹凋傷』、『昆明池水』、『老去悲秋』、『風急天高』等篇」，然皆「莫過右丞『積雨』」。他認為，「取以壓卷，真足空古准今」。

　　積雨空林煙火遲，蒸藜炊黍餉東菑。
　　漠漠水田飛白鷺，陰陰夏木囀黃鸝。

山中習靜觀朝槿，松下清齋折露葵。

野老與人爭席罷，海鷗何事更相疑！

不少人讀此詩的注意力，多放在「漠漠水田飛白鷺，陰陰夏木囀黃鸝」二句上，認為「三、四寫景極活現，萬古不磨之句」(《昭昧詹言》)。詩寫一種息心靜性、清心寡慾的生活方式，一種怡樂山林、高度休閒的人生狀態。詩人走出禪房靜室，來到大自然習禪，藉對大自然物象的觀照，而作宗教修習的體驗，清齋素食，習靜禪坐，體物而得神，觀景而會心。尾聯「野老與人爭席罷，海鷗何事更相疑」二句，很有深意。陳鐵民先生說此寫自己「與人相處，不自矜誇，不拘行跡」(《王維集校注》)。也有人於其中讀出了「此時當有嫉之者」。王維律詩很喜歡用典結句，也把典用得恰到好處。二句兩個典：「野老爭席」出自《莊子‧寓言》：「其往也，舍者迎將其家，公執席，妻執巾櫛，舍者避席，煬者避灶。其反也，舍者與之爭席矣。」楊朱去老子處學道前，旅舍主人出於禮節而避席，待到其歸日，舍者則不拘禮節而與之爭席。王維詩云其與野老爭席，就是說人我關係已沒了隔閡，親密融洽。「海鷗相疑」出自《列子‧黃帝》：「海上之人有好漚鳥者，每旦之海上，從漚鳥遊，漚鳥之至者百住而不止。其父曰：『吾聞漚鳥皆從汝遊，汝取來，吾玩之。』明日之海上，漚鳥舞而不下也。」因為心生歹念，引起海鷗相疑便「舞而不下」。王維詩反其意而用之，意思是說，我已無機心，海鷗何以對我還有戒心？二句用典，委婉地表達了十分複雜的心理：我已放低了身段，不拘形跡，不講禮節，甚至混同野老了，好像還是有人不敢近我的身，莫不是還在猜忌我吧？詩中委婉地表現出他內心的苦悶，詩人唯恐自己不能融入自然而懊惱，為自己不能融入野老村民而與人和諧相處而自責。

王維的〈輞川別業〉則反映了詩人的另一種心情。詩曰：

第三章　以和為上的生存智慧

> 不到東山向一年，歸來才及種春田。
> 雨中草色綠堪染，水上桃花紅欲然。
> 優婁比丘經論學，傴僂丈人鄉里賢。
> 披衣倒屣且相見，相歡語笑衡門前。

　　王維的這首詩，寫得異常熱烈，十分穠豔，和樂融融。於此中看得出，他的心情大好。已經一年不到東山，詩裡洋溢著久別重逢的興奮，簡直是狂喜。雨中草色越發濃綠，其色足可染物；水上桃花更加火紅，簡直快要燃燒。看什麼都順眼，真個是見花是好花，見人是聖賢。一般僧人，在他眼裡成了精於經綸的佛祖；駝背老人，在他的筆下則為莊子寓言中的賢人。最後二句寫人際關係。一向喜歡閉關掩扉的王維，一反常態，特別希望與鄉鄰交流，主動招呼左鄰右舍，表現出異乎尋常的熱忱，也反映了詩人與下層民眾之間關係的高度融洽。簡直讓人不敢相信這是王維，這是王維的詩。此詩為七律，後兩聯多處出律，失黏也失對。也許真是久別而歸，太過激動，而失諸隨意。抑或是故意為之，一任自然，以顯示「相歡語笑」的人際關係，顯示一無機心的自在。

　　王維以和為上，易於樂群也重在情義，待人真誠，與人為善，不以勢利交，也不交勢利人，有著很廣泛的社會關係，也有很多至交好友，而他也成為與人和的人樂者，享受著「人樂」之福報，而在「與人和」中左右逢源，動輒得益也。王維的人際關係這麼好，心情怎麼可能不好，人生怎麼能夠不好？真個是與人和，其樂無窮也。

〔南宋〕馬麟　坐看雲起圖

三、美美與共的社會理想

　　從人類社會學的和諧觀來看，盛唐的政治開明與社會和諧，孕育了盛唐文化的和諧；而盛唐文化的寬容，又強而有力地反哺了盛唐的政治開明和社會和諧。在和諧社會的觀念裡，人是社會生活的主體，更是社會和諧的主體，離開了人的關係，社會和諧就無從談起。而人與人和諧的良好人際關係，正是社會和諧的縮影。

　　王維的〈山居秋暝〉，象徵意義也太豐富了，讓人「言外得之」的東西太多了。以「和」而論，其詩寫的是「緣起」之「和」，因緣和合之「和」，表現的是「尚和」「貴和」的思想。〈山居秋暝〉詩以和為上，詩中萬類霜

第三章　以和為上的生存智慧

天競自由，物各其美，美美與共，物與物和，物與人和，人與人和，人與自我和，以和諧自然來折光與象徵和諧社會。詩中寫景，取松、竹、蓮，還有月、泉、舟、石等物象，這些物象原本就含有「比德」的象徵意義。

空山新雨後，天氣晚來秋。明月松間照，清泉石上流。

竹喧歸浣女，蓮動下漁舟。隨意春芳歇，王孫自可留。

詩共八句，前六句寫景，整首詩偏於寫景，人在景中，景由心生，境隨心轉。「竹喧歸浣女」，幽篁如琴，塘水如歌，竹林深處笑語喧譁，那是洗浣衣裳的女孩們踏歌歸來；「蓮動下漁舟」，荷蓮亭亭，葉闊如蓋，水中心蓮葉向兩旁分披開來，那是捕撈收穫了的漁舟順水而下。我們完全有理由推想，詩中描繪的令人無限嚮往的樂土，是盛世社會的投影，也是詩人社會理想的具象。詩中寫自然的和諧，亦即詩人內心的和諧，也是其生活環境的和諧。「王維把社會的和諧帶入自然，又將自然的和諧來反映社會。盛世社會，無處不桃源。自然從來沒有從社會孤立出來的自然，因此，這種自然的描寫，在深層次上象徵了沒有紛爭競鬥的社會理想，這種詩意自然的美也是社會美的一種折光。」(拙著《唐詩甄品》) 因此，所謂的「隨意春芳歇」，實為一種「坐看雲起」的人生態度，不執著於物質世界，心安即家，生命無論安頓於何處均無有不適意。山中適意，世上亦安好；山中適意，朝中同樣安好。難怪結尾詩人由衷地發出「王孫自可留」的感嘆，處於什麼地方、處於什麼狀態都適意。真個是與天和而其樂無窮，與人和亦其樂無窮也。

其實，王維自小就有了這種美政理想，有了這種社會政治理想的追求，以其十九歲時創作的〈桃源行〉為例。〈桃源行〉詩取材於陶淵明的散文〈桃花源記〉。這是詩詠桃源的最早嘗試，此後，韓愈、劉禹錫、武元衡、王安石等都寫過此類題材的詩，命意謀篇，各不相同，「爭出新意，各相雄長」(宋人評語)。而王維此詩則得以與陶潛的散文〈桃花源記〉並

世流傳。也就是說,寫得好,在藝術上具有過人之處,具有獨立的藝術價值。王士禎大加讚賞說:「唐宋以來作〈桃源行〉最傳者,王摩詰、韓退之、王介甫三篇。觀退之、介甫二詩,筆力意思甚可喜;及讀摩詰詩,多少自在,二公便如努力挽強,不免面赤耳熱。此盛唐所以高不可及。」翁方綱也極口推崇道:「古今詠桃源事者,至右丞而造極,固不必言矣。」(《石洲詩話》)

〈桃源行〉,「行」是詩,歌行體的詩;〈桃花源記〉,「記」是文,散文,是詩前的小序。王維詩以陶潛的記為藍本,變文為詩,化文為詩,是一種取其大意的藝術再創造。全詩三十二句,四句或六句一換韻,平仄相間,轉換有致,其筆力之舒健、行文之從容、語詞之雅緻,已經充分顯示出詩人少年時寫景的超凡才華,尤其是其氛圍營造與意境開拓的自覺,與陶潛之文比,更具有「多少自在」的詩性精神。

讀〈桃源行〉,我們思考更多的是,王維為什麼要以詩來「改寫」陶潛的散文?王維的〈桃源行〉是要表現什麼中心思想呢?陶淵明的桃源作於亂世,王維的桃源作於盛世。王維作〈桃源行〉時已經十九歲了,他寫〈九月九日憶山東兄弟〉時才十七歲。王維少年時,正值開元盛世,社會處於大唐盛世的巔峰期。王維十五歲便遊於兩京,出入於豪門,受到「拂席」相迎的待遇。開元七年(西元719年)七月,王維十九歲,赴京兆府試,一舉奪魁,亦即〈鬱輪袍〉故事裡說的得「貴主」之薦而舉解頭。王維詩〈賦得清如玉壺冰〉詩題下自注:「京兆府試,時年十九。」此時王維青春得意,心情大好,有理想有抱負。〈桃源行〉詩寫雲、樹、花、竹、雞犬、房舍以及閭巷、田園的美景,處處洋溢著人間田園的勃勃生機。特別是寫人,詩由「漁舟逐水」而進入,在夾岸的桃花林中悠悠行進,移步換形,漸入佳境。行觀坐看,舟渡步行,棄舟登岸,由遠及近,由淺入深,由外入裡,進入了一個「山開曠望旋平陸」的新天地,象徵著人已進入桃源。

第三章　以和為上的生存智慧

緊接著，「遙看一處攢雲樹，近入千家散花竹」二句，為神來之筆，概括描述，總寫美不勝收的桃源景象，讓人眼前一亮：遠處樹木蔥蔥鬱鬱而攢聚聯袂如同藍天上的飄飄白雲，近處的千家萬戶被遍生的繁花茂竹所掩映與包裹。春光爛漫的畫面，滿是和平、恬靜的氣氛和欣欣向榮的生機，創造了一個絢爛景色與盎然意興交融的詩的意境。剛才還是「行盡青溪不見人」的曲幽窄徑，一路行來，但見紅樹綠水，落英繽紛，未見一人。在進入桃源後，始寫人的活動。而寫人的活動之前，還是寫景，寫居住環境。詩的中間部分寫道：

樵客初傳漢姓名，居人未改秦衣服。
居人共住武陵源，還從物外起田園。
月明松下房櫳靜，日出雲中雞犬喧。
驚聞俗客爭來集，競引還家問都邑。
平明閭巷掃花開，薄暮漁樵乘水入。
初因避地去人間，及至成仙遂不還。
峽裡誰知有人事，世間遙望空雲山。

詩人扣住「物外起田園」寫，是桃源生活的具體化。桃源的環境也詩意盎然，沒有任何的汙染。「平明閭巷掃花開，薄暮漁樵乘水入」二句，雖然已經是在寫人的活動，但是主要的還是突出環境，表現桃源生活的閒適平靜，表現人與人、人與自然的和諧。在這種詩意環境中詩意居住的人們，使用著秦漢時的姓名，穿戴的是秦漢時的服飾，他們面對這位不速之客的闖入，有一種非常意外的驚喜。

「驚聞」以下四句，是一幅寫人的形象畫面，使用「驚」、「爭」、「集」、「競」等一連串動詞，把人們的神色動態和感情心理刻劃得活靈活現，表現出桃源中人純樸、熱情的性格和對故土的關心。詩中將他們視為「仙

人」,而追述與交代這些桃源中「仙人」的來歷,洋溢著無限傾慕之情,表現出詩人少年時就有和諧社會的美好理想,也表現出追求沒有傾軋、沒有爭鬥、富庶安定而平靜自由的強烈的生活願望。

〈桃源行〉此詩所以「造極」而能夠與陶潛的名篇相提並論且同流傳,就是因為寫得詩意盎然,寫得格調高遠,通篇閃耀著理想主義的光彩,瀰漫著唐人的青春氣息,洋溢著少年精神,表現出了社會大同的儒家進取精神與美政理想,也折射出了盛世四海晏然的社會景象。這不僅反映了王維的核心價值觀與社會理想,呈現出王維山水田園詩之意境的雛形,也奠定與規範了他一生山水田園詩創作的基調與風格。王維日後的詩中,經常出現「桃源」字眼,而將高雅閒逸的生活視為「桃源」,因為「桃源一向絕風塵」(〈春日與裴迪過新昌裡訪呂逸人不遇〉)也。

王維山水田園詩,多取材於日常閒居生活,而這些日常閒居生活在他眼裡與詩中,都成了「桃源」,用來表現社會的和諧,象徵和諧的社會。

> 新晴原野曠,極目無氛垢。
> 郭門臨渡頭,村樹連溪口。
> 白水明田外,碧峰出山後。
> 農月無閒人,傾家事南畝。
>
> (〈新晴野望〉)

> 屏居淇水上,東野曠無山。
> 日隱桑柘外,河明閭井間。
> 牧童望村去,獵犬隨人還。
> 靜者亦何事,荊扉乘晝關。
>
> (〈淇上田園即事〉)

第三章　以和為上的生存智慧

> 斜陽照墟落，窮巷牛羊歸。
> 野老念牧童，倚杖候荊扉。
> 雉雊麥苗秀，蠶眠桑葉稀。
> 田夫荷鋤至，相見語依依。
> 即此羨閒逸，悵然吟式微。

（〈渭川田家〉）

　　王維縱目四望，一塵不染，更不要說是有什麼烏煙瘴氣的「氛垢」了。盛世的農村，原野生意無限，生活平靜安定，意境清幽秀麗，耕者皆有其田，居者皆有其屋，老有所養，幼有所愛，人與人之間親密無間，無處不充滿了溫馨與閒適，山水田園也皆籠罩於一派和樂融融的輝光之中。王維幾乎所有的田園山水詩，表現的都是這種和諧靜穆的境界，其中自然有理想化的成分，這也正反映了他以和為貴的思想，反映了他以和為尚的人性自覺。王維以盛世價值觀與審美觀，寫盛世感受，寫盛世的社會太平清明的和諧，寫唐人的自由意志與生存狀態，而將山水田園「桃源」化，表現了他的社會政治理想。無論在朝還是在隱，他都從容適意，也有「隨意春芳歇，王孫自可留」的無可無不可。即使是血雨腥風的戰場，千里邊疆，於其目中也是「大漠孤煙直，長河落日圓」的壯闊與寧靜。

　　從反映論原理看，詩是時代的心音。古人有「聽音知治」之說。「觀其音而知其俗矣」，「治世之音安以樂，其政平也」（《呂氏春秋·適音》）。社會太平，政治清明，這樣時代裡的詩，肯定是和諧之音，平和寧靜而溫柔敦厚，而不是殺伐之音，也不是那種愁苦哀怨之音。一般而言，詩裡面肯定會有社會願景與詩人遭際的投射，甚至可以說，你想要不投射都不能。王維所處的盛唐，乃盛世中的盛世，政治開明，制度健全，文化繁榮，軍事強大，帝國聲威遠颺，百夷臣服，諸邦來朝，是盛世社會的全面和諧。和諧，是盛唐盛世最不同於其他時代的最突出的特點。李從軍認為，王維

「處於極大和諧的時代,這種和諧,是要多少時代的漫長時間才適逢其時的。這種和諧所造成的偉大,是無法企及的」(《唐代文學演變史》)。王維山水田園的詩,建構起一個萬物和諧共處的理想社會,一個「詩意地棲居」與自然平等共生的和美家園,一個美妙而充滿詩意的精神家園,不僅讓我們徜徉與陶醉,也給了我們很多綠色生態的啟示。

四、和平而不累氣

　　天和人和,和的最高境界是詩人自身的和諧。王維涵蘊三教,極重養性養德養氣,崇尚寬厚寧靜,常持敦柔潤澤的中和之氣,愛己愛人,遂己達人,見素抱樸,寡慾息心而清靜無為。因此,胡應麟《詩藪》說王維詩「和平而不累氣,深厚而不傷格,濃麗而不乏情,幾於色相俱空,風雅備極」。心平則氣和,氣和則淡定安詳,順天應命而中節合律,容易形成溫柔敦厚的平和風格。

　　林庚在《唐詩綜論》裡說:「盛唐時代是一個統一的時代,是一個和平生活繁榮發展的時代,它不同於戰國時代生活中那麼多的驚險變化。因此在性格上也就更為平易開朗。」時代對於人的性格形成有很大影響,盛唐人的性格上「更為平易開朗」,他們就不容易悲憤,不容易鬱悶,不容易養成乖僻的性格。

　　學者楊絳說:當你身居高位時,看到的都是浮華春夢;當你身處卑微時,才有機緣看到世態真相。楊先生是從處境上說的,相對微觀了點,也具體了點,同一時代而處於不同境地的人,因為地位不同,看到的世面不同,對時代的感受肯定不同,而性格的「平易開朗」度也就肯定不同了。

　　其實,除了時代,除了處境,修養的不同,也會使人性格產生差異。而

第三章　以和為上的生存智慧

這些綜合因素，造成了各人各性格，也就是說，有人容易氣順，有人容易氣悶。徐增《而庵詩話》曰：「詩到極致，不過是抒寫自己胸襟。若晉之陶元亮，唐之王右丞，其人也。」其實，不僅此二人是這樣，詩人皆然，尤其是大詩人，莫不是自寫胸襟的。也因此，我們一直以為，作為自寫胸襟的緣情言志之詩，不外分為兩大類，一類是氣順的詩，一類是氣悶的詩。

聞一多先生將王維和李杜相提並論，以「真善美」與「魏蜀吳」來比喻這唐詩三大家，這是對三者的美學風貌與文學史地位的精闢評價。從詩歌的創造性、美學價值與歷史影響看，三者不可軒輊，就像自宋以降李杜之爭甚囂塵上而李杜也不可軒輊一樣。李白偉大，杜甫偉大，王維同樣偉大。李白的偉大，在於不走傳統；杜甫的偉大，在於突破了傳統；王維的偉大，在於發掘與弘揚了傳統。作為「盛唐別音」的李杜偉大，而作為「盛唐正音」的王維也偉大。我們拿王維來與李杜比較，並非是要在他們三者中間比出個高低來，而是讓三者相得益彰，使各自原本就十分鮮明的特點更加彰顯。

顧隨先生說：「欲了解唐詩、盛唐詩，當參考王維、老杜二人。幾時參出二人異同，則於中國之舊詩懂過半矣。」（《顧隨詩詞講記》）王維與杜甫乃兩種截然不同的詩歌存在，分別代表了兩個時代，是兩個時代的代表，於其中涇渭可見盛唐與非盛唐的兩種詩風。而從表現上看，顧先生則認為，王維與李杜屬於兩種類型。他用書法來打比方，說是好比「書法有所謂『縮』字訣，曰『無垂不縮』。垂向外，縮向內，一為發表，一為含蓄。……而作詩不得『縮』字訣者，多劍拔弩張，大嚼無餘味」。而「李、杜二人皆長於『垂』而短於『縮』」。他認為，「老杜的詩打破中國詩之傳統，太白詩不但在唐人詩中是別調，在中國傳統詩上亦不正統」。這是因為「李、杜則發洩過甚」。李杜何以「發洩過甚」呢？不平也，「不平則鳴」也。氣順與氣悶的詩，表現方式大不同，詩歌形態也大不同。相由心生，

四、和平而不累氣

詩亦由心生。李杜與王維兩種詩類型，皆由心生也，心平氣和，心不平則氣悶。概括起來說，李杜詩與王維詩分為兩大類：李杜詩是氣悶的詩，動盪而悽楚；王維的詩是氣順的詩，靜穆而平和。

杜甫，氣大不順。杜甫一生命運多舛，晚年更是顛沛流離，所到之處皆戰亂與凋敝。天寶十四載（西元755年）杜甫往奉先省家，未進家門就聽到哭聲，原來小兒子餓死了，他滿懷悲憤地寫下了〈自京赴奉先縣詠懷五百字〉，而有「朱門酒肉臭，路有凍死骨」的千古名句。汪靜之就認為：杜甫博愛思想的真正來源，就「只是一個『餓』字」。他在1928年商務印書館印行的《李杜研究》中指出：「這餓字的功勞真不小，成就了子美的博愛思想，而子美全部詩集也都是由餓所逼成。」詹福瑞先生非常欣賞這個概括，他說：「真是簡單而又切實的真知灼見。如同李白的不羈之才受到壓抑而產生了他的自由思想。」然杜甫與李白一樣自視甚高，也認為自己是個大才，而有「致君堯舜上」的高懷遠抱。杜甫很有詩才，這是肯定的，也越來越多為後人所認可。但是，他生前寂寞，詩名不顯。杜甫生前，詩運和官運一樣的不亨通。「自天寶五載（西元746年）後，杜甫寄居長安這一詩壇中心近十年，照理說他的詩作應該得以廣泛流布，然而編於天寶末選入盛唐詩人24個且選錄標準又掌握得比較好的《河嶽英靈集》卻不收杜詩。」[06]而且，比他年輕的詩人也入選。關於這一點，杜甫自己也很鬱悶，很不平也很不甘，其「百年歌自苦，未見有知音」（〈南征〉），說的就是無人賞識的苦悶。宇文所安在《盛唐詩》裡說：「除了京城收復後在朝中任職的短暫期間，杜甫從未處於他那一時代詩壇的中心。……杜甫卒後三十年中，他的作品基本上處於被忽視的情況，就不會令人感到十分驚奇了。令人驚奇的地方在於，經過湮沒無聞之後，他竟能很快地就被推認為那一時代最偉大的詩人（與李白一道）。在8世紀後期，他實際上未被提及，幾乎

---

[06] 陳鐵民：《唐代文史研究叢稿》，中國社會科學出版社2013年版，第41－42頁。

第三章　以和為上的生存智慧

聽不到他的作品的迴響；但在9世紀的頭十年，他的名字已和李白並稱，成為文學成就的公認標準。」因此，他非常非常氣悶。晚年生存更是充滿危機，詩名亦不顯，他一下子就有了〈解悶十二首〉。杜甫詩裡，題目上重複「悶」字眼，如〈悶〉、〈釋悶〉、〈遣悶〉、〈撥悶〉與〈解憂〉、〈自平〉等，另外還以「悲」、「哀」、「嘆」、「恨」等構成動賓結構片語的題目，可見其氣之大不順，故而，其氣悶詩怎麼可能不沉鬱頓挫呢？

　　李白，亦多氣悶。杜甫詩多心靈的哭泣，李白詩則多靈魂的呻吟。李白的氣不順，也真不亞於杜甫。他很想做官，而且是要做大官，將做官的目標設定得很高。劉全白在〈唐故翰林學士李君碣記〉裡說他「志尚道術，謂神仙可致。不求小官，以當世之務自負」。李白「遍干諸侯」，「歷抵卿相」，到處尋找一飛沖天的機會，然而只是做了不到兩年不算官的翰林供奉官，一生都在顛沛流離的放浪中。李白自視「謫仙」，自炫「作賦凌相如」（〈贈張相鎬〉），標榜自己「興酣落筆搖五嶽，詩成嘯傲凌滄海」（〈江上吟〉），然生前詩名也不如王維。陳鐵民《唐代文史研究叢稿》裡指出，「當王維在長安已得詩名之時，李白尚居蜀中」，李白應召來京城，居長安不到兩年而被「賜金放還」，意思是他的詩在京城叫響時人已到中年。而「李白離開長安這一詩壇中心，詩作不易迅速流布全國並產生廣泛影響。這時候，雖有少數知己、崇拜者（如杜甫、李陽冰等）對他的詩歌給予極高評價，其詩卻未必能夠獲得當時詩壇的普遍認同」。何況李白的主要成就還是在其被逐出京門之後獲得的呢。李白在盛唐影響大不如王維。因為一再失意，所以他失望、不滿、悵恨與牢騷，其詩也豪俠使氣，憤世嫉俗，多寫其塊壘不平，抒發政治不遇的苦惱憂憤，表現出衝決所有束縛的破壞精神，是為現實壓迫而找不到出路的精神爆炸與靈魂呻吟，是渴望自由而尋找自由的自由歌唱。他膾炙人口的〈將進酒〉，以「悲」開篇，「君不見高堂明鏡悲白髮」，而以「愁」收束，「與爾同銷萬古愁」。「天生我才

四、和平而不累氣

必有用」,其實是一種怕「棄」的心理。何況,他的「棄世之感」也很強,詩中也相當多地出現「棄世」的詩句,如「奈何青雲士,棄我如塵埃」(〈古風〉其三十五)。

杜甫氣悶,李白也氣大不順,他們所選擇的社會角色、所確立的政治理想,幾乎都成了幻影,失意和困苦幾乎成了他們感情的基本內容,其詩多直言、大言、狂言、怨言與刺言,怎麼可能不「發洩過甚」而「多劍拔弩張」呢?怎麼可能把詩寫平和,而符合溫柔敦厚的詩教要求呢?因此,李杜的詩也就成為盛唐詩的一種「別調」。胡應麟《詩藪》中說:「李才高氣逸而調雄,杜體大思精而格渾。超出唐人而不離唐人者,李也。不盡唐調而兼得唐調者,杜也。」其「超出唐人」與「兼得唐調」,皆可謂唐詩「別調」也。白居易〈讀李杜詩集因題卷後〉詩說李杜「不得高官職,仍逢苦亂離。暮年逋客恨,浮世謫仙悲」。白居易說,老李老杜你們也不要太在意一生不幸,不要太過「恨」與「悲」,實在是因為是天意,「天意君須會,人間要好詩」。

而從接受美學的角度來反證,盛唐流行「氣順」的詩。「氣順」的詩,以和為美,以「溫柔敦厚」為詩的圭臬,這也是盛唐詩美的主要標準,特別是上流社會,流行王維的詩,即使是在王維離世四、五十年後,還是王維的詩風占上風,一直持續到大唐氣數漸盡而衰世開始。李杜他們恃才傲物,他們確實很有才,但是,有一種盛唐社會似不能相容的傲氣,得不到社會的認可,因此,也就越是希望得到認可,故而,他們的詩裡,就反覆說自己怎麼行。社會越是不認可,他們也就越是負氣。譬如杜甫,其詩經天緯地,然而,當時的讀者就是不買他的帳。

王維,不同於李杜,他的氣易順。用林庚先生的話說,就是王維「性格上也就更為平易開朗」。王維長期生活在盛世的京城,身居高位,仕途基本得意,人際關係又好,處處受人尊重,其人本來就淡泊名利,還特別注重

第三章 以和為上的生存智慧

修養,關鍵是他什麼世面都見過了,該有的也都有了。王維與李杜最大的不同在追求上,王維是人在魏闕而心在江湖,李杜恰恰相反,是人在江湖而心在魏闕。因此,王維容易氣順,李杜容易氣悶。因此,即使生活中有個什麼不愉快,王維也極容易就自我擺平,多處於心平氣和、閒適滿足的「氣順」的精神狀態。非常難得的是,他能夠不將不快的情緒帶到審美中去,故而其詩也多寫和諧,寫人與自然的和諧,寫人與人之間的和諧,寫人與社會的和諧,寫詩人內心的和諧。臺灣著名散文作家林清玄說:如果在心裡有春天,那麼夏天是較溫和的春天,秋天是較清爽的春天,冬天是較涼快的春天,日日好日,季季如春。王維以「平和」之心去觀察自然與社會,詩中的山水田園,宮苑城闕,所有外物如夕陽、山月、長河、春澗、漁樵、村落、飛鳥、煙嵐、青松、幽篁……皆處於因緣和合之中,洋溢著也瀰漫著「平和」的輝光,和光同塵,清逸恬淡,生動反映了萬物之間和諧的整體關係,準確表現出盛世社會的和諧本質。

總之,李杜與王維,一為質實,一為空靈,成為中國美學的兩極。二者不同的是,李杜詩是詩人生命痛感而心理失衡狀態下的激烈情緒爆發,王維詩則是詩人心空超然而歸於靜寂後的情感回流。李杜

〔清〕孫祜　仿王維關山行旅圖軸

與王維的詩，都是超一流的詩。他們的詩，都是盛唐社會的產物，都反映了一定的社會現實，李杜詩反映的是盛唐的下降「氣象」，王維詩反映的則是盛唐的上升「氣象」。應該說，王維詩「中和」美的詩歌主旨與形態，最能夠展現盛唐盛世社會本質的和諧美，也最切合和諧社會的審美趣尚，最符合盛世的美學接受。

王維詩中的平和，是因為詩人內心平和，是他在自己的靈魂裡所看到的平和，詩人也享受著「平和」所賦予的閒適福祉而灑脫超逸。積極心理學認為，自我內心的和諧，是和諧的起點，是幸福的泉源。王維的詩，正是詩人內心和諧的自然流露，是其精神特別自由的生動表現，充滿了和氣、靜氣和靈氣，而表現為溫柔敦厚的詩歌形態。顧隨說「詩教溫柔敦厚，便是叫人平和」。應該說，好詩可以是平和靜穆的，也可以是劍拔弩張的。然而，如果說詩的最突出的要求與功能就是「叫人平和」的話，或者說是將平心靜氣作為讀詩的主要目的，那麼，「和平而不累氣」的王維詩，溫厚平和，給人一種心平氣和的生存愜意與精神消遣的快感，因此，盛世真應該讀王維也。

真可謂：

目無氛垢四時興，筆筆桃源真性靈。

盡攬光風說開寶，南山種德亦鋤經。

第三章　以和為上的生存智慧

第四章
至簡崇尚的人性自覺

第四章　至簡崇尚的人性自覺

王維崇尚簡樸，把簡樸作為美德來追求，作為一種美學境界來追求。

王維一生為官，晚年更是享受著高官厚祿，而其生活卻極其節儉，也越來越節儉。他的衣食住行，一切從簡，節儉到不能再節儉，簡單到不能再簡單，已經根本談不上還有什麼財富占有慾了，這與我們印象中的唐人終日尋歡作樂、花天酒地的奢侈排場，簡直是天淵之別。

王維何以節儉如斯？為什麼他在有能力、有條件把生活過得好一點的情況下，卻自苛而取此形同「苦行僧」的生活方式呢？

這是他的人生態度所決定的，也就是說，他自身的道德觀和價值觀，決定了他極簡生活的思想傾向與行為方式。「是以聖人去甚，去奢去泰。」（《老子》）王維極重自修，其「修齊治平」的理想，使他對自己的行為規範的要求很高，自覺「去奢去泰」，亦即拋棄慾望，遠離浮華，而以養心養德，這也是樂簡的道德境界。

大道至簡，繁在人心。心若得簡，生活自簡。生活至簡，人也就容易滿足，容易自在，容易感知美好，容易具有幸福感。而人精神上充實了，生活才能簡單，才會活得舒心，才能夠有更多的閒情逸致。王維生性淡泊，修禪學道，內外兼修，形成了他清心寡慾的生活態度與清貧淡泊的生活內容，也形成了他懿美心性與高人風度。物質享受可以簡單，精神追求卻不苟且。安於簡樸的物質生活，以不影響精神自由為前提。這種極簡的生活態度，亦是其生命大智慧，生存大智慧。

佛陀說：「去掉多餘部分，每個人都可以成佛。」這正說明，學會簡單也不簡單，能夠簡單則更不簡單。王維到了晚年，詩越寫越短，越寫越淡，越寫越隨意，也越寫越單純了，「但是他的單純背後，是一個奇特的頭腦，能夠以獨特的方式觀察到世界萬事萬物之間的關係」（孫康宜、宇文所安《劍橋中國文學史》），他的不少詩短到不能再短，「淡極無詩」的短，然卻離象得神，窮幽極玄，語出尋常而含蓄韻致，看似平易而高妙婉

曲，可謂寄至味於淡泊，寓激情於婉約。

大道至簡，大美亦至簡。王維至簡崇尚的人生態度，決定了他的生活方式，決定了他的精神風度，決定了他的人生境界，決定了他的審美趣尚，也決定了他的詩美形態。

一、去奢去泰以養德

《舊唐書·王維傳》裡的這段文字，最為研究王維者所感興趣，也被反覆引用：

維弟兄俱奉佛，居常蔬食，不茹葷血，晚年長齋，不衣文彩。得宋之問藍田別墅，在輞口；輞水周於舍下，別漲竹洲花塢，與道友裴迪浮舟往來，彈琴賦詩，嘯詠終日。嘗聚其田園所為詩，號《輞川集》。在京師日飯十數名僧，以玄談為樂。齋中無所有，唯茶鐺、藥臼、經案、繩床而已。退朝之後，焚香獨坐，以禪誦為事。妻亡不再娶，三十年孤居一室，屏絕塵累。

簡直讓人不能相信這發生在唐朝，發生在物質條件異常優越的盛唐。美國學者謝弗認為，8世紀的唐朝，尤其是前50年，「是一個神奇魔幻、無所不能的時代」，「這一時期是一個時間漫長、富足安定、物價低廉的時代，是一個『天下無貴物』的時代」(《唐代的外來文明》)。關於這個時期，杜甫也有回憶云：「憶昔開元全盛日，小邑猶藏萬家室。稻米流脂粟米白，公私倉廩俱豐實。九州道路無豺虎，遠行不勞吉日出。」(〈憶昔〉)一般認定王維出生於西元701年，也就是說，從他出生到50多歲時，唐朝沒有通貨膨脹，沒有自然災害，更沒有兵荒馬亂。然而，簡直讓人不敢相信，生活在這樣富有的時代，身處這樣的高位，王維的生活竟然極簡到這樣地步。

第四章　至簡崇尚的人性自覺

　　王維物質上幾乎沒有要求，精神上也非常容易滿足。而他的這種極簡生活方式所表現出來的和樂天籟的悠然自足，沒有「斗酒十千恣歡謔」的揮霍，也沒有「千金散盡還復來」的癲狂。這哪裡還是個什麼盛唐時期的高官？他的生活要求已經簡單到不能再簡單，他的居室裡已經簡陋得不能再簡陋，簡直就是清貧，就是寒磣，分明就是個自殘的苦行僧。

　　唐書傳記，春秋筆法。我們從其字裡行間讀出了修史者對王維這種淡泊節儉美德的讚美之意，側重傳寫這位唐代詩人官員的生活方式，傳寫其簡樸的生活，以及對簡樸生活的追求。我們以為，這也揭示了王維所以行高於人、德馨於眾的原因。

　　唐書傳者將王維生活之極簡，與其學佛同寫，應該說是在啟迪我們思考這之間的一種因果關係。日本漢學家兒島獻吉郎在《中國文學通史》裡也這麼說：王維是個「超然物外」的人，他「不希富貴，不厭貧窮，以人生為樂觀，而忘卻了生老病死的苦患，這實在是信奉佛教，修養佛教的結果」。也就是說，王維所以如此極簡，與其學佛有關，歸因於學佛的結果。

　　確實也有這方面的因素。王維學佛，與佛教滋蔓昌熾的社會氛圍有關。那是胡適所謂「印度思想哲學氾濫的時代」，王維生活在全社會崇佛的風氣裡，生活在全家崇佛的氛圍裡──其母耽佛，全家學佛。佛教在唐代具有非常適合發展的土壤，繼隋代創立的天臺宗、三論宗等後，法相宗、淨土宗、華嚴宗、禪宗、律宗、密宗等一時蔚為大觀。唐代的佛學相當繁盛，著名的佛學家，有學術性著述可考並聲名顯赫的就有玄奘、窺基、神秀、慧能、神會、法藏、湛然、宗密、懷讓、馬祖、懷海等。王維嗜禪，是其精神與性情的需求，或者說，詩人為了追求精神上的絕對自由和心靈上的絕對清淨而學佛耽禪。王維在其〈謁璇上人〉詩裡寫道：

　　少年不足言，識道年已長。事往安可悔，餘生幸能養。
　　誓從斷臂血，不復嬰世網。浮名寄纓佩，空性無羈鞅。

夙承大導師，焚香此瞻仰。頹然居一室，覆載紛永珍。

高柳早鶯啼，長廊春雨響。床下阮家屐，窗前筇竹杖。

方將見身雲，陋彼示天壤。一心在法要，願以無生獎。

此詩作於王維的不惑之年，詩裡充滿了自悔自責的懺悔。開篇四句即表現出懊悔莫及的錐心之痛。接下來的四句則表現出謹遵佛法教敕而一心皈依的願心：茹素戒殺，以勤求出世解脫之道。這種懊悔心理的生成，不是因為他在現實生活中有了什麼大不順心的事，而是靈魂深處的道德意識使其自覺地精神向善。他尋找自救的靈魂皈依的途徑，深入宗教文化的層面，企圖靠禪修來減緩內心的痛苦，彌補精神上的懊惱，以實現靈魂向善的覺悟。而當詩人具備了「空性無羈鞅」的理解之後，便自覺地祛除因為執虛為實而帶來的種種世俗縛累。因為「識道」之晚的悔悟，詩人更重視「餘生幸能養」的生活。他也為自己在「去奢去泰」方面做得不夠而感到羞愧莫名。因此，開元二十九年（西元 741 年），王維自桂州「知南選」而北歸，不久就隱居終南山，過上了學佛居士的清苦生活。

不過，我們還是認為，王維追求至簡的清苦生活，主要原因並不是學佛，或者說不完全是因為學佛。白居易也「酷好佛」，稱「香山居士」。《唐才子傳》載：「卜居履道里，與香山僧如滿等結淨社。疏沼種樹，構石樓，鑿八節灘，為遊賞之樂，茶鐺酒杓不相離。」白居易學佛歸學佛，在生活上絕不虧待自己。白居易非常懂得享受，也是個大玩家，養鶴養馬養妓，詩天酒地，且每飲必有絲竹童妓之奉。方勺《泊宅編》卷上說：「白樂天多樂詩，詩二千八百首，飲酒者九百首。」據白居易的〈窮幽記〉自記，他家的池塘遊船上吊有百餘只空囊，裡面全裝有美酒，宴賓客於船上，泛舟飲酒，要喝酒時就拉起一只酒囊，吃喝完再拉起一只。這樣的排場是連酒仙李白都會驚羨不如的。白居易自撰的〈醉吟先生墓誌銘並序〉，總結自己的一生，最得意的是：「外以儒行修其身，中以釋教治其心，旁以山水風

第四章　至簡崇尚的人性自覺

月歌詩琴酒樂其志。」

其實,王維「不希富貴,不厭貧窮」的生活方式,耽佛事禪只是原因之一,主要還是與其道德君子的修養、人格理想的追求有關。《論語‧述而》曰:「飯疏食,飲水,曲肱而枕之,樂亦在其中矣。不義而富且貴,於我如浮雲。」孔子也反對生活奢侈,而以簡為樂。他視富貴如浮雲,視簡樸為道德修養的至高境界。王維崇尚簡樸,也有這種富貴「於我如浮雲」的境界,更鄙棄那種「不義而富且貴」的貪腐了。古代道德君子,皆視富貴如浮雲,皆把鄙棄富貴作為一種道德境界。蘇軾的〈趙德麟字說〉曰:「今君學道觀妙,澹泊自守,以福貴為浮雲。」這段話的意思是說,因為「學道」,而能夠「觀妙」,故而能夠「澹泊自守」,能夠「以福貴為浮雲」。這是蘇東坡對他的一個後生朋友的讚美,「以福貴為浮雲」是一種讚詞。他為這個朋友改名字而特地寫了這篇文章。這個朋友名趙令時,初字景貺,在蘇軾身邊工作。蘇軾在這篇「說」裡說:「元祐六年,予自禁林出守汝南,始與越王之孫、華原公之子簽書君令時遊。得其為人,博學而文,篤行而剛,信於為道,而敏於為政。予以為有杞梓之用,瑚璉之貴,將必顯聞於天下,非特佳公子而已。」這個年輕人的身分特殊,是皇室宗親,乃趙太祖次子燕王德昭元孫,然非紈褲子弟,他不僅很有才華,也很自勵。因此,蘇軾非常喜歡他,「敬字君德麟,而為之說」,以神物「麟」為字,祈願他大展才華,勉勵他大有作為。而所謂的「學道觀妙」,亦即修身養志,深觀遠照,知道而得妙。蘇東坡說的「學道」之「道」,非單指道教或佛禪,而是指儒釋道三教的綜合素養,是「修齊治平」修身之「道」。因此,能否「澹泊自守,以福貴為浮雲」,與一個人的修養德效能否「得道」有關。

王維的這種至簡的生活方式,反映了他的道德修養與人生境界,表現出他與眾不同的精神氣質和面貌行舉。人的生活方式,在一定的意義上集

中表現為對物質的占有慾或財富慾。這種慾望,從私有制一開始就陪伴人類,就存在於所有的人身上,也正是這種占有慾推動著人的追求與發展。古人也熱衷於討論生活方式的問題。《老子》的第二十九章,是談天下治理的,他主張順應物性,遵循自然之道,而不能走極端,不要過分,不可奢侈。在討論了萬物生態循環而自有其一定原則之後,老子總結性地指出:「是以聖人去甚,去奢去泰。」他認為,所以讓人視為聖賢人,所以能夠成為聖賢人,自須拋棄慾望,遠離浮華,用自然純樸治世,重視我適自然。治世如此,自治亦然。也就是說,人若能「去甚去奢去泰」便可自修而成「聖人」。換言之,人的自修,首先就是要摒棄貪戀之心,而以「去奢去泰」為目標。作為物質的人,在生理上對於物質必然具有種種的需求,而人的高尚處,即在於「去奢去泰」,在於人與自然和諧相處的生態意趣。因此,人對物質的慾望和追求,在其生活目的與生活方式上表現出來,因此也反映了一個人的道德水準。老莊哲學思想指歸無非是性與命的雙修,思辨與踐修的同構兩棲,天人合一,體用不二。老莊認為,人只有按照自然本性生活,不為名利所誘,不為物慾所困,保持心靈的恬淡虛靜,才能達到與天合而為一、與道同為一體的境界,亦即實現「齊物我,齊是非」的至高境界。而「去奢去泰」,才能實現得道成聖的修行理想。中國古人向以節儉為美德。所謂的「儉以養德」,就是透過節儉簡樸的生活來培養自己的高尚品德。諸葛亮在《誡子書》開篇有一段非常著名的話:「夫君子之行,靜以修身,儉以養德。非淡泊無以明志,非寧靜無以致遠。」靜以儉,是君子所以為君子的道德要求與行為標準。從佛學的角度說,奢侈與暴殄既削減福報,也為自己埋下了惡因。

雖然王維以一心向佛、精通禪理而著稱,雖然王維具有相當深篤的老莊道學的根性,但是,他和唐代大多數士子一樣,是在儒家經典的薰陶中成長起來的,儒學應該說是他早年所習的主要內容,並影響了他的一生。

第四章　至簡崇尚的人性自覺

特別是儒家的「修齊治平」的思想，對他的影響也是深入骨髓的，成為他文化血脈中流淌的血液。他一輩子注重做人的自修，他科舉入仕並由進士科出身，也曾經執著建功立業的人生道路。而以經世濟民為根本目的和第一要義的儒家哲學思想，在王維身上與文字裡也不時地有著鮮明表現。也就是說，無論王維的思想多麼複雜，傾向性多麼鮮明，他始終有著「不廢大倫」的思想底子，有著儒家獨善操守的道德觀念。

〔唐〕王維（傳）　江山雪霽圖（局部）

杜甫很崇拜王維，對其生活方式也很欣賞，特別是欣賞王維超塵脫俗的處世態度，欣賞他擺脫塵世而親近大自然的自覺與能力。乾元元年（西元 758 年）六月，杜甫出為華州司功參軍，是年秋，嘗自華州至藍田拜訪王維與王維表弟崔興宗。不知什麼原因，杜甫沒有受到王維的接待，可能是王維不在家，他便去了王維表弟家喝酒。杜甫人雖在崔家，卻心繫王維，他在〈崔氏東山草堂〉詩裡寫道：

愛汝玉山草堂靜，高秋爽氣相鮮新。有時自發鐘磬響，落日更見漁樵人。

盤剝白鴉谷口慄，飯煮青泥坊底芹。何為西莊王給事，柴門空閉鎖松筠。

從題目上看，詩寫的是崔興宗的東山草堂。東山即藍田山，又名玉山，

一、去奢去泰以養德

在長安藍田縣東南。王維輞川莊在藍田，必與崔莊東西相近。草堂在東山，可稱東莊，則輞川固可稱為西莊矣。然而，古人亦說，此詩是藉崔氏草堂諷王給事。根據詩意看，杜甫身在東莊，而心念西莊。即在王維表弟崔興宗家做客，心裡卻想著王維，對王維「柴門空閉鎖松筠」的吏隱而心生羨慕之意。王嗣奭《杜臆》云：「落句忽及王給事，橫出一枝，又是一格。」其實，前六句中，句句都在寫王維，寫吏隱中的王維。尾聯「何為西莊王給事，柴門空閉鎖松筠」二句，寫詩人的驚嘆，水到渠成地表達了詩人對王維的讚許之意與羨慕之情。詩的首句記草堂，次句記秋候。草堂之靜，延秋氣之爽，故曰相鮮新，即草堂與秋氣兩相鮮新。頷聯寫堂外聞見之景，寫藍田山中景物。詩中「鐘磬」、「漁樵」，暗用王維詩典。王維《輞川》詩有云「谷口疏鐘動，漁樵稍欲稀」。頸聯寫堂中的食物招待，雜米為飯，野菜為餚，就地取材，白鴉谷、青泥坊，皆地名。白鴉谷，在藍田縣東南二十里，其地宜慄。青泥城，在藍田縣南七里。詩寫東山草堂之靜好，以見仕之不如隱，似也流露出幾分歸隱之情，或是生出「何日沾微祿，歸山買薄田」（〈重過何氏〉其五）的願望，也想過上這種清靜的日子。

　　杜甫呼王維為「高人」，是在王維離世五年多的時候，杜甫為家事國事詩歌事而氣悶不堪的時候，竟然想起王維來，竟然在詩中有「不見高人王右丞」的思念與讚嘆。「高人」讚裡，自然包含了對王維淡泊守拙而無可無不可的處世態度與生活方式的推崇。著名歷史學家范文瀾在《中國通史簡編·百花盛放的唐文苑（詩詞）》中指出：「唐時士大夫大抵留連酒色歌舞，尋求快樂，相習成風，不足為怪。像杜甫那樣窮困，晚年似乎還有一個小妻，其餘士大夫通常有一、二個歌妓，大官僚甚至有家妓成群。」而王維的生活卻極簡，去奢去泰而以養性養德。一個人的生活方式，包括物質追求，與其精神理想有關，與其道德情性有關。生活簡樸與簡樸生活方式的追求，能夠看到一個人的修養與德性。

第四章　至簡崇尚的人性自覺

二、不易染欲的真快樂

　　王維生活極簡，應該說主要與其性情有關。朱熹說：「天下之難持者莫如心，天下之易染者莫如欲。」而欲之是否「易染」，與一個人的名利觀有關。欲人之不要名利，這是不現實的，也是不可能的。相對而言，淡泊名利之人，其「心」亦不「難持」，而其「欲」亦不「易染」。看淡名利，至少不會那麼特別追逐，而生活上也不會特別講究，特別奢侈。

　　聞一多先生認為，盛唐詩（睿宗、玄宗兩朝凡四十五年）可分為三派：以王維為代表的自然派，以李白為代表的縱橫派，以杜甫為代表的社會派。我們還是比較三個大詩人來說，他們性情不同，處世行事風格不同，而價值觀與名利觀也大不同。

　　李白行事高調，特別喜炫，也特別能炫。《開元天寶遺事》裡說李白有「粲花之舌」，「與人談論，皆成句讀，如春葩麗藻，粲於齒牙之下，時人號曰：『李白粲花之論』」。意思是說，什麼事經李白一說就天花亂墜了。李白自炫曰：「曩昔東遊維揚，不逾一年，散金三十餘萬。」（〈上安州裴長史書〉）李白崇尚物質享受，花天酒地，揮金如土，這是事實，然這裡可能有點灌水。魏顥〈李翰林集序〉也說他「間攜昭陽、金陵之妓，跡類謝康樂（筆者按，應為謝安之誤），世號為李東山，駿馬美妾，所適二千石郊迎，飲數斗醉」。李白朋友這麼說，證明李白生活上非常奢侈，這並非虛言。李白生性風流倜儻，喜好豪華繁榮，虛榮心也很強。他被詔與道士吳筠一道來京城，其〈南陵別兒童入京〉就記錄了他政治生活中這一大事件。詩人直陳其事，高歌取醉，起舞弄劍，憨頑可掬而真切動人，最後四句直抒胸臆：「會稽愚婦輕買臣，余亦辭家西入秦。仰天大笑出門去，我輩豈是蓬蒿人。」老婆劉氏跟別人走了，李白唯有「別兒童入京」。他自比晚年得志的朱買臣，把劉氏比作「會稽愚婦」而加以嘲笑。李白還

一再在詩中津津樂道地「炫」他獻賦和應詔的那段「光榮」歷史。李白供奉待詔，頂多是一個潤色王業的詞臣而已，與其他在翰林院中「待詔」的那些僧道術士沒有什麼本質的區別。李白〈駕去溫泉後贈楊山人〉詩裡卻說他「幸陪鸞輦出鴻都，身騎飛龍天馬駒。王公大人借顏色，金璋紫綬來相趨」。寫他得到皇帝的恩遇，直上青雲，陪侍皇帝左右，胯下天龍寶馬，那些王公大臣都看他的臉色，高官顯要都爭來與他互動。他的這類詩還有〈從駕溫泉宮醉後贈楊山人〉、〈朝下過盧郎中敘舊遊〉等，寫他受寵若驚的得意忘形，洋溢著入朝的驕傲和癲狂。而在入朝榮譽成為過眼雲煙後，被「賜金放還」了的李白，依然長時間地沉浸於精神反芻的自滿中，寫了不少回憶詩文，不無誇張地反映他「攀龍九天上，別忝歲星臣」（〈贈崔司戶文昆季〉）的供奉翰林生活。他自獄中出來後作〈為宋中丞自薦表〉，還夾入自炫說：「上皇聞而悅之，召入禁掖。既潤色於鴻業，或間草於王言，雍容揄揚，特見褒賞。」他在流放夜郎途中，還喋喋不休地炫他昔日的輝煌和幸福：「昔在長安醉花柳，五侯七貴同杯酒。氣岸遙凌豪士前，風流肯落他人後。」（〈流夜郎贈辛判官〉）

杜甫也是個喜歡炫的人。唐人王定保《唐摭言》卷十二的第一條「自負」，其中第一例就是杜甫，以杜甫的兩首詩為例，這兩首詩也確實表現出詩人的極端自負，第一首詩〈莫相疑行〉炫他曾獻三大禮賦，「憶獻三賦蓬萊宮，自怪一日聲輝赫。集賢學士如堵牆，觀我落筆中書堂」云云。回憶當年他直接向玄宗獻三大禮賦，說是讓他非常詫異的是那一天太陽也特別輝煌，集賢殿的學士們像堵牆一樣把他團團圍住，看他在中書省的政事堂裡落筆揮毫的表演。還有一首〈奉贈韋左丞丈二十二韻〉，其自誇曰：「甫昔少年日，早充觀國賓。讀書破萬卷，下筆如有神。賦料揚雄敵，詩看子建親。李邕求識面，王翰願卜鄰。自謂頗挺出，立登要路津。致君堯舜上，再使風俗淳。」唐人都認為他杜甫太「自負」了。然杜甫確實很有詩才。元

第四章　至簡崇尚的人性自覺

積對其極度好評，認為「詩人以來，未有如子美者」，說他「上薄風騷，下該沈宋，古傍蘇李，氣奪曹劉，掩顏謝之孤高，雜徐庾之流麗，盡得古今之體勢，而兼人人之所獨專」。雖說是墓誌銘體總不免有點「諛」，然與事實也無多大距離。美國著名唐詩專家宇文所安說「杜甫是最偉大的中國詩人」。他在《盛唐詩》裡極盡讚美之詞說：「杜甫是律詩的文體大師，社會批評的詩人，自我表現的詩人，幽默隨便的智者，帝國秩序的頌揚者，日常生活的詩人，及虛幻想像的詩人。」應該說，杜甫還是有自炫的本錢的，他也是實話實說，但直接說了出來，而且還是炫的口吻，那就讓唐人也感到是「自負」了。杜甫的「自負」，我們也是能夠理解的，與他的處境有關。他在〈奉贈韋左丞丈〉裡就將其困境和盤托出：「騎驢十三載，旅食京華春。朝扣富兒門，暮隨肥馬塵。殘杯與冷炙，到處潛悲辛。」杜甫是急於要改變他的生活現狀，也是無路可走了，非常希望社會接納他，非常希望在朝廷裡弄個一官半職，因此，其詩與李白同，常有些我如何厲害的表達。

　　王維詩中，卻常是我如何不行的表達，多寫他對生活極簡的追求，盡寫他掙脫了名利羈索的自在。林庚先生的《唐詩綜論》中有一段話，說得極好了：「王維則沒有這樣強烈的性格，他的生活中既缺少戲劇性，他的詩歌也寫的是普通的日常生活。他並不超越時代，而只是在日常生活的各個方面將這個時代所帶來的新鮮氣氛傳達出來。如果說，李白是在追求盛唐時代可能會得到的那些東西，因而成為一個集中的表現，那麼，王維則是反映了盛唐時代已經得到的那些東西，因而成為一個普遍的反映。」不僅是李白，杜甫亦然，杜甫也「是在追求盛唐時代可能會得到的那些東西」。李白與杜甫一樣，都認為自己應該得到卻沒有得到，所以也特別追求，也格外想要得到。王維則不同，他認為自己想得到的都已得到了，所以已沒有了什麼特別的追求了。人人都有物質的需求，人人都有名利慾，王維也不例外。但是，他是個「溫飽」的人，有一種「萬物皆備於我」的滿

足感。如果換到李白杜甫的那個處境,即使是他生性淡泊,也不可能這麼平和與灑脫。有人這樣形容占有慾,說這好比是一個生了病的人,當他所需藥物越多,也就說明他的病情越重;當他完全用不著藥物時,他就是完全健康的了。古希臘哲學家蘇格拉底本來就不富有,他有一天在雅典的街頭閒逛,面對琳瑯滿目的物品,發出感嘆:原來世界上還有這麼多的東西是我不需要的!在這位哲人看來,生命所需並不用太多,剩下的全是不必要的慾望引起的,而不知足地拚命追求對外物的占有,恰恰是自身精神匱乏的表現。

王維與謝靈運都是大山水詩人,都非常喜歡走入山水,因為他們的性格不同,行事風格也迥異,二人親和山水的方式亦大相逕庭。謝靈運個性張揚,行事高調,《宋史》中說他「性奢豪,車服鮮麗,衣裳器物,多改舊制」。他遊山玩水也很排場,伐木開徑,築路搭橋,從之徒眾多時幾達數百人。因為他性好炫富,山水詩也富麗精工。同樣的遊山玩水,王維是「興來每獨往」,不驚動旁人也不驚動山水,悄悄地走入,與其性格低調有關,其詩多幽玄靜穆。因此,詩寫什麼,怎麼寫,寫成什麼模樣,都是由詩人心性所決定的,也都與詩人的生活態度有關。寫詩本來就是炫,王維也有炫的,他詩裡炫些什麼呢?

「入鳥不相亂,見獸皆相親。」(〈戲贈張五弟諲三首〉其三)王維炫他與自然鳥獸之間的親和關係,與萬物和諧共存的生命秩序。

「澄陂淡將夕,清月皓方閒。」(〈泛前陂〉)王維炫他陶醉山水,物我融和,以至於自由解脫的隨任。

「雨中山果落,燈下草蟲鳴。」(〈秋夜獨坐〉)王維炫他深夜靜坐,息機靜慮而參禪入定的體驗與覺悟。

「人閒桂花落,夜靜春山空。」(〈鳥鳴澗〉)王維炫他能夠聽到而別人不能聽到的靜寂妙響,獨享寧靜的愜意。

第四章　至簡崇尚的人性自覺

「行到水窮處，坐看雲起時。」（〈終南別業〉）王維炫他融入自然的深度閒適，無拘無束，自由曠達，身心極度自在。

「隨山將萬轉，趣途無百里。」（〈青溪〉）王維炫他擺脫了塵世而親近大自然的高度自覺與特別能力。

「獨坐幽篁裡，彈琴復長嘯。」（〈竹里館〉）王維炫他進入了清幽寧靜、高雅絕俗的境界而獲得了自性本真的雍容疏放。

「白雲回望合，青靄入看無。」（〈終南山〉）王維炫他消融於時空和外物的深度裡，而獲得了一種澄明朗現的禪悅。

「披衣倒屣且相見，相歡語笑衡門前。」（〈輞川別業〉）王維炫他回歸田園後，與鄉村野老親密融洽的和睦。

「九天閶闔開宮殿，萬國衣冠拜冕旒。」（〈和賈舍人早朝大明宮之作〉）王維炫他生活在盛世天朝的無比驕傲自豪的幸福感。

　　王維詩中多是這樣的炫，他的極簡生活，也是他要炫的重點內容，這是由他的人生觀和價值觀所決定的。幸福就是有意義的快樂，王維覺得這樣的生活有意義，這樣的生活也就很有幸福感。他炫他在這種極簡生活中精神上的最大滿足，詩中屢屢提到「閒居淨生」的樂趣。「山中習靜觀朝槿，松下清齋折露葵。」（〈積雨輞川莊作〉）王維在詩裡炫他混同野老的隱居生活，清齋素食，習靜禪坐，以禪宗的體驗方式，來實現清心寡慾的生活理想。而這種人與自然混一的生態追求，反映了他在物質生活上已無所追求，而專注於道德自律與向善修心，追求超然、悠然的生存旨趣和自由精神，其對靈魂的淨化與自由的追求，超過了其他所有的追求。因此，其詩中往往呈現出其人格精神中的一種超逸氣度。而詩人的物質低標準、精神高追求的人生態度，反映在詩裡的是順其自然的自足自適，而於自然生態中盡最大可能地保持人原有的自然本性。

　　王維生活極簡，這種息心靜性、清心寡慾的生活方式，反映了他的道

德水準與人生境界,也是他以萬物為春的精神追求。我們完全有理由相信,人的精神是可以自足的,活在精神的富足裡比活在物質的奢侈中更有幸福感。

王維的生活方式給我們的啟示是,哲人的生活往往是極簡樸的。淡泊名利,不染貪慾,安於簡樸,不為物欲所累,才能夠充分享受精神自足的幸福。

三、得意苟為樂

王維以簡為樂,以簡為美,把至簡作為一種美德在追求。於王維看來,生活極簡,不僅是一種生存環境,一種生活態度,一種生存智慧,也是一種審美趣尚。王維日常生活中,最大的快樂,最大的奢侈,似也就是「與道友裴迪浮舟往來,彈琴賦詩,嘯詠終日」。這也是他感到最好的生活方式。王維山水詩中表現的中心意思就是,放棄物質的執著,追求精神的適性,過上一種自由閒適的生活。王維也把這種很平常的生活寫得很純淨,很安靜,很閒適,甚至很高尚,很是令人嚮往。而他的這種詩意化了的日常生活,消弭了生活與藝術的界限,也消弭了物質與精神的界限,而讓自己沉浸於精神高於物質的享受之中。

王維出身貴族,受貴族文化影響極深,但他追求的卻是一種平民化的生活,也享受這種生活。他的不少詩,記錄了他的簡樸生活與生活狀態,反映了他對這種生活的熱愛與追求。如〈偶然作六首〉(其二):

田舍有老翁,垂白衡門裡。有時農事閒,斗酒呼鄰里。

喧聒茅簷下,或坐或復起。短褐不為薄,園葵固足美。

動則長子孫,不曾向城市。五帝與三王,古來稱天子。

第四章　至簡崇尚的人性自覺

干戈將揖讓，畢竟何者是。得意苟為樂，野田安足鄙。

且當放懷去，行行沒餘齒。

據考，詩寫於王維青年時，其時王維官於淇上，也是他一生的第一個挫折期。詩開篇就寫一個田翁，寫其自在自得的自由生活，也寫自己對這種生活充滿了無限羨情。早年王維就已經很羨慕這種農家日子，農閒時「斗酒呼鄰里」，有酒大家共享，「喧聒茅簷下，或坐或復起」。這裡沒有多少禮數要講，一切因陋就簡，不管穿著好醜，沒有位置尊卑，甚至也不分年齡大小，或坐或立皆是入席，野蔬園葵俱為美餚。「得意苟為樂，野田安足鄙」，只要得意，不管身居何處，不管是居廟堂之高，還是處江湖之遠，都安寧和樂。「得意」，比什麼都好，比什麼都能夠使人滿足。做一個普通的鄉民野老，有什麼不好呢？有什麼可自薄或為人所鄙的呢？生活於與世隔絕的野田之間，遠離市井，粗茶淡飯，樂天知命，而不求聞達，不求富貴，也不管朝代更迭、治亂變易的是非曲直，沒有勾心鬥角，沒有爾虞我詐。整個一首詩裡，展現了「道」的無為觀與無為美，也表現出詩人的自由精神與精神自由。

古人認為此詩「類陶真率」。王維寫的是鄉村俗俚，然生動活潑的俗俚圖景，卻也寫出了不經意間的平淡。詩沒有明說詩中的那個「田舍老翁」寫的是誰，卻讓我們想起陶潛，很像是陶潛，或者說是以陶潛為原型的描寫。然而，陶淵明的日子過得沒這麼好，陶淵明沒什麼生活來源，也沒酒請人家喝，而只讓人家送酒給他喝。他也只是有酒喝就行，有酒就照喝不誤。我們認為，詩乃王維借題發揮，是他的一種「生活理想」的描繪。「得意苟為樂」，詩人將精神追求作為人生的最大追求，「得意」亦成為世上最大的快樂，成為人生最大的滿足。因此，詩人也將「得意」作為終身的追求，「且當放懷去，行行沒餘齒」。這樣的日子，過到老也沒有什麼不好。

王維的〈春日與裴迪過新昌里訪呂逸人不遇〉作於晚年,寫他與道友裴迪遠道去訪友,詩云:

桃源一向絕風塵,柳市南頭訪隱淪。到門不敢題凡鳥,看竹何須問主人。

城上青山如屋裡,東家流水入西鄰。閉戶著書多歲月,種松皆作老龍鱗。

王維遠道訪友而不遇,自有無限懊惱,然而,因為在城市裡也看了「桃源」,一如看到了被訪者的那種棄絕風塵的出世風采,而頓生羨慕之情,心情不壞。青山如在屋裡,流水連繫四鄰,環境依山傍水,可謂絕妙境地。而於這青山綠水的環境間,寫寫文章,種種松柏,簡直就是神仙過的日子,藝術的生活,也是生活的藝術。王維畢生就喜歡這種生活,就追求這種生活,就希望一直能夠過上這種生活。在這種極其簡樸的生活中,恬淡自足,無求無待亦無心,實現對於生命有限形式的無限超越。「得意」了便快樂,便是行為的目的,遇到主人與否,都不影響其快樂的心情。

其實,這也正是王維的日常生活與生活方式。訪友與接待訪友,成為王維晚年活動的重要內容。從他接待訪友的詩來看,他的家裡很簡陋,他的生活很簡樸,他招待來客也一切從簡。

其〈晚春嚴少尹與諸公見過〉詩,寫對嚴武等同僚來訪的接待。時嚴武為京兆少尹,也算是個高官。看來嚴武是常來,還帶了人來,帶同僚來訪。詩的前六句都是寒暄語,說自家寒舍僻靜,很少有人來訪,只有幾卷舊書,加上幾叢修竹,也沒有什麼上等的東西拿出來招待貴客的。王維官四品,也算是高官了,可家中一點也不排場,即使是家裡來了「上客」,也只是烹葵以邀之。詩到尾聯才見意格,嚴少尹他們都很敬重王維,專程來訪,慰問這個年老詩人,要他好好保重。看來嚴武還是王維家的常客,比較隨便,也不先通知一下,又帶人來訪,這一次卻與王維失之交臂了。

第四章　至簡崇尚的人性自覺

王維〈酬嚴少尹徐舍人見過不遇〉詩裡與各位打招呼說：不好意思，甚是怠慢，家人也沒熱情招待，你們就在寒舍喝了杯茶就騎馬回去了。炊黍待客，碗茶相敬，除了說明他們是君子之交外，也說明王維他們對生活皆不講究。嚴武與王維也真不是一般關係，這在王維研究中缺少關注，王維〈河南嚴尹弟見宿弊廬訪別人賦十韻〉很能夠反映二者間的關係。嚴武升任河南尹，從三品，這次來看王維，還夜宿王維家。王維非常感動，大誇嚴武有古人之風。「花醑和松屑，茶香透竹叢」，王維招待這個尊貴客人，也不過就是在酒裡新增了點松花粉，再奉上點香氣沁人的好茶，如此而已。

看來，與王維交者，也都是些淡如水的君子。王維〈鄭果州相過〉詩曰：

麗日照殘春，初晴草木新。床前磨鏡客，林裡灌園人。

五馬驚窮巷，雙童逐老身。中廚辦粗飯，當恕阮家貧。

詩中可見，來訪的也是個高官。天子「六馬」，「五馬」謂太守之車，指代太守鄭果州。王維帶著兩個書僮迎了出去，接著吩咐置辦點飯菜，也就是粗茶淡飯。「床前磨鏡客，林裡灌園人」二句，寫自己下朝後閒居生活，譬如真人隱者。尾聯以晉人「阮咸」自居，說家裡窮，沒有什麼好招待貴賓的。

還有朋友來訪，自帶吃的來，王維〈慕容承攜素饌見過〉就有紀錄：

紗帽烏皮几，閒居懶賦詩。門看五柳識，年算六身知。

靈壽君王賜，雕胡弟子炊。空勞酒食饌，特底解人頤。

王維晚年食素，朋友來訪，還自帶素食酒水，這也真惹人發笑。

「特底解人頤」，「特底」亦作「特地」，特地讓人發笑，或解為：特別地讓人感到高興。這個慕容承，無考。但是，從王維的另一首〈酬慕容

十一〉看，這個人也是個不小的官。「挾轂雙官騎」，是說他出入使用的專車，乘坐的是專供貴族顯宦使用的配有騎兵的官府公車。

「老年如塞北」是說他年齡不小了還出使塞北。然他也是個有隱逸之好的人，詩的最後把他比作高士「壺丘」、比作「蒙莊」。

朋友來王維家，飲食從簡；王維過朋友家，也是簡餐簡從。王維〈春過賀遂員外藥園〉詩曰：

前年槿籬故，新作藥欄成。香草為君子，名花是長卿。
水穿盤石透，藤繫古松生。畫畏開廚走，來蒙倒屣迎。
蔗漿菰米飯，蒟醬露葵羹。頗識灌園意，於陵不自輕。

還有如〈與盧象集朱家〉詩曰：

主人能愛客，終日有逢迎。貰得新豐酒，復聞秦女箏。
柳條疏客舍，槐葉下秋城。語笑且為樂，吾將達此生。

古人說這些詩「真率雅淡」、「閒遠自在」。「語笑且為樂，吾將達此生」二句，用莊子典。《莊子·達生》曰：「達生之情者，不務生之所無以為。」通達生命的真諦，就是不追求生命所不必要的東西。也就是說，不去以此生有限的光陰，追逐生命中沒有價值的東西，那就是最大的快樂，也是人生的最高境界也。

王維的這種生活方式和生存狀態，這種抱樸見素而生成的生存智慧，對協調現代社會人與自然的關係，克服現代文明的負面影響，克服過度追求物質的貪慾而造成消費上的揮霍性和恣意性，保持人的心理平衡，具有很好的療救意義。讀王維的詩，徜徉於盛唐人的這種詩意生活中，我們能夠與王維的生存智慧在思想與精神層面上生成深刻的拍合嗎？

第四章　至簡崇尚的人性自覺

四、大美亦至簡也

　　大道至簡，大美至簡。王維的詩，越寫越短，越寫越淡，也是其對至簡的崇尚。然而這種詩，辭愈約而旨愈豐，越發地窮幽極玄了。劉勰《文心雕龍・熔裁》說：「熔」者，煉意也；「裁」者，刪繁就簡。劉勰在這一部分裡，舉陸機、陸雲兄弟為例說：「至如士衡才優，而綴辭尤繁；士龍思劣，而雅好清省。及雲之論機，亟恨其多，而稱清新相接，不以為病，蓋崇友於耳。」他認為，陸雲說陸機文辭繁雜而「不以為病」，是礙於兄弟情面，是一種委婉的批評。而劉勰的「雅好清省」審美觀，是對太康富豔雕琢文風的反思與矯正。詩到盛唐，尤其是到了王維，才真正地清淨省簡了。

　　王維也有不少長詩，這些長詩多寫於少年時，或者說，他少年時喜歡寫長詩。〈洛陽女兒行〉二十句，題下自注：「時年十六」或為「十八」。〈桃源行〉三十二句，題下自注：「時年十九。」〈李陵詠〉二十句，題下自注：「時年十九。」〈燕支行〉二十四句，題下自注：「時年二十一。」〈老將行〉三十句，陳鐵民疑作於其三十五、六時。我們以為，應與〈燕支行〉作於同時，是其早期的詩風，有其受〈代東武吟〉影響的明顯印記。〈送綦毋潛落第還鄉〉十六句，作於其二十一、二歲。

　　〈贈祖三詠〉二十句，題下自注：「濟州官舍作。」亦即二十五歲左右。凡此等等，不一而足。王維的〈哭祖六自虛〉六十四句，題下自注：「時年十八。」王維中年〈哭孟浩然〉，只有四句，且為五言絕句：「故人不可見，漢水日東流。借問襄陽老，江山空蔡州。」

　　王維的這些少年作，從題目看，不是「行」就是「歌」，或是「詠」，均屬「歌行體」。王維起步就用「歌行體」，出手不凡，筆意酣暢，錯落警拔。陸時雍評王維的〈贈祖三詠〉，說是「太白亦不多見」(《唐詩鏡》)。

林庚則對其大加讚賞，說是王維十八、九歲就能將歌行體作得如此得心應手，實乃「天才少年的表現」，這也「正說明那是一個解放的少年的時代，活躍的青春的時代」(《中國文學簡史》)。王維的〈早春行〉，應該說也是他的青春之作。陳鐵民《王維集校注》將其歸在「未編年詩」裡。我們寧可以為，這是王維早年的習作，是王維的臨帖練筆之擬作，似乎尚有點「黃鳥歌猶澀」的感覺。王維現存的幾首豔詩如〈扶南曲歌詞五首〉與〈洛陽女兒行〉、〈西施詠〉，還有〈老將行〉等，應該也是這種寫法，或許與其大樂丞的職位有關，或者就是一種練筆，類似於「臨帖」的訓練。王維的〈早春行〉曰：

紫梅發初遍，黃鳥歌猶澀。誰家折楊女，弄春如不及。
愛水看妝坐，羞人映花立。香畏風吹散，衣愁露沾溼。
玉閨青門裡，日落香車入。遊衍益相思，含啼向彩帷。
憶君長入夢，歸晚更生疑。不及紅簷燕，雙棲綠草時。

詩寫一貴族女子白天滿懷喜悅，夜間獨寂空房、顧影自憐的複雜心理。很顯然，王維是汲取了宮體詩描寫美人的營養，於其中也可清晰看到宮體詩的影子，或者說，具有宮體詩的輕靡香豔。

讀〈早春行〉，讓我們很自然地聯想到〈青青河畔草〉(《古詩十九首》之二)，聯想到諸多〈擬青青河畔草〉的擬作。魏晉六朝大興「擬」作，詩題上直接標明「擬」，即〈擬青青河畔草〉。陸機首開擬作風氣，此後擬者如蕭衍、沈約、劉鑠與鮑令暉等，均有「擬」作。王維〈早春行〉也是一種「擬」作。可以肯定地說，王維此詩不是自寫，似也沒有這樣的生活原型，而與陸擬、鮑擬大同小異，都是閨怨詩，都屬於擬古詩類，類似故事新編，其情節乃至主題也做了自由度較大的藝術改造。其實，〈桃源行〉也屬於這種寫法，取材陶文，把文改成了詩。擬古詩並非要求亦步亦趨的，而是「用古人格作自家詩」(《昭昧詹言》卷一)，形同而神異，蘊藉風

第四章　至簡崇尚的人性自覺

流而情趣橫生。

歌行體，也不是一般詩人都能夠寫的，這是李白最擅也寫得最多的詩體，最能夠代表李白慷慨飄忽、波瀾舒卷的詩風，其詩如〈日出入行〉、〈梁甫吟〉、〈襄陽歌〉、〈長歌行〉以及〈將進酒〉、〈蜀道難〉等。胡應麟說：「孟襄陽輩才短，故歌行無復佳者。」（《詩藪》內編卷三）這也指出了孟浩然不如王維的地方──因為「才短」而玩不轉歌行。不只是胡應麟一人，也有拿王維的歌行來壓制孟浩然的，說王孟高下於此判然。

謝靈運是山水詩的開山，「若人興多才高，寓目輒書，內無乏思，外無遺物，其繁富宜哉」（《詩品》卷上），沈德潛說「謝詩勝人正在排」（《說詩晬語》卷上），大謝多「行」類的古風。謝靈運如陸機，他們作詩不患無才，而患才太多也。謝靈運生性豪麗，人講排場，詩亦然也。元好問〈論詩三十首〉（其四）卻很欣賞與謝差不多同時期的陶詩，說是「一語天然萬古新，豪華落盡見真淳」。晉代文學之風雕琢粉飾、矯揉造作，而陶淵明則將鉛華膩粉剝盡，以自然質樸而不假修飾的美學形態出現，屬於晉人中的「另類」也。胡適《白話文學史》裡說：「陶潛的詩在六朝文學史上可算得一大革命。他把建安以後一切辭賦化、駢偶化、古典化的惡習氣都掃除得乾乾淨淨……他儘管做田家語，而處處有高遠的意境；儘管做哲理詩，而不失為平民的詩人。」王維的輞川短詩，在唐代文學史上也可算得上一大革命！現代詩人朱湘在《中書集‧王維的詩》裡就說：「唯有王維的那種既有情又有景，外面乾枯，而內部豐腴的五言絕句，是別國文學中再也找不出來，再也作不出來的詩。他們是中國特有的意筆之畫與印度哲學化孕出的驕子，他們是中國一個富於想像的老人的肖像，他們是中國文化所有而他國文化所無的特產。」王維把詩寫得短到不能再短，這是極高的詩歌藝術，具有「不著一字，盡得風流」的詩美效果。

四、大美亦至簡也

〔明〕仇英　輞川十景圖

詩到盛唐，也可以說主要是到了王維，變得非常精緻，特別雋永，也就是意象的高度成熟，意境的高度成熟，意象與意境的高度的自覺運用。葉維廉在《中國詩學》中說：「詩的核心意識仍然是山水本身的呈現。由於山水從永珍中的興現足以表現天理，所以由三、四世紀的謝靈運、謝朓、鮑照至沈約、王融到唐人的詩，其最後的說明性部分越來越失去其重要性而被剔除。既已認可山水自身具足，便無須多費辯詞。」因此，同樣是寫終南山，韓愈一百零二韻，二百零四句，一千零二十字，而王維只要八句四十個字：

太乙近天都，連山到海隅。白雲回望合，青靄入看無。

分野中峰變，陰晴眾壑殊。欲投人處宿，隔水問樵夫。

第四章　至簡崇尚的人性自覺

　　王維以四十個字為偌大一座終南山傳神寫照，然「以少總多，情貌無遺」（《文心雕龍・物色》），用盡可能簡潔的語言而概括盡可能豐富的內容，把事物的情態狀貌表現無遺。這就是以不全求全的高層次的美學品格，藝術貴在以個別顯示一般。王維用最有限的語言而作整體掌握，以不全而求全，而「意餘於象」。這種以不全求全而以虛寫實的方法，寫出了詩人對世界關係的深刻掌握，表現出同化於自然的自然感悟，也形成了具有象徵意味的動靜變常、分合有無的形上境界。全詩句句寫山，也句句寫人，寫山其實是在寫人，寫人與山的關係，寫人在山中的感覺，寫出了人的存在感、敬畏感與超越感，也寫出了人的休閒感、愉悅感、安定感與幸福感。

　　韓愈力大思雄，極其揮霍，太不省儉，「差不多把一切有生無生之物，捕捉進來當作形容的工具的了」（鄭振鐸《插圖本中國文學史》）。「或連若相從，或蹙若相鬥，或妥若弭伏，或辣若驚雛，或散若瓦解，或赴若輻輳，或翩若船遊，或決若馬驟，或背若相惡，或向若相佑，或亂若抽筍，或嵲若炷灸，或錯若繪畫，或繚若篆籀，或羅若星離，或蓊若雲逗，或浮若波濤……」五十一個「或」字句之後，又來十四個疊句：「延延離又屬，夬夬叛還遘，喁喁魚闖萍，落落月經宿，誾誾樹牆垣，巘巘架庫廄，參參削劍戟，煥煥銜瑩琇，敷敷花披萼……」詩寫三次遊歷，前兩次失敗，這一次天公作美，大有否極泰來的應兆，詩人直登峰巔而吞吐永珍，詩情噴薄而出，盤空排奡，而欲將終南山描寫殆盡，表現了他以文為詩的藝術法則，以怪為美的美學趣尚，以氣取勝的創作追求。詩人筆下的終南山，奇詭古奧，光怪陸離，群峰間呈現的是既對峙又統一的萬千氣象，給人一種相生相剋、相斥相依的藝術美感。日本著名學者川合康三說韓愈〈南山詩〉，「通篇顯出人和世界的緊張關係」，其「言語過剩本身就是這首詩的特性」。而川合康三則認為，王維的〈終南山〉讓人讀出了盛唐詩人對世界存

在所具有的不可動搖的信賴。他指出：「盛唐時人們的視野擴展到了不可企及的地方，瞬間就掌握了世界的全體。他們之所以能夠這樣，恐怕是因為那種超越個人的文化結構保證了人和世界間穩定的和諧關係。到中唐時期，這種認知世界的結構似乎已經解體，中唐文人只能在個人的經驗、知覺的基礎上去領會對象了。」故而「盛唐詩人用精練的語言掌握無邊際的世界整體，這與其說是實景，不如說是他們在觀念層次上領會到的風景，在其背後有著盛唐人共有的安定的世界觀。他們憑藉著這樣的世界觀，使認知對象擴展到了眼睛無法看到的世界盡頭，天地全界都是可以認知的對象」。這是從哲學層面對王維詩的評價，這樣的比較闡論，顯示出研究者的研究睿智。

王維詩的筆墨極其簡約省淨，其詩也早就不是那種寫氣圖貌和以形媚道的鋪陳了，詩人專注於捕捉心靈映照而收穫的禪機，將山水自然演繹為以禪趣為主而寓有清幽情懷的空靈禪境，強化了山水的人文性特徵和意境的人道文化內涵，因此也給詩帶來了嶄新的品質和面貌。中年之後的王維，極少用「行」來做詩。他的《輞川集》聯袂組唱，採用一景一詠的形式，二十首聯袂，其實也有「行」的自由與含量。紀昀說：「五絕分章，模山範水，如畫家有尺幅小景，其格倡自輞川。」（《紀昀批蘇詩》）這是王維的重要創造，這種形式後來風行於世，影響極其深遠，而為後世廣為仿效。從唐代到近代，從中國到東亞其他國家，詩人競相模仿《輞川集》的作法，唐人錢起、姚合、皇甫冉、顧況、韓愈與宋之蘇氏兄弟等，都有值得一提的嗣響之作。金學智《中國園林美學》中指出：「唐代詩人詠園，愛寫組詩以唱酬（這也頗受王維影響），於是，也有一系列景觀題名之出現，如韓愈有〈奉和虢州劉給事使君三堂新題二十一詠〉，其中，『鏡潭』、『柳溪』、『月池』等，頗有詩意，但也頗多湊成的、隨意的，如『流水』、『北樓』、『北湖』、『西山』、『荷池』、『稻畦』……可見未經深思熟慮，還是

第四章　至簡崇尚的人性自覺

『散文化』的。」其實，韓愈也只是應邀即興，仿詠了二十一首。這種組唱形式是很不好處理的，弄得不好，就會組合鬆散，手法重複，表現雷同單調。王維《輞川集》詩二十首，採用類似《史記》的「互見法」來寫景。「互見法」是司馬遷獨創的一種述史方法，亦即蘇洵所言「本傳晦之，而他傳發之」，即將一人事蹟、一件史事，分散在數篇之中而互動出現，彼此互補。王維的《輞川集》通盤考慮，周密構思，二十個景點一景一詠，虛實動靜而相映成趣，情景物理而參錯互見。

王維越到晚年，越是熱衷於山水田園詩創作，越是喜歡表現閒居生活中閒逸蕭散的情趣，也越是擅長表現靜謐恬淡的境界，而他的詩，也越寫越短了，短到不能再短，淡到不能再淡，隨意到不能再隨意，真可謂「坐看雲起時」的隨意。這與他的人生態度有關，與他的思想性情有關，與他的審美趣尚有關。這裡也有禪宗的因素，與禪宗宣稱的「不立文字」思想有關。王維變禪宗體驗為美學體驗，是「得意忘言」、「知者不言」的智慧，是「默語無際，不言言也」的不落言筌。

譬如〈雜詩〉（「君自故鄉來」），詩人將所有的情感與思想，全都凝凍在一朵「寒梅」上，也就是說，這朵「寒梅」成為一個意蘊深厚而韻味濃郁的人文關懷的情感聚焦。

譬如〈辛夷塢〉，詩人與辛夷花契合為一，有意無意地濾盡自我，將生命安頓在一片天然的自在裡，實現了生命存在的自由舒展，搖曳出一種無為無礙的生命情致。

譬如〈漆園〉，連大儒朱熹都感到理解起來十分困難，這就要求摒棄非黑即白的思維，摒除俗念，息心靜慮，擺脫物累，才能感受到那種不爭無為而淡泊寧靜的心境。

這些詩都到了「淡極無詩」的境界。因此，胡應麟說：「摩詰五言絕，窮幽極玄。」（《詩藪》內編卷六）因此，同樣是明朝的陸時雍說王維詩「離

四、大美亦至簡也

象得神,披情著性,後之作者誰能之?」(《詩鏡總論》)他還比較李白杜甫來說:「世以李杜為大家,王維高岑為傍戶,殆非也。摩詰寫色清微,已望陶謝之藩矣。」他認為:「世之言詩者,好大好高,好奇好異,此世俗之魘見,非詩道之正傳也。體物著情,寄懷感興,詩之為用,如此已矣。」他們欣賞「離象得神,披情著性」的詩,而不看好「好大好高,好奇好異」的詩。王維詩語近情遙,言淺旨遠,寄至味於淡泊,寓激情於婉約,真正是「言有盡而意無窮」的境界,不像杜甫喜作險語,不像李白擅求奇崛。

鍾嶸《詩品》說陶詩「文體省淨,殆無長語。篤意真古,辭興婉愜。每觀其文,想其人德。世嘆其質直」。這段評價,偏於說陶淵明其人。蘇軾有一段評論陶淵明詩的話,很值得玩味。他說陶詩「質而實綺,癯而實腴」,而曹植、劉楨、鮑照、謝靈運、李白、杜甫等人「皆莫及也」。那麼王維如何呢?蘇軾沒有說。蘇軾是個詩文書畫無所不精的大才,他是陶淵明的隔世知音,而有隔代唱和,得《和陶詩》一百零九首。他的陶詩「質而實綺,癯而實腴」論已成陶詩定評,是對陶詩最權威的評價,對中國古典詩歌、中國美學的影響極大。蘇軾的原話是:「吾於詩人,無所甚好,獨好淵明之詩。淵明作詩不多,然其詩質而實綺,癯而實腴,自曹、劉、鮑、謝、李、杜諸人皆莫及也。吾前後和其詩凡百數十篇,至其得意,自謂不甚愧淵明。今將集而並錄之,以遺後之君子,子為我志之。然吾於淵明,豈獨好其詩也哉?如其為人,實有感焉。」(〈子瞻和陶淵明詩引〉)這是蘇軾在被放逐途中寫給其弟的信裡說的,其所說的莫及之「諸人」中,不包括王維。應該不是無意的遺漏。也就是說,蘇軾認為在「質而實綺,癯而實腴」方面,王維也不一定「莫及」陶淵明。蘇軾也是王維的隔代知音,他認為:「味摩詰之詩,詩中有畫;觀摩詰之畫,畫中有詩。」(《東坡題跋》卷五《書摩詰〈藍田煙雨圖〉》)這也是王維詩畫的千古名評,亦是

141

第四章　至簡崇尚的人性自覺

最權威的評價。他甚至認為，王維的畫超過了「畫聖」吳道子。王維的畫名不如吳道子，而說吳道子的畫不如王維的畫，似乎就他蘇東坡也。他的理由是：「吳生雖絕妙，猶以畫工論。摩詰得之於象外，有如仙翮謝籠樊。吾觀二子皆神俊，又於維也斂衽無間言。」(〈王維吳道子畫〉)王維畫「得之於象外，有如仙翮謝籠樊」，意謂王維畫已得象內精神而有象外之旨，如同仙鳥飛離樊籠而超脫於形跡以外。因此，他認為王維畫「亦若其詩清且敦」，意思是，王維的畫像他的詩一樣清逸而不失厚樸。所謂的「斂衽無間言」，就是說，王維的畫如他的詩一樣讓我說不出一句異議的話來。蘇軾曾經說過：「詩畫本一律，天工與清新。」(〈書鄢陵王主簿所畫折枝二首〉其一)王維的詩好，是因為他的詩中有畫；王維的畫好，是因為他畫中有詩。蘇軾的詩畫觀，是要求詩與畫都要有「得之於象外」的形上意境，看起來樸實其實很清麗，看起來簡約其實很豐滿。司空圖〈與李生論詩書〉說：「近而不浮，遠而不盡，然後可以言韻外之致。」聞一多認為，司空圖就是專門為王維一派「製造理論」的，而「承他衣缽者在宋有嚴滄浪(羽)，在清有王漁洋(士禎)」。王維詩追求盡可能省淨簡約的形式、盡可能清新曉白的語言，而卻能夠讓人在言外、意外、韻外思而得之，得到深厚淵遠的詩意。因此，他的詩便越來越短小，也越來越平淡了。

　　王維是如何使詩簡約至極而又雋永至極的呢？海外著名學者葉維廉詮解說：「王維的詩，景物自然興發和演出，作者不以主觀的情緒或知性的邏輯介入去擾亂眼前景物內在生命的生長與變化的姿態。」王維詩中「景物自然興發和演出」，亦即物各自美，原生態呈現，這是禪宗審美，更是老莊的審美。徐增亦云：「花開草長，鳥語蟲聲，皆天地間真詩。」(《而庵詩話》)也就是說，「既已認可山水自身具足，便無須多費辯詞」了，可不假詞采，而以微顯著，以極其簡淡的筆墨造成整體上的渾成感，自然靈氣恍惚而來去，清氣充盈，靜氣淋漓，篇幅越簡則越見雋永精采，語言越

淡亦越發蘊藉淳厚。

王維的那些輞川五絕，短小到極致，平淡到極致，素簡到極致，真樸到極致，也嚴謹精緻到極致，非要讓人「於言外得之」而不行。然而，也因為他的不少詩太過內斂，太過含蓄，甚至太過模稜，因此，很難讓人成為一個「夠資格的讀者」。所以，要讀懂王維，還是要有點準備的，有了準備就能夠讀出深意，讀出靜美，讀出幸福的快感來。我們說的準備，除了要有相當的文學修養，還要有一定的禪學修養與老莊知識的累積，特別是還要具備淡泊而從容的心境。

王維崇尚至簡，這種崇尚反映了王維的道德觀與價值觀，展現了他的人性自覺，也成為他的人生態度與生活方式。王維淡泊節儉，衣食住行無不從簡，以極簡為高尚，以極簡為大美，以極簡為幸福，他也在極簡中找到了幸福的泉源，且能夠盡情享受極簡的福流。王維的極簡崇尚與行為，取決於他的精神高度，取決於他的人生智慧，也規範了他的審美趣尚，決定了他的詩美形態。

正可謂：

寡慾清心苦懋修，尚崇至簡但尋幽。

婆娑且得兩三樹，除卻雅言都不留。

第四章　至簡崇尚的人性自覺

第五章
仁人愛物的君子情懷

第五章　仁人愛物的君子情懷

可以負責任地說，王維是一個很有憫情也很有愛心的人。

王維自幼熟讀儒家經籍，也飽受莊禪浸染。在修齊治平精神的感召下，王維一生極重內外兼修的道德提升，以個人修養為中心，以家庭倫理和仁愛倫理為基礎，表現出以德善為先、以家國為重的生命自覺與精神向度，表現出「忠孝同本」、「行孝盡忠」的兼濟理想和家國情懷。以其為人處世考察，王維雖不能算是個兼濟天下的良臣，至少也是個獨善其身而具有仁人愛物之思想的雅人。

中國文化重生而貴和，王維的好生之德不僅不網，而且不釣。也就是說，不隨意虐待和傷害生命，與所有生靈和諧相處，敬畏生命，關愛生命，與人為善，也與物為善，萬物與我並生，我與萬物為春。

王維「極目無氛垢」，其詩屬於詩教中溫柔敦厚的一路，多桃源山林，多陽光燦爛，多無慾無爭、清心寡慾的生活情狀，細讀深味，還是能夠讓人感受到他的思想深度與陽光精神的。然其性格內向，行事低調，其詩恪守溫柔敦厚的詩教原則，不擅在詩中用高調豪言來標榜，更不把憂國憂民的思想放在口頭上，很少有體念蒼生的思想直白，很少涉及民瘼題材，尤其沒有「朱門酒肉臭，路有凍死骨」的描寫，因此，也給人有「對於民生漠不關心」的錯覺。

王維的精神生活很富有，他的情感世界也很細膩，心靈觸覺特別敏感，人倫離合，人世變故，非常易於讓其感動。其詩籠罩著一種愛自然、愛生命、愛人生也愛蒼生的愛意，然在其安時處順而超然物外的外表裡，也隱藏著淡淡的悲憫情味，飽含了人類對自身生命思考而引發的孤寞與感傷。

我們認為，王維追求「忘己愛蒼生」的人格理想，以及施義布仁的善行善舉，即使是放在當下考量，也是讓人不能不肅然動容的。

一、何以只是問梅

　　王維有一首問梅（「君自故鄉來」）的詩，似乎也成為一樁公案。非常有意思的是，此詩弄得劉大杰先生很是難堪。劉大杰是著名的文學史專家，他初版的《中國文學發展史》，選入此詩，並作了一番相當認真的批評。然而，他在後來的修訂再版中，卻將此詩刪去，也將這番評論刪去。這是為什麼呢？

　　此詩是王維〈雜詩三首〉的第二首，全詩云：

君自故鄉來，應知故鄉事。

來日綺窗前，寒梅著花未？

　　詩四句二十個字，平淡自然，純是口語，純是遊子詢問故鄉來人的大白話。大意是，貴鄉鄰您剛從家鄉來，肯定熟悉家鄉的近況。您來的時候，畫窗前的那株蠟梅開花了沒有？

　　劉大杰在其著名的《中國文學發展史》中把此詩作為一個批判的靶子，嚴肅地批判說：你王維也太不近人情了，「對於民生漠不關心」，「見了鄉人，不問民生的疾苦，不問親友的狀況，只關心窗前的梅花，可知這派詩人，除了他個人以外，對於現實社會，是完全閉著眼了」。

　　我們引述的這個版本，是原版，1940 年初稿，1948 年出版。劉大杰在談王維的五絕詩時，一連引了六首，分別是〈鹿柴〉（「空山不見人」）、〈木蘭柴〉（「秋山斂餘照」）、〈辛夷塢〉（「木末芙蓉花」）、〈鳥鳴澗〉（「人間桂花落」）、〈山中〉（「荊溪白石出」）與〈雜詩〉（「君自故鄉來」）。接下來就這樣分析道：「五言小詩，因字句過少，在詩體中，最難出色。而王維以過人之筆，在這方面得到了很高的成就。」在此番高評後，他特意拿「君自故鄉來」詩來說事，說出了這些很不正常的話。看得出，他是硬

第五章　仁人愛物的君子情懷

要在「思想性」上說出點什麼不是來。然而，這段「思想性」很強的評判，卻在後來的修訂再版裡被刪去了。初版與修訂版比較，其中引詩部分唯獨刪掉了〈雜詩〉一首，那段「思想性」的批判，也全部刪去。

看來，作者是已經發現他的這番話說得不妥了。他在1962年的「重版前記」裡說：「本書自一九五七年修訂出版以後，各方面垂教甚殷，使我得益不少。」劉大杰解讀的反響，一定是相當的大。梁實秋讀後，就十分不滿，認為劉大杰對王維「實在責備太過」，即以題為〈寒梅著花未〉的文章批評。梁先生認為「劉大杰批評王維也墮入了一般庸俗的邪見」。他感到非常不可思議的是，「以為凡是文學作品皆千篇一律地反映民間疾苦，否則便是無視於現實社會」。他從文學創作的角度立論指出：「殊不知文學範圍很廣，社會現象複雜，文學創作不能限於某一單獨題材。我們評論作家，也不應該單憑一首小詩來論定作者全部的性格。」梁實秋認為像王維身處開元盛世，很難要求他詢問「來日朱門前，有無凍死骨」之類的話。他認為，「五言絕句，局面很小，容不下波瀾壯闊的思潮，只好拈一星半點靈機雋語，既不可失之凝滯，亦不可過於莊嚴。像王維這首雜詩，溫柔瀟灑，恰如其分，不愧為絕唱。凡是有過離鄉羈旅經驗的人，誰不惦念其家園中的一草一木，人情所繫，千古無殊」。一首二十字的思鄉詩也都要反映出人民的疾苦來，這也確實是個無理要求，只要是略有點文學修養的人，都不會有此跌破眼鏡的解讀。

其實，劉大杰也是個鑑賞大家，傑出的文學批評家。也就是說，詩的好與不好，他也不是看不懂的。那麼，為什麼劉大杰有這樣很不專業的「曲解」呢？時代使然也。劉大杰在1957年的「新序」中說：「當時生活非常窮困，一面教書一面寫，斷斷續續地寫了六、七年。那六、七年正是抗日戰爭的國難時期。」

我們通讀劉大杰先生的初版文學發展史，感到他對王維的評價也是很

高的,而這一段話的出現,似乎是「硬塞」進去的,很有點不甚和諧。他能夠在王維這麼多的詩中選出這六首來,說明他對〈雜詩〉也是很認可的。

王維的〈雜詩〉,白描記言,筆墨極其省淨,極其單純,天然去雕飾,完全是生活的自然狀態,可謂淡到無詩。詩人運用借問法,詩中反覆出現「故鄉」一詞,以一種兒童式的天真與親切,質樸到不用任何技巧,質樸到連平仄的詩律都不講,實際上卻是一種最高級的技巧。趙殿成評按詩曰:「陶淵明詩云:『爾從山中來,早晚發天目。我居南窗下,今生幾叢菊。』(略王介甫詩)與右丞此章同一杼軸,皆情到之辭,不加修飾而自工者也。然淵明下文綴語稍多,趣意便覺不遠,右丞只為短句,一吟一詠,更有悠揚不盡之致。」古人認為陶詩且不如此詩也。

關於「故鄉事」,那是可以開一張長長的問題清單來的。故鄉要問的事太多太多,初唐著名詩人王績寫過一篇〈在京思故園見鄉人問〉,從朋舊童孩、宗族弟姪、舊園新樹、茅齋寬窄、柳行疏密一直問到院果林花,仍然意猶未盡而「覊心只欲問」。羅宗強《唐詩小史》裡指出:「王維是一位在意境創造中追求情思與景物的淨化的高手。」他在將二詩比較後認為,「他(王績)把見到故鄉人那種什麼都想了解的心情和盤托出,沒有經過刪汰,沒有加以淨化。因此,這許多問,也就沒有王維的一問所給人的印象深」。這種評價,屬於懂詩之知言也。王維特別善於將情思和境界高度淨化,詩中將記憶中故鄉的種種景象盡可能刪減,刪減到無法再刪減,淨化到無法再淨化,將交集的百感也盡可能淨化,只留下一點情懷,只留下窗前那一樹梅花,這就是將思念意象化與典型化的詩歌特技。錢鍾書先生也將二王的詩比較而論,認為二詩放在一起比較,「鮮明地襯托出同一題材的不同處理」,錢先生的《七綴集》中有這樣的比較:

王績相當於畫裡的工筆,而王維相當於畫裡的「大寫」。王績問得周詳道地,可以說是「每事問」(《論語·八佾》);王維要言不煩,大有「『傷

第五章　仁人愛物的君子情懷

人乎？』不問馬」的派頭（《論語·鄉黨》）。王維把王績的調查表上問題痛加剪削，刪多成一，像程正揆論畫所說「用簡」而不「為繁」。張彥遠說：「筆才一二，像已應焉。離披點畫，時見缺落。」程正揆說：「意高則筆簡，繁皺濃染，刻劃形似，生氣溺矣。」

有客自故鄉來，王維急不可耐地問梅。宋顧樂《唐人萬首絕句選》評此詩：「以微物懸念，傳出件件關心，思家之切。」詩中的這個「微物」，為什麼是梅呢？王維為什麼不問棗呢？像魯迅那樣去寫棗樹，一棵是棗樹，另一棵也是棗樹。為什麼不像賀知章問柳呢？問那個「不知細葉誰裁出」的柳。為什麼不問柿、不問蘭、不問菊呢？久為異客，忽然遇上來自故鄉的熟人，什麼都不問，就問那株寒梅。「來日綺窗前，寒梅著花未？」彷彿故鄉值得懷念的，就是窗前那株寒梅。似是出乎常情，而在常理之中。詩人獨問寒梅，梅成為一種借代，以局部代整體，形象化為一朵美麗的思念，十分含蓄而濃烈地聚焦了對故鄉的回憶與眷戀。以「寒梅著花未」的詢問，傳神地表達了詩人鄉思的急切，迅速點燃鄉思之情，是欲了解故鄉風物人事。「折花逢驛使，寄與隴頭人。」（陸凱〈贈范曄詩〉）「明朝望鄉處，應見隴頭梅。」（宋之問〈題大庾嶺北驛〉）寒梅成了寄託思鄉之情的特定意象。問梅，其實暗在用典，梅之意象中含有特定的鄉關含義。這株綺窗前的「寒梅」，也就不再是一般的自然之物了，而成了故鄉的一種象徵，成了無限思鄉之情的載體。詩人問梅，體會精妙，含情無限，鄉愁無限，給予人無窮遐想，也自然引發他人的情感共鳴。

我們不能因為王維詩中沒有出現「朱門酒肉臭」，就認為他不問政治，不關心現實。其實，杜甫也不是所有詩都寫「朱門酒肉臭」的。白居易就認為杜甫在暴露社會陰暗面方面不如他，杜甫詩中「朱門酒肉臭」之類的新樂府詩，「亦不過三、四十首」。李白更不行，「索其風雅比興，十無一焉」（〈與元九書〉）。杜甫存詩一千五百餘首，其寫「朱門酒肉臭」的比

例，也就是幾十分之一。

王維詩，非常講究詩的藝術，多含蓄婉曲的筆法，不直接反映現實，更不屑於對自然實物作寫生性模仿，而將意象提煉到具有最高概括力的程度，意象相洽，意象渾融，創造出恍惚飄渺或清空簡遠的意境，特別是他的那些五絕精品，更是禪趣十足，哲味濃郁，不深玩細讀而難解深意也。

二、不網不釣之仁

子思在《中庸》中提出了「天地位焉，萬物育焉」的「中和」思想，可以看作是中國古代思想家生態智慧的集中展現。《孟子·盡心》中則進一步發揮說：「君子之於物也，愛之而弗仁；於民也，仁之而弗親。親親而仁民，仁民而愛物。」這裡所說的「物」，朱熹注曰：「物，謂禽獸草木。愛，謂取之有時，用之有節。」對自然生物，也要有仁愛之心，這是儒家的仁德觀，也是中國傳統的生態觀。王維的〈白黿渦〉詩，寫「不網不釣」，反映的就是這種「仁德」觀，成為儒家「仁人愛物」的「仁」學觀的具體詮解，表現出中國文化倫理本位的立場。詩中的這種真誠仁愛的道德精神，源自詩人敬畏天地、敬畏生靈與敬畏生命之仁心，源自其個體的憂患之憫情。他的這首詩是這樣寫的：

> 南山之瀑水兮，激石洶瀑似雷驚，人相對兮不聞語聲。
> 翻渦跳沫兮蒼苔涇，蘚老且厚，春草為之不生。
> 獸不敢驚動，鳥不敢飛鳴。
> 白黿渦濤戲瀨兮，委身以縱橫。
> 主人之仁兮，不網不釣，得遂性以生成。

〈白黿渦〉詩題下自注「雜言走筆」，描寫出非常優越的生態環境，一

第五章　仁人愛物的君子情懷

切皆處於不生不滅的生態中，所有的生物皆循規蹈矩而不敢妄動，「獸不敢驚動，鳥不敢飛鳴」，連春草都為之而不敢妄生。非不敢也，是不為也，不做違反自然的活動，生態萬類表現出互不干擾、各得其所的生態意趣，人與自然呈現出和諧相處的物我兩適的生存狀態，即「萬物並育而不相害，道並行而不相悖」(《禮記‧中庸》)。

詩中「白黿渦濤戲瀨兮，委身以縱橫」二句，寫萬物並育而不相害的生態環境，也是詩人藉白黿自寫，寫其遠離浮華而我適自然的自由狀態與愜意心情，如白黿之戲瀨，即莊禪委順自然、適意人生的態度與境界，同時也是寫消解了物種的優越感而混同萬物的生態體驗。「與天和諧，謂之天樂」(《莊子‧天道》)，詩人追求「天樂」之樂，而這是人與自然極其和諧之樂。王維將這種和樂，建築在「仁」的基礎之上。所以和諧，是以生命為重，不僅重人類之自身，也重自然界生物萬類的生命。

此詩最後云：「主人之仁兮，不網不釣，得遂性以生成。」詩篇卒章顯志，和盤托出其以仁為本而憐愛萬物的悲憫思想，這從根本上說就是順其本性，在與自然的深度互動中尊重自然、親近自然、回報自然。所謂「遂性」，順其本性也。《莊子‧在宥》曰：「以遂群生。」王維認為，「得遂性以生成」的前提是「不網不釣」；而「不網不釣」，則取決於「主人之仁兮」。《論語‧述而》曰：「子釣而不綱，弋不射宿。」釣魚而不用大網捕，射鳥而不射巢中之鳥。孔子認為要謹奉周禮的規定：「天子諸侯無事則歲三田：一為乾豆，二為賓客，三為充君之庖。無事而不田，曰不敬；田不以禮，曰暴天物。天子不合圍，諸侯不掩群。天子殺則下大綏，諸侯殺則下小綏，大夫殺則止佐車。佐車止則百姓田獵。獺祭魚，然後虞人入澤梁。豺祭獸，然後田獵。鳩化為鷹，然後設罻羅。草木零落，然後入山林。昆蟲未蟄，不以火田。不麛，不卵，不殺胎，不殀夭，不覆巢。」(《禮記‧王制》)天子諸侯的田獵，也有極其嚴格的規定，不可不依禮行事而群捕濫殺，不殺幼

獸，不取鳥卵，不殺懷胎的母獸，不殺未成年的鳥獸，不毀壞巢穴。

中國古代哲人早就有了生態危機感，如用「暴殄天物」(《尚書》)、「網張四面」和「竭澤而漁」(《呂氏春秋》) 等話語，批評窮其奢欲而破壞生態的行為。孔子所謂的「畏天命」，從根本上說就是要求人類在與自然的互動中敬畏生態，尊重自然。儒家「仁人愛物」的「仁」學觀其實就是儒家生態價值體系，就是倫理本位的立場。《孟子·梁惠王上》曰：「斧斤以時入山林，材木不可勝用也。」《荀子·王制篇》亦曰：「聖王之制也：草木榮華滋碩之時，則斧斤不入山林，不夭其生，不絕其長也。黿鼉魚鱉鰍鱣孕別之時，罔罟毒藥不入澤，不夭其生，不絕其長也。」中國古代哲人講究仁義施及草木鳥獸蟲魚，提出了按時而合理地利用自然，以保持生態平衡的主張。王維詩中所謂的「主人之仁兮」，即要求按照生態倫理與聖人的道德標準，憐憫生物萬類，保護生態環境。白黿渦中的白黿，因無人釣捕而有「委身以縱橫」的天樂。這種「得遂性以生成」的生活方式和生存狀態，亦即到達「天人合一」的至高和洽之境界。

中國文化重生而貴和，實際上就是從生命體驗方面來闡述人與自然的關係，來解釋人的悲憫意識。王維的好生之德是：不僅不網，而且不釣。敬畏生命，不要隨意虐待和傷害生命，與所有生靈和諧相處，這種超越古之聖人的關愛生命的理念，是佛家「同體大悲」的悲願深心。

王維的〈戲贈張五弟諲三首〉，題中的這個「戲」字很有意味，很機智地表達了王維的仁德立場與悲憫態度。詩之其三曰：

設置守麏兔，垂釣伺游鱗。此是安口腹，非關慕隱淪。
吾生好清淨，蔬食去情塵。今子方豪蕩，思為鼎食人。
我家南山下，動息自遺身。入鳥不相亂，見獸皆相親。
雲霞成伴侶，虛白侍衣巾。何事須夫子，邀予谷口真。

第五章　仁人愛物的君子情懷

　　張諲與王維兄弟相稱,他也不是個等閒之輩,精詩擅畫善書,且通《易經》,王維說他學富五車,「染翰過草聖,賦詩輕〈子虛〉」。王維「戲贈」,其實很認真,也別有深意。詩比較著寫:「吾生好清淨,蔬食去情塵」,而你則「設置守麏兔,垂釣伺游鱗」。詩的中心意思是,我離你遠點,不跟你玩啦,這種釣鱗捕兔的事,不應是隱者做的,有傷「隱淪」,有失仁慈。雖然我們都是好兄弟,我們都有隱逸之志,然卻存「異操」,不如還是離得遠點吧。換言之,即使是好朋友,我也不能容忍你「守兔」、「垂釣」而沒有「隱操」。而這三首詩,前兩首與第三首,也是比較寫的。趙殿成《王右丞集箋注》裡這樣評點說:「前二篇,美張能隱居樂道,物我兩忘,與己合志。後一篇,嗤張之釣弋山中,只圖口腹,與己異操。」此評切中肯綮,上升到「志」與「操」上來論說。

　　王維的仁人愛物所生成的悲憫情懷,以遠離好朋友的抉擇,來委婉批評好朋友,來表達仁人愛物的「隱操」。王維十分看重萬物的原生態的自性,重視情境的生態特點,其體驗自然的方式不聲張,不驚擾,更不會粗暴地破壞生態平靜,而以混同於山水的狀態獲得山水的愉悅,與萬物生態建立了一種精神關係,彷彿自己也成了自然界的一員,與鳥獸林泉同類,與天地萬物相通,詩人在物我同一的和諧境界中找到了自然本真狀態的自我。《莊子·山木》說:孔子「辭其交遊,去其弟子,逃於大澤,衣裘褐,食杼栗,入獸不亂群,入鳥不亂行。鳥獸不惡,而況人乎」。孔子困於陳蔡間,七日不火食,經太公任的勸導,而遠避於大澤中,與鳥獸善處,以至於其入鳥群而鳥不驚,入獸群而獸不亂。人融入動物群體中,人與動物和平相處到互相信任的一種狀態。莊子的「與麋鹿共處」(《莊子·盜跖》),「與天和諧,謂之天樂」(《莊子·天道》),即說的人與自然的和諧之樂,說的「天人合一」的至高和洽之境界。人與物融,天人合一,無爭無礙,融為一體,既有世界萬物皆空所化的生命本質,又有大德日生的生命常

態，還有與物齊一的和諧，可謂仁人愛物、慈悲為懷的悲憫大情懷也。法國學者史懷哲（Schillinger）也有敬畏生命的說法：「有思想的人體驗到必須像敬畏自己的生命意志一樣敬畏所有生命意志。他在自己的生命中體驗到其他生命。」天地與我同根，萬物與我同體，人與萬物相互尊重不相傷害。仁人愛物，更遑論殺生了。

王維〈納涼〉詩，不大為人關注，然也有人說是「五言絕佳」之作，確實是「格調既高，而興寄復遠，即古人詩中亦不能多見者」（何良俊《四友齋叢說》）。全詩如下：

喬木萬餘株，清流貫其中。前臨大川口，豁達來長風。
漣漪涵白沙，素鮪如游空。偃臥盤石上，翻濤沃微躬。
漱流復濯足，前對釣魚翁。貪餌凡幾許，徒思蓮葉東。

詩共十二句，筆墨多在寫景上，寫出了一幅「萬物群循」的極美生態畫，一切皆自由，一切亦自然，萬木獻蔭，長風豁達，游魚自由如在天空中翱翔。其人也極度自由，或偃或臥，或翻濤沃躬，或漱流濯足。真個是「順之以天理，應之以自然」（《莊子‧天運篇》）的自然和諧。然而，「我心素已閒」的詩人，卻還是「前對釣魚翁」。

應該不是詩人對垂釣也發生了興趣，連繫其一貫思想看，他是非常不看好網釣的。真個是大煞風景，於自然山水裡出現了一個垂釣者。詩結尾二句告訴我們，他是惕心於那些無辜魚們，為仁心所驅使，而非常掃興地被隱於水邊的釣翁所牽引了過去，被網釣吸引過去的，再也沒有了閒心，也沒有了納涼閒興。這個釣者，可不是他的張諲老弟，他無法干預，然亦無法不心悋那些懵懂上鉤的魚兒們。「貪餌凡幾許，徒思蓮葉東」二句，十分耐人尋味。

第五章　仁人愛物的君子情懷

這裡用了兩個典：其一，漢辭賦家莊忌〈哀時命〉賦曰：「知貪餌而近死兮，不如下游乎清波。」其二，漢樂府〈江南〉歌曰：「江南可採蓮，蓮葉何田田，魚戲蓮葉間。魚戲蓮葉東，魚戲蓮葉西，魚戲蓮葉南，魚戲蓮葉北。」而「凡幾許」的意思是，也就是幾個。萬幸的是貪餌上鉤者不多。然而，還是讓人懷念起那種明麗美妙的時光來，一望無際的碧綠的荷葉，無憂無慮的魚兒，在蓮葉之間游來躲去，在歡聲笑語中追逐嬉戲，充滿了歡樂，充滿了自由，也充滿了愛意。「徒思」的「徒」，「但」、「只」、「空」的意思。意思是這時他只能白白地思念起那魚荷嬉戲的美好。言外之意是，這裡沒有了這種美好。釣者破

〔北宋〕米芾（傳）　王維詩意圖立軸

壞了詩人的興致，整個環境不和諧了，詩人內心不和諧了，詩的前半部分與後半部分也不和諧了。王維詩寫萬物遵循生態自然運作的法則，將自然界看作是審美快感的最終來源，表現出他的生活理想、生活目的與生活方式，也反映了他的道德水準與仁愛之心。

儒家倡導仁愛和諧的理想社會，且把這種道德範疇擴展到自然界，從「仁民」而「愛物」。王維敬畏生命，在日常生活中來培養自己的同體大悲的愛心，以超功利的審美體驗來理解自然萬物，反映了他與自然萬物同生共運的敬畏觀與生態觀，也表現出與人為善也與物為善的悲憫情懷。

三、孝悌親親而先家肥

王維是個「戀家情結」特重的人。「家」是家國情懷的邏輯起點。「家」也是中國文明構成的整體性範疇。以天下為己任的報國觀念，來自人生開始的「家」。

中國人普遍戀家，這主要是幾千年來儒家思想的影響。中國人從對家的眷戀，上升到對故鄉的認同，再進一步上升到對國家和民族的認同。「家」是建構社會制度和倫理的基石，儒家文明對社會倫理、政治以及經濟關係的建構，始終是從「家」出發，形塑家國一體的秩序體系，構成了「忠孝同本」的社會倫理和意識形態。

「家」也是影響社會與政治構成和變動的主體，與國以及信仰、倫理、社會等紐帶連接。在儒家倫理體系中占有根本性奠基地位的「孝」，也就成了維繫宗法家族關係的強大的精神紐帶。《論語·學而》曰：「孝悌也者，其為仁之本與。」《孝經》曰：「夫孝，德之本也。」「孝悌」是維繫「家」觀念的情感基礎，是孔子仁學的社會關懷的直接表現。家國天下，既是理想，又是情懷。中國古代的家國情懷，建立在人的自然情感基礎之上，從父慈子孝、兄友弟恭到心懷天下、報效國家，把以血緣關係為紐帶的天然親情推己及人，並由家及國拓展和上升為關心社會、積極濟世的責任意識和倫理要求。而治國安民，則是對血緣親情的放大，因此，儒家甚至將盡孝和處理好兄弟之間的關係，當作從政的一種表現。做人首先要學會孝順父母，尊敬兄長。孝悌為齊家，孝悌是修齊治平的基礎。

《舊唐書》特別說到王維「事母崔氏以孝聞」。《舊唐書》還說王維「閨門友悌，多士推之」。修身齊家治國平天下，首要是修身。王維給人最突出的印象就是極重自修，先做好自我，從自我做起，從最根本處做起，從孝順父母、敬愛兄弟做起，將行「孝」盡「忠」自然結合在一起。王維其父

第五章　仁人愛物的君子情懷

早亡，十五歲的他就知道為寡母分擔家庭責任，孤身一人到長安尋求發展。因為才藝超凡，他在京城的日子很風光，也很舒適，成為王公大臣的座上客，《舊唐書》說他，「凡諸王、駙馬豪右貴勢之門，無不拂席迎之，寧王、薛王待之如師友」。然而，獨身在外，最是思念家中老母與兄弟。兒行千里母擔憂，他所特別不忍心的是自己在外而讓家人擔心，因此每到節日，其思鄉念親之情尤甚，〈九月九日憶山東兄弟〉詩反映的就是他的這種感情。

王維的〈九月九日憶山東兄弟〉詩，字法、句法、章法無有不妙。古人不僅看好其情感的表達，還特別看好其表達的情感，而皆以《詩經‧陟岵》來比。古人將「《詩》三百」視為「經」，視為後代詩歌的「法帖」，而把王維此詩與之比論，屬於很崇高的評價了。唐汝詢《唐詩解》曰：「摩詰作此，時年十七，詞義之美，雖〈陟岵〉不能加。史以孝友稱維，不虛哉！」沈德潛《唐詩別裁》曰：「憶山東兄弟即〈陟岵〉詩意，誰謂唐人不近三百篇耶？」黃培芳《唐賢三昧集箋注》曰：「情至意新。〈陟岵〉之思。此非故學《三百篇》，人人胸中自有《三百篇》也。」古人認為，無論是作法還是情感，「雖〈陟岵〉不能加」，亦即可以一比，不在其下，情意彷彿。孔子推崇備至的「《詩》三百」，乃「六經」之首，成為儒家的「元典」，成為儒家「以文化成」的「詩教」。《毛詩序》：「故正得失，動天地，感鬼神，莫近於詩。先王以是經夫婦，成孝敬，厚人倫，美教化，移易俗……」而古人將王維的詩與《詩經》比，其詩也十分崇高了。

「《詩》三百」裡的〈陟岵〉，被譽為「千古羈旅行役詩之祖」（喬億《劍溪說詩又編》）。此詩最初表現征人思親主題，也將這種感情表現得極其纏綿悱惻，開創了古詩思鄉的一種獨特的抒情模式。《詩經‧魏風‧陟岵》曰：

　　陟彼岵兮，瞻望父兮。父曰：嗟！予子行役，夙夜無已。上慎旃哉！猶來無止！

陟彼屺兮，瞻望母兮。母曰：嗟！予季行役，夙夜無寐。上慎旃哉！猶來無棄！

陟彼岡兮，瞻望兄兮。兄曰：嗟！予弟行役，夙夜無偕。上慎旃哉！猶來無死！

遠望當歸，長歌當哭。我一人在外心念家人而登高遠望，彷彿看到了我爹我娘與我兄長，彷彿聽到他們在叮囑我獨自在外要好自珍重而不能有什麼閃失。全詩重章疊唱，直抒思親之胸臆，一唱三嘆，痛切感人。「上慎旃哉」的意思是說：可要特別謹慎啊！可要加倍小心啊！可要千萬珍重啊！而這樣的叮囑，反覆在耳畔縈繞，一意三復，言之不足而長言申意。

明明是作者思念家人，卻於恍惚中感到家人在思念他。這是個「詩從對面來」的美學原理。以詩創設了一個幻境，從對面設想親人念己之心。《詩經·陟岵》把過去、當下、未來所懸想的情景具現出來的修辭格，叫做「示現格」[07]。王維也據實構虛，其「以想像與懷憶融會而造詩境，無異乎〈陟岵〉焉」。王維的〈九月九日憶山東兄弟〉思鄉念親，在表現方法上與〈陟岵〉確有相似之處，詩人不直接言說自己一人在外非常憶念兄弟，而是設想兄弟們非常憶念一人在外的自己，從對面說來，屬於避實擊虛法。其詩云：

獨在異鄉為異客，每逢佳節倍思親。

遙知兄弟登高處，遍插茱萸少一人。

詩情全由「獨」引發，也皆在「獨」上落實。「每逢佳節倍思親」，萬口流傳的新警之句自然帶出。九九重陽，作者其時在華山之西的長安，心念華山以東的家鄉蒲縣（今山西永濟），題目非常樸實，實言記錄。起二句，以「獨」領起，直接破題，不經任何迂迴，迅即形成高潮，出現了「每逢佳節倍思親」的警句。平日裡就想家，遇上佳節良辰加倍地想家，

---

[07] 錢鍾書：《管錐編》，三聯書店 2011 年版，第 193 頁。

第五章　仁人愛物的君子情懷

　　王維一上來就把「憶念」之情寫足了，迅速推向情感高潮。這種寫法往往容易使後兩句難以為繼，造成後勁不足，作者給自己出了個難題。三、四兩句，如果只是按照一般性的思路，順勢思念懷人，順著「佳節倍思親」的流向作直線式的延伸，則會流於平直而缺乏新意，而「續」以狗尾。此詩之妙，更在後兩句，妙在虛寫思鄉，轉出新意，高潮再起。三、四兩句，意思是說：遙想遠在山東而此時定在登高遊樂的家鄉兄弟，你們也定會因我未能同插茱萸而愈加想念遠在長安的我。好像遺憾的不是自己，反倒是兄弟會因為沒有自己的參加而遺憾。詩情曲婉，憶念愈烈，鄉愁愈加難熬矣。我所以特別思念家人，是因為家人非常思念我而讓我非常不好意思。王維心中似有一種深深的愧疚感，越到節日愧疚感越甚。自己小小年齡，孤身一人獨處異鄉，肯定讓家人特別放心不下而牽腸掛肚，他為此而深感愧疚，深感於心不安，為自己讓家人牽掛而心裡過意不去。

　　詩人不直接言說是自己憶念親人，而以「遙想」來呈現其所憶念的親人，設想所憶之親人們倍加憶念自己，因此，這種憶念加倍強烈，也加倍感人。王維最喜歡用「遙想」法，他的懷人類的作品多採用以我推人的寫法，明明是我憶念他人，卻推己及他人，反說他人憶念於我，寫思念從對方落筆與設想，憶念之情尤加深切。「遙知漢使蕭關外，愁見孤城落日邊」（〈送韋評事〉），詩意深沉反覆，詩情縈紆跳宕，曲折有致而纏綿蘊藉。霍松林先生解讀〈夜雨寄北〉詩時說，這是寫身在此地而想彼地之思此地，同時也寫時在今日而想他日之憶今日。王維早就這樣做了，把二者統一起來寫，亦即從對面設想親人之念己之心也。王維多愁善感，情感世界很細膩也很豐富，心靈觸覺特別敏感，因此，人倫離合、人世變故非常易於讓其感動，其詩也具有很強的悲憫氣味，飽含對人生與生命思考而引發的獨寞與感傷。

　　古人評詩，總喜歡以《詩經》作尺規，將後人的優秀作品與風雅相比。

王維的好多詩，都讓人這麼比了。〈陟岵〉採用的是《詩經》中常見的疊章復沓法，而王維的憶山東兄弟則是七絕短章，在形式上不是復沓重唱，然其情感上輾轉推進，高潮迭起而極有遠致，具有極強的抒情性，具有特大的想像空間，而短中見長，特見功力，亦尤其有魅力、感染力。

我們以為，王維的憶兄弟詩，所以特別感人而膾炙人口，自然與其技術高超有關，更是因為其悌孝情感的純淳而強烈。唐人竇蒙注〈述書賦〉說王維，「閨門之內，友愛之極」。小小年紀，一人在外打拚，還惦掛著家中寡母與一群年幼的弟妹，反映了他強烈的家庭責任感。寫此詩後不久，他就將大弟王縉帶了出來，兩個人一道遊宦京城。王維的〈偶然作六首〉其三，猜想寫於他解褐之後，得官右拾遺前。詩寫他心惦弟妹的矛盾心情，王維在詩裡說：

日夕見太行，沉吟未能去。
問君何以然？世網嬰我故。
小妹日長成，兄弟未有娶。
家貧祿既薄，儲蓄非有素。
幾回欲奮飛，踟躕復相顧。

詩中說得明明白白，他所以不能瀟灑而「奮飛」，是因為「家」的原因，「小妹日長成，兄弟未有娶」，而家裡的狀況又不怎麼好，長兄為父的責任感，讓他受困「網嬰」而陷入「幾回欲奮飛，踟躕復相顧」的沉吟中。從王維詩中看，他無意於仕宦，如果不是考慮到寡母在堂、兄妹尚幼的話，他早就如竹林七賢而隱居太行了。想到尚未長成的兄妹，想到不會太寬裕的家庭，強烈的家庭責任感，讓他的出世之想，轉化為一種負罪心理，轉化為一種深刻的懺悔，轉化為一種進退兩難的愧疚，這也是王維一直以來最微妙的隱痛。

第五章　仁人愛物的君子情懷

王維人雖然在外做官，然心繫於家。其母與其兄妹，讓他不由自主地心生牽掛。王維的〈觀別者〉，觸景生情，自然想到高堂老母。這首詩也讓古人比以《詩經》，說是可與《詩經·蓼莪》比美，還可以與《詩經·燕燕》比美也。王維〈觀別者〉曰：

青青楊柳陌，陌上別離人。愛子遊燕趙，高堂有老親。
不行無可養，行去百憂新。切切委兄弟，依依向四鄰。
都門帳飲畢，從此謝賓親。揮淚逐前侶，含淒動徵輪。
車徒望不見，時時起行塵。余亦辭家久，看之淚滿巾。

吳喬《圍爐詩話》卷三曰：「王右丞五古，盡善盡美矣。〈觀別者〉云：『不行無可養，行去百憂新。切切委兄弟，依依向四鄰。』當置《三百篇》中與〈蓼莪〉比美。」〈蓼莪〉寫的是不能孝養父母而痛苦不堪的心情：

瓶之罄矣，維罍之恥。鮮民之生，不如死之久矣。無父何怙？無母何恃？出則銜恤，入則靡至。父兮生我，母兮鞠我。撫我畜我，長我育我，顧我復我，出入腹我。欲報之德，昊天罔極！

詩共四章，此為中間二章，是詩的高潮部分。作者自述，淒厲激切。如果我連父母都沒有了，沒有父母可「怙」可「恃」了，無依無靠，「瓶空」而「罍恥」，活著還有什麼意思呢？反覆言「我」，詞繁句覆，盡寫父母養育的深情大恩，自己想要報父母恩德，上蒼又偏偏讓我時在役中而不能終養盡孝。

古人認為王維〈觀別者〉也寫的是這種情感，同樣寫的是不能孝養父母的痛苦心情。王維詩十六句，只有最後二句寫「觀」者，前面全寫所「觀」。古人評曰：「觀別者與自家送別，益覺難堪，非深情人不暇如此題。」（明鍾惺、譚元春合編《唐詩歸》引）意思是，不是自家送別，而王維能夠「看之淚滿巾」，確非一般情深之人，而一般情深者也不做此題也。因此，「說他人，其切乃爾，己懷可知，〈陽關〉所以絕句」（唐汝詢《彙編唐詩十集》）。

古人認為，能夠寫出這樣的詩來，其懷可知，這也是為什麼王維能夠寫出絕作如「陽關三疊」的原因。

周振甫《詩詞例話》裡則說，王維〈觀別者〉詩中的寫景部分，其以景寫情的高妙，可比「瞻望弗及，泣涕如雨」（《詩經·邶風·燕燕》）。〈燕燕〉被王士禎推舉為「萬古送別之祖」，臨歧惜別，情深意長，令人悵然欲涕。提到《詩經》的這些篇章，就想到哀而不傷、一唱三嘆、溫柔敦厚等一類的詞語，這樣作比，充分肯定了王維其人性情，突出了他至情至性的人性特點。「非深情人不暇如此題」，而王維做此題，且「其切乃爾」，亦可見其乃不是「非深情人」也。王維作為一個旁觀者，見貧士臨行戀母情狀，竟然動情以至於淚滿衣襟，心善而言慈，定然是因為感同身受的結果。

「不行無所養，行去百憂新」二句，寫「別離人」處於兩難之矛盾中，這也正是王維之自寫，他以不孝而自責也。王維十五歲便離家去京城自謀生計，愧於不能事母盡孝。他的〈送崔三往密州覲省〉，寫的也是這種愧疚感，詩曰：

南陌去悠悠，東郊不少留。同懷扇枕戀，獨念倚門愁。

路繞天山雪，家臨海樹秋。魯連功未報，且莫蹈滄洲。

此詩題目「覲省」標明，這是送人回家探親的。王維於詩中說了些激勵的話，意思是要崔三忠孝兩全，齊家治國兩重。「同懷扇枕戀，獨念倚門愁。」「同」就是你我。就是說我們都懷有還家行孝終養之念。此處用「扇枕戀」典，典曰「事親色養，夏則扇枕蓆，冬則以身溫被」（《晉書·王延傳》）。王維詩裡的意思是，我與你同，也希望能夠像古人那樣「扇枕戀」事奉母親，以至於能夠消釋母盼子歸的「倚門」之愁。尾聯二句，希望崔三擺正位置，先要報效國家，立功邊地，然後再考慮退隱，回家盡孝。

第五章　仁人愛物的君子情懷

　　這是很典型的忠孝兩全的家國情懷。王維雖然也只是在送別朋友時順帶提起，沒有在什麼詩裡專門標榜，而他現實中的出色表現，讓其在事親孝道上千古留名。王維「事母崔氏以孝聞」。王維孝敬母親崔氏，為了讓其母潛心修佛，專門購置輞川別業修作佛堂。《舊唐書》特別說到其「居母喪，柴毀骨立，殆不勝喪」。丁憂時的王維已到知天命年，三年守制丁憂，他飽受喪母悲痛的折磨，沉浸於「殆不勝喪」的極度哀傷之中，以至於「柴毀骨立」不能自持。從王維對其母的感情裡，可見其至孝的天性。

　　王維與其大弟王縉的關係一直特別密切，王縉自小跟隨老哥出來闖蕩。王維晚年時，王縉外放蜀州刺史，〈別弟縉後登青龍寺望藍田山〉裡寫他與老弟分別後的深重落寞與惆悵。在老弟別後不久，王維就上〈責躬薦弟表〉，其表中曰：「伏乞盡削臣官，放歸田里，賜弟散職，令在朝廷。」他希望辭去自己的官職，而換取老弟回朝任用。王維「孝悌之至，通於神明」，皇帝很快就滿足了王維的請願，還對其舉給予了「乃眷家肥，無忘國命」的高度評價。《禮記‧禮運》曰：「四體既正，膚革充盈，人之肥也。父子篤，兄弟睦，夫婦和，家之肥也。」肅宗皇帝認為王維極重兄弟情誼，有自貶之願，這是一種難得的家國情懷，一種很值得倡導的孝悌之道。王維之「乃眷家肥」，建築在「無忘國命」的基礎之上。他的這種處世行事，主要是源自儒家修身、齊家、治國、平天下的精神，是他儒釋道思想交融而生成的人生價值取向與家國情懷。

　　《論語‧學而》：「弟子入則孝，出則弟，謹而信，泛愛眾，而親仁，行有餘力，則以學文。」王維以孝悌為先的家國情懷，源自他「家國同構」的思想意識，源自他「忠孝同本」而「行孝盡忠」的社會倫理的認同。而他則以個人道德修養為中心，以仁愛倫理為基礎，以報效家國為目標，事事以德善為先，處處以家國為重，進而實現其「修齊治平」的兼濟理想和報效心志。

四、忘己而愛蒼生

　　王維曰:「達人無不可,忘己愛蒼生。」此二句出自〈贈房盧氏琯〉詩。這是王維讚美房琯的,大意是:通達之人無所不宜,自然恤愛黎民百姓,而全然不會考慮自己。全詩如下:

> 達人無不可,忘己愛蒼生。豈復小千室,絃歌在兩楹。
> 浮人日已歸,但坐事農耕。桑榆鬱相望,邑里多雞鳴。
> 秋山一何淨,蒼翠臨寒城。視事兼偃臥,對書不簪纓。
> 蕭條人吏疏,鳥雀下空庭。鄙夫心所向,晚節異平生。
> 將從海岳居,守靜解天刑。或可累安邑,茅茨君試營。

　　房琯時任虢州盧氏縣令,「政多惠愛,人稱美之」(《舊唐書·房琯傳》)。房琯乃唐朝宰相房融之子,年齡略長於王維。安史之亂後,房琯隨唐玄宗入蜀,拜吏部尚書、同平章事。後深受肅宗器重,委以平叛重任。然其不通兵事,且用人不當,在咸陽陳濤斜大敗而歸。房琯被貶,杜甫疏救而弄丟了才做了幾個月的右拾遺。房琯治軍不行,卻很有政聲。

　　〈贈房盧氏琯〉詩作於開元二十一年(西元733年),房琯時任盧氏縣令,王維時年三十三,似無實職,閒居長安。房琯雖然只是管轄「千室之邑」的小縣,然以禮樂教化治理,絃歌聲高,政通人和。轄區內相安無事,百姓安居樂業,沒有流民,沒有閒人,沒有懶漢,沒有偷搶,沒有捕釣,沒有爭鬥,沒有爭訟,寧靖恬靜如同世間桃源。詩裡自然也有些「溢美」成分,不過所言也與史載相吻合。最後六句是自寫,透過寫自己的企羨之情來讚房琯社會治理的政績,獎掖裡含有幾分善意揶揄,意思是說,你老兄把這個地方治理得這麼好,很是讓我心嚮往之,真想擺脫名利桎梏,致虛守靜,而不想有什麼事功發展了,到這裡來找個地方蓋幾間茅

第五章　仁人愛物的君子情懷

屋，過上隱姓埋名的隱居生活。

其實，舊交事業有成，讓王維非常欣賞，也非常羨慕，非常希望自己也有個用武之地而施展身手，也實現「達人無不可，忘己愛蒼生」的境界。贈房琯詩一年後，開元二十二年（西元 734 年）秋，王維以〈上張令公〉詩謁張九齡。開元二十三年（西元 735 年）春，王維為張相所賞識，被擢而出任右拾遺。

王維所以詩謁張九齡，也是因為非常崇拜張相「動為蒼生謀」（〈獻始興公〉）的德操。王維一生為官，三十五歲之後，便一直官在朝廷。然其詩文中，真找不到什麼輔弼與匡濟之心志的表述，也沒有致君堯舜、海縣清一的豪言。而他的不少送別詩裡，倒是有不少善政憫民的理想與願心。這些詩，由於風景寫得太好太美了，人們讀它的時候，注意力往往被那些景物描寫吸引了去，譬如〈送梓州李使君〉：

萬壑樹參天，千山響杜鵑。山中一夜雨，樹杪百重泉。

漢女輸橦布，巴人訟芋田。文翁翻教授，敢不倚先賢。

同僚相送，別開生面，施補華說王維詩「起處須有崚嶒之勢」，所舉例子中就有〈送梓州李使君〉。其實，王維詩的起處多很講究，例子也很多。古人說此詩乍看「竟是山林隱逸詩」。原來是「欲避近熟，故於梓州山境說起」（吳喬《圍爐詩話》）。詩的前四句寫得太好，古來好評如潮，如「天然入妙，未易追攀」，「落筆神妙，鍊意最深」云云。其實，此詩通篇皆好，王夫之評曰：「明明兩截，幸其不作折合，五六一似景語故也。意至則事自恰合，與求事切題者雅俗冰炭。右丞工於用意，尤工於達意，景亦意，事亦意，前無古人，後無嗣者，文外獨絕，不許有兩。」（《唐詩評選》卷三）此評賞誠非虛誇。真可謂人以為容易，不知其意匠經營慘淡也。詩的前四句與後四句，乍看起來似為「兩截」，因為頸聯的作用，合而為一，亦妙合無垠也。頸聯選取漢女輸布、巴人訟田之二典事，「漢

女」、「巴人」、「橦布」、「芋田」的事象,「意至則事自恰合」,這就不是一般的「切題」了。以全詩觀,前二聯懸想梓州山林區勝,是切地;頸聯敘寫蜀中民風,是切事;尾聯用典,以文翁擬李使君,官同事同,是切人。頸聯既是寫風俗,又是寫使君,寫李使君就任梓州刺史以後的政務職事,自然引出治蜀之事與勉勵之意。李使君,即李叔明,先任東川節度使、遂州刺史,後移鎮梓州。文翁在漢景帝時為郡太守,政尚寬宏,力主興學,誘育人才,使巴蜀日漸開化,成績斐然。詩的最後一聯,希望李使君追隨先賢文翁,重在教化蜀民,恪盡職事,善政勤政,做個善辨冤案、體察民情而恩澤百姓的清官。

王維撇開送別現場不寫,或者說存心避開現場不寫,而去著力描繪蜀地梓州的奇秀,及與之相關的民情和史典。詩人在以欣羨的筆調描繪蜀地山水景物之後,於詩的後半部分轉寫蜀中民情和使君政事,即蜀地婦女以橦布向朝廷交稅,巴人常為農田事發生訟案。此送別詩之妙,寫惜別,卻重在勸勉也。又譬如〈送李判官赴東江〉詩曰:

聞道皇華使,方隨皁蓋臣。封章通左語,冠冕化文身。

樹色分揚子,潮聲滿富春。遙知辨璧吏,恩到泣珠人。

此詩與前同,也是個「為民請命」的題旨。朋友離京赴外州做官,似乎是帶著任務去的「辨璧吏」,去置辦玉璧,採購珍珠。「泣珠人」之典出自《搜神記》,說是南海之外有鮫人,水居如魚,鮫人之淚凝凍成珠。此典後常用作蠻夷之民受恩施報。王維希望「恩到」東南沿海,恩到那些以捕魚採珠為業的土著居民。詩的尾聯二句說:我知道你這次遠去負有置辦玉璧的使命,肯定不會仗勢欺壓那些以玉璧謀生的當地百姓,而會把朝廷的恩澤帶給邊遠南方的人。

王維希望朋友為蠻夷之地造福的思想,是詩的亮色。這類送別詩還有〈送邢桂州〉等,詩裡都寄希望於去為官的朋友,要將百姓民生問題解決

第五章　仁人愛物的君子情懷

好，恩到黎民百姓。王維自己不曾有過外放的機會，他除了幾次出使，便一直在朝廷做官，類似祕書或祕書長之類的工作。然而，我們從他的這些詩來看，他凡事皆從國家利益出發，從朝廷角度來考慮，表現出特有的善政憫民思想。他在〈與魏居士書〉所說：「君子以布仁施義，活國濟人為適意。」他認為，所謂君子，就是要有家國情懷，就是要以慈愛之心關懷眾生而感到快樂。

《荀子・修身》曰：「內省而外物輕矣。」王維本來就淡泊物質，沒有什麼物質追求，不僅不奢侈消費，也不吝惜守財，不做慾望的囚徒。晚年的他，正心修意，守默自律，倍加心憂天下，關懷民生，在布仁施義、活國濟人上表現出超乎尋常的熱情。

王維的〈請施莊為寺表〉，與〈與魏居士書〉幾乎寫於同時。他〈請施莊為寺表〉裡說自己無力助上中興，而欲將輞川別業捐獻給國家，實現其「效微塵於天地，固先國而後家」的意願，完成其「上報聖恩，下酬慈愛」的人生理想。〈請施莊為寺表〉中云：「臣遂於藍田縣營山居一所。草堂精舍，竹林果園，並是亡親宴坐之餘，經行之所。臣往丁凶畔，當即發心，願為伽藍，永劫追福。」意思是，我要捐獻的這處輞川山莊，是為孝敬母親購置的，曾是家母崔氏宴坐經行之所，如今老母剛離世，我欲捐出別業而改作佛寺，保佑大唐風調雨順，祈福天下平安吉祥。據史載，王維的這座別業，是在宋之問別業基礎上重新營造，把 20 餘里長的輞川山谷，修造成耕、牧、漁、樵的綜合園林，依據輞川的山水形勢壘奇石而植花木、築亭臺而造閣榭，建構了 20 餘處景觀，形成了動靜照應、虛實相生的形勢，生成了主賓和合、聲色攸關的意境。由於王維的巧妙經營與詩意點化，形成巧奪天工而獨特美妙的園林景觀，成為中國古代園林的經典，成為造園的神話而名動古今。王維詩中頻繁出現輞川，頻繁出現他在輞川的活動，輞川別業也是王維一生最鍾愛、最眷戀、最是不可須臾離開的地

四、忘己而愛蒼生

方,成為他最適意的心靈寓所,也成為他詩歌高潮的發祥地。王維上表,「伏乞施此莊為一小寺」,獻出輞川山莊,實現了他施義布仁的一種人生適意。

王維「上報聖恩,下酬慈愛」的感恩圖報,亦是他忠孝同本而家國同構的思想表現,表現出「有國大體」的強烈社會責任感。如果說他施獻別業還主要是「上報聖恩」的話,那麼他施獻職田則側重於「下酬慈愛」了。他在〈請回前任一司職田粟施貧人粥狀〉裡所云:

> 臣比見道路之上,凍餒之人,朝尚呻吟,暮填溝壑。陛下聖慈憐愍,煮公粥施之,頃年已來,多有全濟,至仁之德,感動上天,故得年穀頗登,逆賊皆滅,報施之應,福祐昭然。臣前任中書舍人、給事中,兩任職田,併合交納,近奉恩敕,不許並請,望將一司職田,回與施粥之所。於國家不減數粒,在窮窘或得再生。庶以上福聖躬,永弘寶祚。仍望令劉晏分付所由訖,具數奏聞。如聖恩允許,請降墨敕。

從表題與內容看,這應該是王維的第二次呈表請獻了。也就是說,他的第一次請獻失敗,皇帝未准允。王維總結第一次上表失敗的原因,大概是因為並施「兩任職田」了,皇帝「不許並請」。因此,他再次上表,不「併合交納」,但施一處司職田。王維曾任中書舍人和給事中二職,按照唐朝的祿制,此二職均為五品上,五品官六頃田。王維原來上表要將兩處職田一併請施,一下子要獻出十二頃田。再次上表,執意請施,僅獻一處職田,王維懇求朝廷允請。王維說他實在是惻隱之心動,「臣比見道路之上,凍餒之人,朝尚呻吟,暮填溝壑。」王維心繫災民疾苦,懇切「望將一司職田,回與施粥之所」,亦即欲賙濟窮苦,作布施粥飯之用。皇帝為王維的仁心誠意所感動,聖恩允許,而降墨敕。王維也因此而終於實現了利濟蒼生的願心。此獻中或許雜有自我救贖的成分,然而,這樣的自我救贖也是非憂國憂民到至深處者所不能為也。大文化人梁實秋深為折服而感

169

第五章　仁人愛物的君子情懷

動不已地說:「千載而下,讀後猶感仁者之用心。」這是因為古來這樣的仁者也不多,這樣的義舉更是太少了。

這種以家國為重而慷慨捐獻的善舉,源自王維的家國情懷,源自他修齊治平的政治擔當。王維的憂國憂民,還真不是停留於口頭上的,是為真正的「仁者」。仁人愛物是儒家思想的核心,也是仁者追求的人生最高境界。《論語》裡講到仁處達百餘次。仁的本身也是審美的。王維憂國之真,憂民之切,憫情深至,然其為人低調,不事張揚,其詩中更不擅高調豪言來標榜,而多寫去欲返真、陶樂天籟的精神自由,表現澄靜自守、忘懷虛物的人生境界,很容易被人誤讀。如果再是個預設立場而作有罪推定的話,那肯定就認為他不問政治,不關心現實,也沒有惻隱之心的了。

細讀深味王維的詩,即使是那些輞川小品山水,也蘊含了他以家國為懷的思想境界與價值取向。他在修齊治平精神的感召下,以個人修養為中心,以家庭倫理和仁愛精神為基礎,德善為先而以家國為重,追求「忘己愛蒼生」的人格理想,而將個人情感與愛國情感融為一體,將個體價值的實現與國家民族的命運聯結在一起,表現出一種仁人愛物的生命自覺,一種道德完善的精神向度。我們說王維也是個具有憂國憂民思想而並非「對於民生漠不關心」的詩人,應該也沒有溢美與拔高。

正可謂:

維摩情性多仁憫,孝悌為先千古名。
施義自非饒舌事,達人無己愛蒼生。

四、忘己而愛蒼生

〔唐〕王維　千巖萬壑圖（局部）

第五章　仁人愛物的君子情懷

第六章

隱忍不爭的仁者柔德

第六章　隱忍不爭的仁者柔德

王維性格溫良，柔德守拙，清靜無為，待人處事的最重要特點就是隱忍退讓。

隱忍退讓，不是懦弱，而是王維的一種人性自覺，也是一種生命的彈性、人生的韌性與生存的智慧。

所謂與世無爭的「不爭」，是老子的核心思想。《老子》曰「唯不爭，故無尤」；《老子》又曰「天之道，不爭而善勝」；《老子》還說「夫唯不爭，故天下莫能與之爭」。王維不爭，而人莫能與之爭也。

「偶寄一微官，婆娑數株樹」，追求精神自由而超過物質享受，亦官亦隱，以退為進，消解了仕隱間的界限，突破了仕隱非此即彼的不相容性之舊囿。這是典型的「坐看雲起」的思維智慧，其行藏出隱全然以適意為生命目的，在保證主體人格清高素潔和心靈高度自由的情境下，以不妨礙正常生活為前提，盡情地享受生活，實現詩意存在的意義，不為隱而隱，更不為仕而仕，無仕隱之執著，也無仕隱之界限，仕隱兩可，仕隱兩全，隱得自由，也仕得自然，充分顯示出王維的生存大智慧，這也對中國文化產生了極其特殊的意義。

王維是個向內心深度開掘的舊式文人，在他身上有著很典型的隱逸文化的表現，自甘孤獨，適意寂寞，天如何人也如何，無可無不可，樂天知命，安時處順，重視生命的意義。其不爭而柔勝的思想，形成了其見義智為的「仁者之勇」，陷賊而不喪義，遇害而不辱仁，以自殘抗爭而全臣節，也成為大唐社會所十分欣賞的一種政治立場與爭鬥方式。

王維本來就淡泊名利，雖不能說是個見了名利唯恐避之不及的人，但他不爭強好勝、不爭名奪利、不邀功請賞，一生為官，人在官而心在隱，盡心盡責卻不奔競鑽營，最難得的是他從來不把官當官做。王維以「與世淡無事，自然江海人」來讚美同僚，其實這也是他的生活理想，是他詩意居住的生存追求。王維晚年「功成身退」的思想日甚，亦官亦隱，且不斷

上表意欲「解衣」,而將「功成身退」賦予了全新的內容與形式,形成了盛唐所特有的「功成身退」的政治風度。我們還真不能簡單地以「消極」來非議,說他是消極人生也。

一、要官做也能做官

　　王維很是循規蹈矩,是個奉公守法的舊式封建士大夫。他自幼熟讀儒家經籍,深受儒家修齊治平精神感召,亦具有以天下為己任的報國觀念,形成了「忠孝同本」的倫理思想,始終懷有治國安邦的政治理想。然而,王維肯定不是個心獨兼濟、志切匡扶的良臣,但卻是個以德善為先、以家國為重的清官。范文瀾先生在《中國通史簡編》裡卻說王維品格「惡劣」,說他貪官戀闕,「其實他不是禪也不是道,只是要官做……王維、王縉的品格一樣惡劣,所以都是做官能手」。這個評論,語含鄙夷與譏諷,讓人覺得不只是有失公允,簡直是別有成見的苛責。不能因為「要官做」,也不能因為是「做官能手」,就品格「惡劣」。用「惡劣」來定性王維,就意味著他是採用了非常不正當的手段、非常不正常地獲得了非常不光彩的官位。如果這不是有罪推定的話,至少是張冠李戴了。

　　王維原本就很淡泊,根本也不屑於鑽營,真要說到「要官做」,讓范先生能夠抓到現行的,也許就是一首他寫給賢相張九齡的詩吧。〈上張令公〉詩曰:

　　珥筆趨丹陛,垂璫上玉除。步簷青瑣闥,方憶畫輪車。
　　市閱千金字,朝聞五色書。致君光帝典,薦士滿公車。
　　伏奏回金駕,橫經重石渠。從茲罷角牴,希復幸儲胥。
　　天統知堯後,王章笑魯初。匈奴遙俯伏,漢相儼簪裾。

第六章　隱忍不爭的仁者柔德

賈生非不遇，汲黯自堪疏。學易思求我，言詩或起予。

當從大夫後，何惜隸人餘。

這首詩寫得堂堂正正而不低三下四，前十六句寫張相，語語有來歷而絕不肉麻胡誇；後六句寫自己，字字有分寸而不枉自標榜。「當從大夫後，何惜隸人餘」意思是，我是想來做事的，而不是為了做官。也就是說，只要能夠在賢相麾下貢獻自己的才華，職位高低我是不計較的。

王維拜右拾遺後，又上〈獻始興公〉，題下原注云：「時拜右拾遺。」這是感恩言志之作，表達他受聘的心情，表白他的衷心謝忱，也盛頌張九齡反對植黨營私和濫施爵賞的政治主張。然而，詩的中心意思是：我出仕為官是有原則的。〈獻始興公〉詩曰：

寧棲野樹林，寧飲澗水流。不用坐梁肉，崎嶇見王侯。

鄙哉匹夫節，布褐將白頭。任智誠則短，守任固其優。

側聞大君子，安問黨與讎。所不賣公器，動為蒼生謀。

賤子跪自陳，可為帳下不。感激有公議，曲私非所求。

詩的前八句自我表白，整個的意思是：我寧可棲隱荒野林，寧可飲取山澗流，而絕不為一饞膏粱而屈節謁王侯。我雖地位低賤，卻是個守本分有氣節的人，寧可一輩子布衣短褐也不失節；我雖才疏而智淺，但是要說守節不移而固本不苟的話，那可是我最重要的優長。這八句詩，語柔見剛，話中有話。雖然他所面對的是當朝宰相，且是自己的恩公，然其還是很生硬地說，我可不是給您獻媚來的。

詩的後八句，以讚美承接，表述也非常藝術，以第三者旁聽的口吻讚美張相不徇私情、天下為公的賢明。後四句很自然地轉向陳情張相的本意。我是敬佩您正直賢明、不徇私情的人品，才想為您所用的。詩人十分恭敬虔誠地問：像我這樣的人，配做您的下屬嗎？如果任用我是出以公心

一、要官做也能做官

的話，那是讓我非常感動而激奮的；假如是因為照顧性質而有所偏私，則不是我所希望的。「當從大夫後，何惜隸人餘。」我也只是為了效力國家，哪裡還管他官職大小呢？

這哪裡是我們想像中「跑官要官」者的嘴臉。詩中突顯出來的是一個堅持氣節、不善圓通而剛直不阿的書生形象。詩人所反覆自我表白的是：我有我的價值觀，我有我的道德操守，我有我的人格尊嚴，我是絕不會為了出人頭地而去阿諛權貴巴結王侯的。換言之就是，如果要我低三下四地去討好您張相而獲得一官半職，我也是不會去做的。王維堅守其道德底線，不管入仕與否都不去喪失自己人格。縱觀歷史，環顧周邊，這樣的不卑不亢有多少人能夠做到啊！王維的「獻詩」，顯示出他絕不苟且的節操，也為我們提供了研究王維思想與人品的極好資料。微官獻詩，能夠寫得這樣氣骨高朗而聲色凜然的，在唐詩中委實罕見。

王維就這麼一次「要做官」的詩謁，被范文瀾先生抓了個正著。李白「遍干諸侯」，杜甫「朝扣富兒門，暮隨肥馬塵」，不知道多少次「要官做」，范先生卻見而不語。陳貽焮《杜甫評傳》中說：「李白遍干諸侯，希求汲引，觀其〈與韓荊州書〉、〈上安州裴長史書〉等，諛人、自炫，言辭無所不用其極，令人讀之生厭。」李白出川前就開始干謁，出川後以安陸為中心，南至江夏、荊州，北到襄陽、洛陽甚至太原，四處干謁投書，踏破權貴達官門檻，「他到五十歲時方才與吳筠以隱居道士的資格被召見」[08]。杜甫呢，他終生堅持「奉儒守官」的人生準則，現存干謁詩三十餘首，如〈奉贈韋左丞丈二十二韻〉、〈奉寄河南韋尹丈人〉、〈贈翰林張四學士坿〉、〈又作此奉衛王〉等，滿紙諛辭與自誇，無所不用其極，其自負程度不在李白之下，他所獻的三大禮賦更是「以雄才為己任」，分明是直接向皇帝要官做。

---

[08] 胡適：《白話文學史》，東方出版社 1996 年版，第 204 頁。

第六章　隱忍不爭的仁者柔德

王維詩裡也寫到他「要官做」的，然其卻是很有原則的。王維〈留別山中溫古上人兄並示舍弟縉〉詩曰：

解薜登天朝，去師偶時哲。豈唯山中人，兼負松上月。
宿昔同遊止，致身雲霞末。開軒臨潁陽，臥視飛鳥沒。
好依盤石飯，屢對瀑泉渴。理齊少狎隱，道勝寧外物。
舍弟官崇高，宗兄此削髮。荊扉但灑掃，乘閒當過歇。

詩作於開元二十三年（西元 735 年），就是他〈上張令公〉後，得張九齡青睞而拜右拾遺，即將走出嵩山至東都赴任，與山中溫古僧人告別。題目上兼示其弟王縉，而詩中「舍弟官崇高」句，可見此時王縉已得官。崇高，唐時的登封縣（今河南登封），其弟時在登封為官。這在其弟〈東京大敬愛寺大證禪師碑〉裡也有自述：「縉嘗官登封，因學於大照（普寂禪師）。」此詩開篇「解薜登天朝，去師偶時哲」二句，非常值得關注，這是王維的為官原則。薜，即指薜荔野草編織的衣服。入仕曰解薜，即脫去布衣。天下有道則仕，無道則隱。此二句的意思是說，張九齡乃一代明相，因為張九齡執政，我才脫去隱服，而去與這些聖哲名賢為伍。然而，王維還是感到對不起溫古，也辜負了山間美景，而有「豈唯山中人，兼負松上月」之嘆惋。

詩的最後二句「荊扉但灑掃，乘閒當過歇」，理解上有歧義。陳鐵民先生認為，荊扉，指溫古在嵩山的住處（《王維集校注》）。筆者以為，此「荊扉」應指舍弟王縉的住處。「荊扉」是自謙的說法，只有對自家的住處可以這麼說，對其弟住處這麼說應該也無妨。按照上下文的意思看，王維是在對其弟說：兩京距離登封不遠，你那裡平常可要整理乾淨，我有暇時還是要常來常往的。過歇，同義複詞，過亦歇，即我還是要抽閒常到你這裡來的。王維臨行前好像很戀戀不捨的樣子，非常眷念隱居山中的日子，人還沒走，就想著還要過過山中的日子。「理齊少狎隱，道勝寧外物」二句，應該是自寫，意思是為官也是隱，大隱小隱在道理上是一樣的，關鍵

178

是修道而內心寧靜，能夠不受外物所困。

王維出山，風光無限，在張九齡身邊工作，很得器重，也很受眷顧，經常出席一些與他身分不合的宴遊活動，甚至還出席規格極高的三師（太師、太傅、太保）、三公（太尉、司徒、司空）、左右丞相的宴聚，其〈暮春太師左右丞相諸公於韋氏逍遙谷宴集序〉的記載彷彿於王羲之的〈蘭亭序〉。不久王維「銜命辭天闕」出使西域；不久王維又「知南選」而去考察州級官員。他在事業上發展還很不錯的時候，卻又不明不白地自隱南山了，一定是山中對王維來說真有不可抗拒的引力。天寶元年（西元742年），王維四十二歲，隱居不足一年時間，便又走出了南山，由殿中侍御史轉左補闕，工作性質由監察紀檢、彈劾敦促，一變為掌供奉諷諫、扈從乘輿，進入了中央決策機關，在皇帝身邊工作，成為宰相的跟班。然而，一晃就是五、六年過去了，已到天寶五載（西元746年），他還是個侍御史，從六品官。王維的朋友苑咸，為他抱不平，欲施援手幫他一把。苑咸時為官中書舍人，正五品，兼管中書省事務，參與機密，起草詔書，是權傾朝野的當朝宰相李林甫「代為題尺」的書記。其人多才多藝，精書通梵，他稱王維為「當代詩匠」，在〈酬王維〉裡奉王維「為文已變當時體」。詩的結尾說：「應同羅漢無名欲，故作馮唐老歲年。」意思是說，你王維像羅漢什麼名欲也沒有了，可是再不晉級也就老如馮唐也。王維〈重酬苑郎中〉詩的後半部分曰：「仙郎有意憐同舍，丞相無私斷掃門。揚子解嘲徒自遣，馮唐已老復何論。」詩大意是：我能夠在君王身邊工作已很知足了，時常為沒能盡職報恩而深感慚愧。至於說我不能升遷則是我自己的能力問題，豈敢抱怨朝廷而怨天尤人呢！感謝閣下您對我同情而有送官美意，然我也不會去老臉厚皮地掃雪相門。今有此「重酬」詩給您，無非是解嘲而已，馮唐已老還有什麼升遷奢望呢？送官上門的好事，王維都婉言拒引，真不會做出為謀取一官半職而摧眉折腰的苟且來。這怎麼是「要官做」呢？分明是人家主動給也不要。

第六章　隱忍不爭的仁者柔德

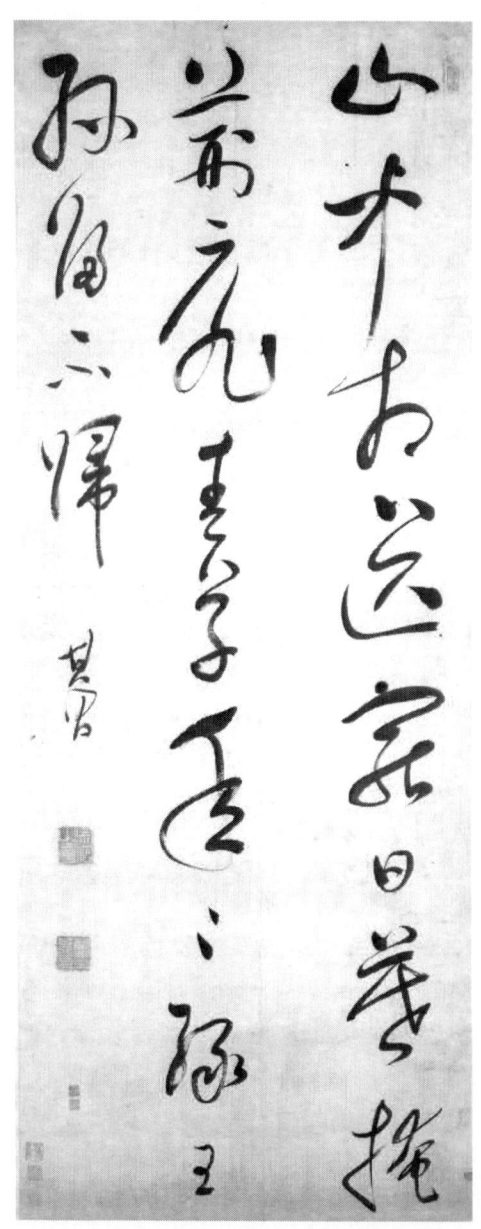

〔明〕董其昌　王維五言絕句詩

而要說王維「是做官能手」，我們倒以為是個實事求是的評價，還真不是抬舉王維。王維一生仕途較順，四十年為官，三十年在朝廷，沒有被外放，即使是陷賊後也沒受處分。他還反覆上表引退，官階反而不斷升高。真是難為王維了，要把官做成這樣子，確實不容易。鐵打的朝廷流水的官。在朝廷做官，能夠三、五年不被貶出，就很不容易了。朝廷命官，常常是進進出出的。我們熟悉的詩人白居易、劉禹錫、柳宗元、韓愈等，無不如此。王維自為張九齡發現而任職朝廷後，三十年一直在中書省門下省，而大部分時間需要與李林甫周旋。這確實也讓人感到他真是會做官，是個做官的能手。

儒家的「修齊治平」思想，就是要人去「要官做」，同時，也要人成為「做官能手」。其實，唐代士子，誰不想做官？不要說李白杜甫了，就連被讚為「紅顏棄軒冕」而布衣一生的孟浩然也很想要做官，幾次出山活動，只是沒有做到官而

已。於唐朝，人要官做，不是件醜事；而成為做官能手，也肯定不是件壞事。然而，以是否「要官做」、是否「做官能手」，來衡量人品行是否「惡劣」，這種邏輯現在看來真是不值一駁的荒誕。

二、見義智為的仁者之勇

王維在人們心目中，溫文爾雅，偏於懦弱，沒有抗爭性，缺少強大的政治進取力。然而，他有他的堅守，他有他的柔德，他有他的處世方式與生存智慧，他的詩也有其委婉譎曲的表述。王維的〈息夫人〉，據說是一首即興的詩，是一篇赴宴的命題作文。唐人孟棨《本事詩·感情》載：

寧王憲貴盛，寵妓數十人，皆絕藝上色。宅左有賣餅者妻，纖白明晰，王一見屬目，厚遺其夫取之，寵惜逾等。環歲，因問之：「汝復憶餅師否？」默然不對。王召餅師使見之。其妻注視，雙淚垂頰，若不勝情。時王座客十餘人，皆當時文士，無不淒異。王命賦詩，王右丞維詩先成云：「莫以今時寵，寧忘舊日恩。看花滿眼淚，不共楚王言。」王乃歸餅師，使終其志。

這則詩本事，讚美王維勇於直言的正義，諷刺寧王奪人之妻的霸道。寧王何許人？唐玄宗李隆基之兄是也。其早年曾被立為太子，後來睿宗在傳位問題上久不能決時，他「敢以死請」，「累日涕泣固讓」而得成。故寧王死後被追贈「讓皇帝」。寧王精通音律，技藝高超，最擅吹紫玉笛，尤其熟悉西域諸國的音律歌舞，據說他能據樂音而判知政治盛衰與社會興廢。這則詩本事，先是渲染餅師夫婦相見時讓人動容泣下的場面。「王命賦詩」，給在場的詩人出了個大難題。而「維詩先成」後，竟讓寧王良心發現，從善如此而將餅妻「乃歸餅師」。故事美化王維，簡直是神化，塑造了一個同情弱者而不畏權勢的王維形象，一個很有正義感也很有血性的王

第六章　隱忍不爭的仁者柔德

維形象。王維的〈息夫人〉詩，塑造了一個烈女子的形象，一個受侮辱、受迫害而貌似懦弱卻很堅強的女子形象，面對強暴雖不能一死殉節，卻不忘舊恩，隱忍抗爭而絕不辱從。聞一多先生認為，這也是王維的自寫，一詩成讖。

這種忍辱柔爭的抗爭方式，似是王維一貫秉持的道德觀與價值觀，用他的話說，這就叫做「仁者之勇」。王維十九歲時讀史有感，寫成〈李陵詠〉，為李陵蒙冤憤憤不平，說李陵「深衷欲有報，投軀未能死」。意思是李陵沒有捨生取義而選擇「引決」，是為了找機會報國。他欣賞與讚美的，也就是這種「仁者之勇」的政治節義觀。

天寶十四年（西元755年）十一月，安史之亂猝發，身兼范陽、平盧、河東三節度使的安祿山，聯合了同羅、奚、契丹、室韋、突厥等民族組成20萬叛軍，在范陽起兵。叛軍南下，洛陽、潼關失陷，長安一片混亂，百姓逃散，玄宗攜貴妃倉皇逃往蜀中。「萬乘南巡，各顧其生」，朝中三百餘官員扈從不及而「為賊所汙者半天下」，這些為叛軍所俘被「全盤接受」的唐王朝的大臣們，成了一個特殊的政治群體，王維亦在其中。關於他陷賊後的表現，新舊唐書等史料裡多有記載，《舊唐書·王維傳》載：「祿山陷兩都，玄宗出幸，維扈從不及，為賊所得。維服藥取痢，偽稱瘖病。祿山素憐之，遣人迎置洛陽，拘於普施寺，迫以偽署。」這段文字頗為客觀，並未苛責王維，且說其以自殘抗爭。王維對自己的這段抗爭經歷也曾多方陳說，其〈大唐故臨汝郡太守贈祕書監京兆韋公神道碑銘並序〉中有一段文字說：

將逃者已落彀中，謝病者先之死地，密布羅網，遙施陷阱，舉足便跌，奮飛即掛。智不能自謀，勇無所致力……君子為投檻之猿，小臣若喪家之狗。偽疾將遁，以猜見囚。勺飲不入者一旬，穢溺不離者十月；白刃臨者四至，赤棒守者五人。刀環築口，戟枝叉頸，縛送賊庭，實賴天幸，

二、見義智為的仁者之勇

上帝不降罪疾,逆賊恫瘝在身,無暇戮人,自憂為屬。公哀予微節,私予以誠,推食飯我,致館休我。

王維藉為韋斌作碑銘的機會而為自己辯白,以讚韋斌而自讚。王維已做好殺身成仁的準備,其自殘後病得不輕,十天勺飲不入,十個月(按:「月」疑為「日」之誤)尿屎在身。這哪裡是在自殘,分明是要自盡。如果他不是做好了犧牲準備,是絕對不會對自己下此狠手的。如果沒有難友韋斌的精心護理,他也不可能從鬼門關折轉回來。王維說「公哀予微節」,意思是說,韋斌所以能夠這麼照顧他,是因為欣賞他忍辱抗賊的節義之舉。

《論語‧衛靈公》曰:「志士仁人,無求生以害仁,有殺身以成仁。」儒家極重死的社會性,講究捨生取義,以忠孝節烈作道德定位,而義與死成為矛盾的對立統一。自宋理學興起後,節烈逐漸成為中國社會獨特的道德價值觀。然而,即使是以死作為效忠之極致的節烈,也是包括自殘在內的,也就是說,自殘也是一種節烈表現。晚歲時危,益見臣節,王維陷賊,威武不能屈,以自殘抗爭,堅守儒家道統的道德觀和價值觀。他「食君之祿,死君之難」(〈謝除太子中允表〉)的政治立場是堅定的,他忍辱智鬥的抗爭精神與意志品格是感人的,而他所採用的「仁者之勇」的抗爭方式,死拖硬抗地苦苦周旋,以拖待變,也讓他全其臣節。王維是這樣解釋他的這種抗爭策略與抗爭方式的,其為韋斌所作碑銘的開篇寫道:

坑七族而不顧,赴五鼎而如歸,徇千載之名,輕一朝之命,烈士之勇也。隱身流涕,獄急不見,南冠而縶,遜詞以免,北風忽起,刎頸送君,智士之勇也。種族其家,則廢先君之嗣;戮辱及室,則累天子之姻。非苟免以全其生,思得當有以報漢,棄身為餌,俛首入橐,偽就以亂其謀,佯愚以折其僭。謝安伺桓溫之亟,蔡邕制董卓之邪,然後吞藥自裁,嘔血而死,仁者之勇,夫子為之。

第六章　隱忍不爭的仁者柔德

　　王維用「仁者之勇」讚韋斌，其實也是自讚。《舊唐書·韋斌傳》載：「（天寶）十四載，安祿山反，陷洛陽，斌為賊所得，偽授黃門侍郎，憂憤而卒。及克復兩京，肅宗乾元元年，贈祕書監。」韋斌與王維同樣遭遇，其臨難所採取的也是王維忍辱智鬥的「仁者之勇」。

　　「仁者之勇」者未必就比慷慨赴死的「烈士之勇」、自殺成仁的「智士之勇」遜色。碑銘裡曰：「公潰其腹心，候其間隙，義覆元惡，以雪大恥。」韋斌已做好死的準備，只是沒有「赴五鼎而如歸」或「刎頸送君」，爽快一死而已。在某種程度上，「仁者」似比「烈士」、「智士」來得更不容易。碑銘中曰：「皇帝中興，悲憐其意，下詔褒美，贈祕書監，天下之人謂之賞不失德矣。」意思是說，皇帝也欣賞這種「仁人之勇」的「臣節」，天下人也都認為皇帝對韋斌的處理是「賞不失德」也。也就是說，即使是政治上的苛求，韋斌也是值得讚美的。

　　因此，王維也是沒有什麼可苛責的。事實上，王維「仁者之勇」的「臣節」，也深為皇上所稱美，而受到朝廷「特赦」的獎掖。《資治通鑑》「唐紀」載：「至德二載十月，廣平王俶之入東京也，百官受安祿山父子官者陳希烈等三百餘人，皆素服悲泣請罪。」所有接受偽職者皆收繫大理、京兆獄。至德二載十二月，「上從（李）峴議，以六等定罪，重者刑之於市，次賜自盡，次重杖一百，次三等流、貶。王申，斬達奚珣等十八人於城西南獨柳樹下，陳希烈等七人賜自盡於大理寺；應受杖者於京兆府門」。唐王朝對三百「罪臣」的處理，也是論罪行刑的，或棄市，或賜死，或重杖，最輕的還要判以流放。而三百「罪臣」中，只有王維一人未被問罪。鄭虔被流貶臺州。他也是個詩書畫奇才，唐玄宗曾在其畫上以「鄭虔三絕」題贊，其陷賊遭遇大致與王維同，據說還有立功表現，卻沒能倖免。王維不僅未被判罪，還官授太子中允，旋加集賢學士，遷中書舍人，改給事中，官至右丞。這分明是充分肯定了王維陷賊中的表現，簡直是將他作為義不

失忠的英模在表彰。

應該說王維也是有點「愚忠」的。王維身陷魔窟時，唐朝已名存實亡，玄宗出逃，政府流亡，數十萬部隊土崩瓦解，數十位大唐名臣悍將銷聲匿跡，數以百計的官員降敵偽署。李亨雖在靈武稱帝，其手下只有郭子儀和李光弼還擁有數萬人馬。王維除了自殘抗爭外，還「潛為詩」表達其獨心向唐的心跡，他在危難中還作〈凝碧詩〉，簡直拚著掉腦袋的危險。

王維的這種「仁者之勇」的「臣節」，也受到了同僚的讚美，杜甫〈贈王中允維〉讚美他是「一病緣明主，三年獨此心」。杜甫盛讚王維的堅貞氣節，毫不曖昧對王維的政治態度給予充分肯定，尤欣賞王維獨心向唐的節義觀，也非常欣賞王維見義智為的「仁者之勇」，理解王維對生命的敬畏和尊重，反對違反人性與人道的道德綁架。杜甫是個道德正統觀很深的士子，其思想特點是忠君愛國、維護皇權，一生奉儒守官。如果王維真有什麼有辱國格與人格的汙行，杜甫是肯定不會有此詩辯的。因此，王嗣奭有杜甫「此詩直是王維辯冤疏」（《杜臆》）的說法，意謂此詩簡直就像是為王維辯冤的奏章。陳僅在其《竹林答問》中也說：「太白、摩詰皆受從賊之謗。摩詰『凝碧池頭』之詩俱在，少陵已為昭雪。唯太白從永王璘起兵，璘之叛當亦借討賊為名，故太白悞從耳。但苦無確證。」而在王維故去五年後，杜甫仍然以「高人」稱呼，似有「蓋棺定論」的意味，不僅可見王維在政治上的清白，亦可見杜甫在為人上的真誠。

古哲人以為，柔者非卑弱之謂也，謙退而已。然太剛則折，太柔則靡。王維給人的印象太柔，其人似亦偏柔了點。然也不應淹去其義不失忠的清白，而在雞蛋裡挑骨頭，說他陷賊沒死就是失節。關於「節義」的問題，應已不成問題，不少忠貞之士曾為之辯駁。聞一多先生在《唐詩雜論》中曾不無遺憾地說：「誰想到三十多年之後詩人自己也落到息夫人這樣的命運，在國難中做了俘虜，儘管心懷舊恩，卻又求死不得，僅能抱著矛盾悲苦的心情

第六章　隱忍不爭的仁者柔德

苟活下來,這種態度可不像一個反抗無力而被迫受辱的弱女子麼?」聞先生是個很講氣節的學者,他也沒說王維「失節」,只是說他性格懦弱,但不像李白「糊塗透頂」。他認為「太白在亂中的行動卻有做漢奸的嫌疑,或者說比漢奸行為更壞」。「他無形中發揮了漢奸所不能發揮的破壞作用」。聞一多比較而言,他把王維與李白,還有杜甫,都放在同一歷史時段,放在具體的歷史環境中作具體情況具體對待的具體分析,以道德判斷而不作道德綁架。

　　王維的〈息夫人〉詩,竟成為「讖語」,真是戲劇性巧合。其實,王維詩取此題材,是其道德觀與價值觀所決定的,他自小就形成了這種「仁者之勇」觀。《論語‧陽貨》:「君子義以為上。」《孟子‧離婁》:「唯義所在。」儒家的道德標準與行為價值觀,成為王維「仁者之勇」的道德原則,陷賊而不喪義,遇害而不辱仁。這種見義智為的抗爭方式,義不失忠的政治堅守,也是古代道德社會所欣賞的一種柔德之美也。

三、偶寄一微官的思維

　　可以肯定地說,《輞川集》組詩裡的〈漆園〉,是王維為他自己辯護而作的。猜想是他的「亦官亦隱」受到人家的非議,人家不能理解,他需要解釋。〈漆園〉詩云:

古人非傲吏,自闕經世具。

偶寄一微官,婆娑數株樹。

這是《輞川集》組詩 20 首裡的最後一首詩,題為〈漆園〉,寫的是「漆園」這個景點,即輞川山莊裡二十景點裡的一個景點。王維將這個景點取名「漆園」,本來就很有意味。莊子曾為漆園小吏,主督漆事。或曰「漆園」乃古地名,莊子曾在此做官。不管怎麼說,莊子與漆園密不可分,提

三、偶寄一微官的思維

到漆園就會想到莊子,「漆園吏」也成為莊子的別稱。《史記》卷六十三《老子列傳》附《莊周傳》中說:「楚威王聞莊周賢,使使厚幣迎之,許以為相。莊周笑謂楚使者曰:『千金,重利;卿相,尊位也。子獨不見郊祭之犧牛乎?養食之數歲,衣以文繡,以入大廟。當是之時,雖欲為孤豚,豈可得乎?子亟去,無汙我。我寧遊戲汙瀆之中自快,無為有國者所羈,終身不仕,以快吾志焉。』」也真是的,你莊子不做就算了,何必還要嘲諷來使,羞辱命官?這不是狂傲又是什麼呢?因此,莊子也給世人留下了一個「傲」的印象,而多稱莊子為「傲吏」。而莊子之漆園,也就成為失意文人所特別看好的失意「意象」。

「古人非傲吏」,王維開宗明義表達自己的觀點:莊子不是傲吏。莊子明明是個「傲吏」,曠世「傲吏」,古來還真沒人比他更「傲」的,簡直是不可理喻的「傲」,傲到不能再傲的「傲」,然而,王維則說他不傲,說他不是傲吏,這自然就讓人看不懂了。

詩的後三句,都是在為此而辯。為什麼不是「傲吏」呢?王維說,是因為他自以為自己不適合這個工作,便沒接這個工作。「自缺經世具」,意思是自知之明,自知缺乏經世之才具,而不想去攬相國這工作。這是莊子對自身角色的清醒理解,也是對其當下站位的正確選擇,而沒有認知迷失和角色錯位。這就是行為主體根據自身條件,選擇了一種與眾不同而適合自己發展的方式和路徑來謀求發展。這是一種擺脫困境或培育優勢的求異思維和生存智慧。怎麼能夠說是「傲」呢?這是第一點。

第二點理由呢?王維接著說:「偶寄一微官,婆娑數株樹。」於王維看來,這怎麼能說是「傲」呢?怎麼能說莊子是「傲吏」呢?他連漆園吏這樣的微官都樂意去做,難道能夠說他「傲」嗎?只是莊子有莊子的追求,莊子有莊子的人生之大智慧。弄個合適自己而不需要太費力的微官做做,兼得「婆娑」之生意而逍遙自在。庾信〈枯樹賦〉中有「此樹婆娑,生意盡

第六章　隱忍不爭的仁者柔德

矣」的說法。王維以婆娑喻樹，取枝葉紛披而生機勃勃之意，喻指山林之隱居，是他效法莊子所謂「傲世」的人生理想。其實，這是王維在借題發揮呀！王維為什麼會有此創作感發呢？一定是他王維亦官亦隱的行舉也遭人詬病，被說成是「傲」了，被當成「傲吏」了，於是便藉莊子自寫自喻，表白自己的隱居，絕無傲世之意，也非滿足現狀而不思進取，而是一種自甘淡泊的人生態度。而這種擺脫物累心役的精神超越，則是一種魚與熊掌兩者兼得的生存智慧。

王維用〈漆園〉來辯解，以莊子之「非傲吏」來為自己正名。這就是說，我絕對沒有什麼傲世之意，而是自知做不出什麼大事來，才有「偶寄一微官，婆娑數株樹」的選擇。抑或就是在告訴世人，我也像莊子，物質可以簡單，精神必須富足；享受並不看重，自由大於一切。

王維師法莊子，轉化成為仕隱兩全的智慧。王維的這種生存智慧，一般人還看不懂，不能理解。大儒朱熹喜讀〈漆園〉等輞川詩，然而讀出了兩大遺憾：一是「以為不可及」，即其中境界他不能達到；一是「舉以語人，領解者少」，即其中深意一般人不易理解。

這麼通俗淺近的詩，為什麼看不懂呢？這是因為非黑即白、非此即彼的思維兩極，不能理解這種「亦官亦隱」的人生態度與生存智慧。同樣是追隨漆園高風，王維就不是魏晉風流的那一種。著名歷史學家柳詒徵的《中國文化史》一針見血地指出：魏晉人「曠達之士，目擊衰亂，不甘隱避，則託為放逸」，其實乃「故作曠達，以免誅戮，不守禮法，近乎佯狂」。柳先生認為，魏晉人放浪山水不是一種真正的閒適，而是狂狷，是一種以破壞禮法為手段的怪誕佯狂。這種放達形式，根本談不到適意會心，而是一種非正常性的內心踐躪，是一種無可奈何的自戕性對抗，是非到萬不得已而不如此的人性自賤與人格扭曲。著名禪學大師鈴木大拙說：「禪要一個人的心自在無礙，不能戕害精神本來的自由。」比較起魏晉人

來，王維才是真正讀懂了莊子的人，體悟到莊子的精髓。「偶寄」而已，「婆娑」適意，物質與精神兩可，亦無可無不可的悠哉樂哉。他順應天命而安於自然之分，從閒逸和虛靜中找到了安頓生命的方式和人生原則，而生成高蹈超逸的主體精神，表現出以安命養性為宗旨的「漆園」境界和生命自覺。王維的〈漆園〉詩，集中地表現了詩人恬退隱逸的生活情趣和自甘淡泊的人生態度，盡最大可能地保持了人的自然本性——「微官」與「婆娑」兼得，物質與精神並重，簡單物質而富足精神，順其自然而自足自適，即已近乎莊子的「聖人」境界。因此，王維的這種思考方式、思想境界與生活狀態，確實「領解者少」矣，更不用說做到這一點了。朱熹也是實話實說，他能夠理解，但是不能做到。

其實，王維還真不是個消極事功的人。即使是到了晚年，他還是有事功心的，他對朋友也是有這方面的要求的。乾元二年（西元 759 年），王維五十九歲。唐時天子或居長安，或居洛陽，其不在長安或洛陽時，則置留守，以大臣充，好友韋陟以禮部尚書充東京留守去洛陽任職，王維贈詩〈送韋大夫東京留守〉。王維的送別詩，喜歡於詩中對被送之人提出些希望，這首詩也如此。這個韋陟，是王維的莫逆之交，已經是四、五十年的老朋友，真可以「故人」相稱了，二人的關係不是親兄弟而勝過親兄弟。韋陟其弟就是韋斌，也是唐朝名臣，王維陷賊自殘後虧他悉心照料才保得性命。韋陟屬於賢才能臣，是唐肅宗欽點的輔弼人才，深受重用。而韋陟也自謂必得臺輔之位，如今卻以禮部尚書去洛陽充留守，心裡不是十分愉快的，我們於王維詩中可見，他可能是有些情緒的。故而，晚年極少寫長詩的王維，這首詩寫得少有的長，要說的話太多，可見韋陟的心結不易解也。王維詩曰：

人外遺世慮，空端結遐心。曾是巢許淺，始知堯舜深。

蒼生詎有物，黃屋如喬林。上德撫神運，沖和穆宸襟。

第六章　隱忍不爭的仁者柔德

　　雲雷康屯難，江海遂飛沉。天工寄人英，龍袞瞻君臨。
　　名器苟不假，保厘固其任。素質貫方領，清景照華簪。
　　慷慨念王室，從容獻官箴。雲旗蔽三川，畫角發龍吟。
　　晨揚天漢聲，夕卷大河陰。窮人業已寧，逆虜遺之擒。
　　然後解金組，拂衣東山岑。給事黃門省，秋光正沉沉。
　　壯心與身退，老病隨年侵。君子從相訪，重玄其可尋。

　　詩寫得很藝術，開頭結尾都寫自己，從自身說起，現身說法，開導韋陟。開篇的「人外遺世慮」四句很有意味，一上來就檢討自己。大意是說：自己彷彿是個世外之人，多有不切實際的虛幻之想。曾因一己之私而欲效巢父許由避世隱居，現在才知道，應該像堯舜那樣為天下謀利益，才是功德無量而品行高深。這明顯暗含對韋陟的開導。結尾「給事黃門省」六句，大意是：我雖仍在門下省擔任給事中，但已是日薄西山之人而沒多大出息了，昔年雄心也已逐漸泯滅，且又年邁多病。你走後我們接觸的機會就更少，很難與閣下攜手求道訪遊了。這些話都說到送別上去，表現出難分難捨的別離之情。中間部分二十二行，大寫天子盛德，希望韋大夫以國家為重，不失天賜良機，「天工寄人英，龍袞瞻君臨」，為天子分憂，盡人英之責，創「窮人業寧」、「逆虜遺擒」之奇功，然後再作「拂衣東山岑」的退隱。其中「慷慨念王室，從容獻官箴」二句，是寫韋陟奮不顧身而建言獻策，可能暗指其冒死救杜甫的事件。至德二載（西元757年），杜甫上疏救房琯，觸怒肅宗，詔付三司推問，韋陟時為三堂會審的主審法官之一，為杜甫開脫，而有忤肅宗之意，肅宗由是疏之，其入相之事因此泡湯。韋陟死後，代宗皇帝才追贈其為尚書左僕射（左相）。

　　王維晚年還規勸隱者魏居士出仕，而作〈與魏居士書〉。魏居士乃魏徵之後，絕意仕進，深隱不出，「裂裳毀冕，二十餘年，山棲谷飲，高居深視，造次不違於仁，舉止必由於道。高世之德，欲蓋而彰」。王維讚美

魏居士有古賢之德行，但並不看好這種只重隱名的逸行。他在〈與魏居士書〉中不僅批判了逃俗避世的許由之流，也否定了南朝以來被「人德」化至極的陶潛。王維認為陶淵明「養粹巖阿，銷聲林曲」(《晉書·陶潛傳》)，是「忘大守小」。意思是沒有家國為懷，只顧自身獨潔守拙，只是貪圖個人自由與享受。王維說：「君子以布仁施義、活國濟人為適意。縱其道不行，亦無意為不適意也。」意思是說，所謂君子，就是要能夠布施仁德而實行正義，拯治國家而度濟蒼生。全然不去考慮活國濟人的理想能不能實現，縱使理想不能實現也沒有什麼不愉快的。也就是說，真正的高人，當以報國拯民為初心，以出世之心看待入世之事，處理入世問題，所謂「無行作以為大依，無守默以為絕塵，以不動為出世也」。一切都不黏著而無罣礙，不為隱而隱，不為仕而仕，無仕隱之執著，也無仕隱之界限，居官如在隱，既處理好社會政治問題，也保證主體人格清高素潔和心靈高度自由。這就是王維的政治情操，是他的政治智慧，是他的價值標準，也是他的思想境界。

〔唐〕王維（傳）　長江積雪圖

　　王維半官半隱，或亦官亦隱，時代不是主要的原因，真不能說他是因為看透了官場黑暗，患得患失而取逃避之下策。王維在皇帝身邊工作，成為宰相的跟班。他想做官了，就出來；不想做官了，就隱居。他官隱兩

第六章　隱忍不爭的仁者柔德

便,可官可隱,不為隱而隱,不隱而隱,隱而不隱,欲隱而仕,欲仕而隱,進退容與,心隱而無論在朝在野都是隱。於王維看來,「長林豐草,豈與官署門闌有異乎?」(〈與魏居士書〉)他的不爭隱忍的生存智慧,消弭了自然之理與仕宦之事的界限。所謂無可無不可,生活與審美無甚區別,仕與隱也了無界限,泛舟彈琴,詠歌賦詩,玄談禪誦,以審美的態度生活,而以生活的姿態審美,根本不需要像陶潛那樣解印綬而歸田園,也沒有必要像謝靈運那樣覓蠻荒而宿山林。王維兼融儒釋道三教之精髓,而使自己在處理社會政治事務上找到了哲學依據,以出世之心而作入世之事,以老莊之風度而作佛禪之體驗,以樂天知足的態度與自然默契相安。王維一生雖在官場,然正道直行,不卑不亢,無須曲意逢迎,更不以喪失人格為代價而鑽營奔競,魚與熊掌兼得,亦官亦隱而進退容與,守道獨行而不招負時累。老子曰:「天之道,利而不害;聖人之道,為而不爭。」因此,王維的這種亦官亦隱不能簡單地解釋為這是王維對政治心灰意冷而走上了一條迴避現實的道路。《論語‧先進》裡的「侍坐章」,孔子與四弟子談理想志向,這段文字很有文學性,很有現場感,生動再現了孔子與弟子的個性與思想。子路志在強一大國,冉有則欲富一小邦,公西華只想做個祭祀司儀。三者之志的性質相同,皆欲在仕途上發展,而皆不為夫子看好。孔子還「哂」子路,認為他不懂「為國以禮」之道,且「其言不讓」,不懂得謙虛。待曾晳說出其志(「浴乎沂,風乎舞雩,詠而歸」)後,夫子喟然嘆曰:「吾與點也!」這是因為曾點的理想,與孔子「仁政」、「禮治」、「教化」的政治主張相符。每讀此章,總讓我們自然想到王維與李白、杜甫,想到三者的志向理想。王維大類於曾晳,不汲汲於榮祿,屬於孔子喟然之嘆「吾與」的人也。

四、拂衣其實也不易

「偶寄一微官」，其實就是「功成身退」思想的詩意表現。中國古人崇尚「功成身退」的思想，認為此乃「天之道也」，將此作為一種應該尊崇的古訓。古來宏抱之士，皆以「功成身退」為尚，作為人生的最高境界，然真正能夠這樣做的人也是列舉不出多少來的。

「偶寄一微官」的思維特點，表現出以退為進的行為方式，王維詩中，時見如「自缺經世具」(〈漆園〉)、「苦無出人智」(〈贈從弟司庫員外絿〉)、「自顧無長策」(〈酬張少府〉)之類，這正是他「功成身退」思想的一種委婉反映，是他智慧處理仕隱的一種積極作為，即以退為進的一種周旋藝術，然世人則多認為他是不思進取的消極，文學史上也這麼說，說是他一生前半積極而後半消極。

其實，王維早年就有「濟人然後拂衣去，肯作徒爾一男兒」(〈不遇詠〉)的表達。濟世救人之功成，便毅然決然地棄官瀟灑而去，這是王維詩中極難見到的大言與狂態。其詩曰：

北闕獻書寢不報，南山種田時不登。百人會中身不預，五侯門前心不能。

身投河朔飲君酒，家在茂陵平安否。且共登山復臨水，莫問春風動楊柳。

今人作人多自私，我心不說君應知。濟人然後拂衣去，肯作徒爾一男兒。

王維現存詩約四百首，真正具有「刺時」意味的詩作，嚴格說來，也就是〈不遇詠〉與〈濟上四賢詠三首〉、〈贈劉藍田〉、〈田家〉等幾首。〈不遇詠〉詩寫於「濟州官舍」，直接或間接訴說自己生活困窘，似乎不像出於

第六章　隱忍不爭的仁者柔德

王維的手筆，詩中的那個王維也不像是那個坐看雲起的王維。可能是因為他與岐王貴主們走得太近了的緣故，王維被藉故而外放到千里之外的濟州。被出濟州，是王維人生第一個大挫折，人在不遇時，多激憤，多牢騷，多說一些不能平靜的話。此詩為七古，共十二句，四句一轉韻，直抒胸臆，以第一人稱自寫。從「身投河朔飲君酒」句可知，此詩是王維喝了酒後寫的。王維是個極少寫自己喝酒的人。因為喝了點酒，說話就有了酒氣，似也語無倫次了，開篇便倒戟而入，不是按部就班，一上來就直通通地連用四個「不」字。四句緊扣「不遇」之題，分別寫四種「不遇」的情形：向朝廷上書陳述政見，卻沒有任何答覆；退隱躬耕，卻因天時不順而沒好收成；因為不能掛名朝籍，朝廷的盛大集會沒機會參加；又因為不願屈尊自辱所以不巴結權貴而跑官要官，詩人身處如此境遇，真個是困頓失意、禍不單行、倒楣至極。也許是「酒精」的作用，借酒發威，慷慨任性，看似懦弱的王維，其實也剛烈不阿、憤激不平，還真個是寧可沉淪困頓，而絕不摧眉折腰的血性之人。

詩的第二個四句是逆接，落筆當下。他感激主家置酒款待，而有了「身投河朔飲君酒」的交代。但也是僅此一句而已，旋即又引發了他的鄉關之思，孤身在外，家在京城，風塵阻隔，家人們可都平安？詩以歡愉反襯，越見悲情。「且共登山復臨水，莫問春風動楊柳」二句復宕開一筆，我們姑且一起登山臨水，流連賞玩吧，莫要辜負了這大好的春光。這是詩人自我調整，不願沉浸於孤憤哀怨之中。這也是不讓主家掃興，跟著自己弄得個不好的心情。然而，這看似超然，彷彿從怨憤中拔離，而其仕途失意、流落他鄉的悲情，卻倍加一層的酸楚也。

詩的第三個四句，寫詩人的價值觀與人生理想。「今人作人」二句，肯定有所特指，表現出主客二者對這種自私自利、忘恩負義現象的共憤與同仇。詩以「濟人然後拂衣去，肯作徒爾一男兒」二句收束，氣吐長虹，

響遏行雲，豪氣與風骨俱出。像這樣慷慨任氣、磊落使懷的豪放，倒像是李白驕橫的風格，是李白的習慣用語。這個不出大言的王維，想必真是喝了酒，也把強烈的憤世嫉俗精神表現得十分淋漓而直露，說出了李白非常喜歡說的話。李白詩中時常有如「功成拂衣去，搖曳滄州旁」（〈玉真公主別館苦雨贈衛尉張卿二首〉）、「功成謝人間，從此一投釣」（〈翰林讀書言懷呈集賢諸學士〉）、「功成拂衣去，歸入武陵源」（〈登金陵冶城西北謝安墩〉）、「終與安社稷，功成去五湖」（〈贈韋祕書子春〉）、「待吾盡節報明主，然後相攜臥白雲」（〈駕去溫泉後贈楊山人〉）等。非常遺憾的是，李白一生基本上沒有做到官，翰林還是個待詔，還只有年把的工夫，因此談不上什麼身退。像李白這樣性格的人，功成了也未必會真的能夠身退。李白以做官為人生的唯一目標而近乎瘋狂地追求，於唐代詩人中也真不多見。他放在嘴上喊的號子就是「濟蒼生」、「安社稷」。他自詡要「申管晏之談，謀帝王之術，奮其智慧，願為輔弼，使寰區大定，海縣清一」。王維一生，也就是這麼一次「不遇」的失意，也就有了類似李白經常失意時而經常表達的意思，看來，王維也不是個天性能靜的人，而只是他擅於自我把控，自我控制的能力比一般人強。王維一生，基本上是在順境中度過的，沒有那麼多的失意與失意的激憤，沒有像李白那樣經歷一次次求仕的挫折而飽嘗政治上失敗的苦澀與羞辱，而陷入無助的痛苦與無奈的狂躁裡。而就這麼一次的失敗，生命的痛感就在心理失衡的狀態下爆發，王維的詩也就寫出了像李白那樣的屢屢不遇的苦惱與憂憤來。

　　古人所信奉的「功成身退」思想，源於道家。老子曰「功成而弗居。夫唯弗居，是以不去」，「持而盈之，不如其已；揣而銳之，不可長保。金玉滿堂，莫之能守；富貴而驕，自遺其咎。功成身退，天之道也」。老子認為，世間萬物都有其發生與運行的規律，總處於一種變化運動的狀態，而在一定條件下，都有向其反面轉化的可能。換言之，任何事物的發展，

第六章　隱忍不爭的仁者柔德

都不會是某一種狀態，也不可能停留在某一個狀態。與其保持盈滿狀態，不如適時停止；與其銳勢長久，不如適時藏鋒。即使金玉滿堂，誰也無法長守；因富貴而驕橫，更是自取其災禍。功成身退，見好就收，才符合自然規律，才可避知進而不知退的禍害。居功而不能自傲，知進而不能不知退。然人在名利當盛時，又有誰捨得主動放下而急流勇退呢？古往今來，能夠功成身退者，也就是范蠡、張良幾人而已。

王維少年時整天出入豪門高宅，中年時進入中央智囊團，榮華富貴，光鮮豔亮，也算是個飽嘗過「功成」滋味的人，何況他原本就性情淡泊，容易有「身退」的想法，也容易有「拂衣」的衝動。唐代時尚「吏隱」之風，宋之問詩曰「宦遊非吏隱，心事好幽偏」（〈藍田山莊〉）。杜甫也對「吏隱」津津樂道，有「浣花溪裡花饒笑，肯信吾兼吏隱名」（〈院中晚晴懷西郭茅舍〉）、「聞說江山好，憐君吏隱兼」（〈東津送韋諷攝閬州錄事〉）、「吏隱適性情，茲焉其窟宅」（〈白水縣崔少府十九翁高齋三十韻〉）等詩句。這種「吏隱」，雖不是「功成身退」，卻也有「功成身退」思想的影響。王維的〈晦日遊大理韋卿城南別業四首〉詩，開篇就以「與世淡無事，自然江海人」來盛讚別業主人。這個韋卿，即韋虛心，大理卿，掌管刑獄的官員，從三品。盛唐達官貴人崇尚隱逸之風，自命為衣冠巢許、丘壑夔龍，追求物質與精神的雙重享受。王維〈韋給事山居〉詩云：

幽尋得此地，詎有一人曾。大壑隨階轉，群山入戶登。

庖廚出深竹，印綬隔垂藤。即事辭軒冕，誰云病未能。

印綬與垂藤同舉，即亦官與亦隱之並贊也。身居絕世佳境，深壑隨自家樓階而轉，於屋裡即可登群山，所食珍鮮皆出自深山老林，綬帶官印隔懸於古藤之中。「即事辭軒冕，誰云病未能。」子曰：「君子病無能焉，不病人之不己知也。」王維暗取此典，意謂：根據自身情況而辭官歸隱，並不在乎人家說自己是不是無能了。於王維看來，仕即隱，隱亦仕，根本不

四、拂衣其實也不易

存在六朝文人以入世為俗、以出世為高的偏見。

王維就是這樣，不計較別人說什麼，也不在意別人怎麼說。有人就說他亦官亦隱是「患得患失，官成身退」。此話說對了一半，未必是「患得患失」，但肯定是「官成身退」。安史之亂後，朝廷對王維，不僅不嫌不疑，似還更加賞識，愈加重用，不斷地為他加進爵。朝廷封王維為太子中允，王維上〈謝除太子中允表〉請辭，誠懇地希望朝廷收回成命，他認為讓他「尚沐官榮」是賞罰失準，而有悖「政化」之風。不久，皇帝又讓王維「充集賢殿學士」，王維復上〈謝集賢學士表〉請辭，又說這個任命不合適，說自己不夠「集賢」的資格，說是「臣抽毫作賦，非古詩之流；挾策讀書，無專經之業」。又不久，王維自上〈責躬薦弟表〉，希望去己職而讓他的老弟回朝廷任官。王維反覆提出辭官歸隱的要求，應該是出於維護國家利益、維護唐廷權威的理由，應該也受「功成身退」思想的支配。林語堂《蘇東坡傳・序》裡，轉述了一則「蘇東坡最佳的名言」，這話是他跟其老弟蘇轍說的：「吾上可陪玉皇大帝，下可以陪卑田院乞兒。眼前見天下無一個不好人。」這是用來說明蘇軾為人特別豁達的，解釋為什麼他不斷地遭到貶官流放而滿不在乎的原因。王維的性格也許不一定有蘇東坡那麼豁達，似也與蘇軾有很多共同的地方，最大的相同點就是都有見過大世面的人生經歷。王維為官四十年，三十年在皇帝身邊工作，什麼世面沒見識過，什麼高官沒接觸過？王維與蘇軾也有很不相同的地方。王維是自覺要求身退，而非被迫害、被排擠、被流貶，應該也不是「道不行，乘桴浮於海」（《論語・公冶長》）的隱退。王維晚年「功成身退」的思想日甚，不僅不鑽營奔競，且不斷上表謝恩請退。這與其說是他受佛禪出世思想的影響，不如說是道家學說的作用。王維尊崇「夫唯弗居，是以不去」的自然規律，積極踐行「功成身退」的政治風度，遂行其「濟人然後拂衣去」的人生理想。人世自然，無可無不可，仕隱兩如，雖居官而猶在隱者也。王維的〈早秋山中作〉詩曰：

第六章　隱忍不爭的仁者柔德

　　無才不敢累明時，思向東溪守故籬。豈厭尚平婚嫁早，卻嫌陶令去官遲。

　　草間蛩響臨秋急，山裡蟬聲薄暮悲。寂寞柴門人不到，空林獨與白雲期。

　　此詩作於天寶九年（西元750年）前後，王維已到知天命年，年且五十，安史之亂發生時王維五十五歲。詩以自慚開篇，緊接下來便是自省式的悔悟。從「無才不敢累明時」句可見，他已有了「急流勇退」的想法。一「累」字，道出了詩人心靈深處的深深負疚感。他已經強烈地感覺到他自己應該「功成身退」了。前四句是寫自己因無才而欲主動歸隱卻不能歸隱的懊惱。尚平不嫌早，陶令但覺遲。此二典事，生動反映了詩人盼望全身而退的急切心情，似已到了忍無可忍的地步。在正常人看來，尚平與陶潛已夠超脫的了，擺脫塵網也已夠早，也夠堅決的了，然詩人則不是「厭」就是「嫌」。後四句，則是寫自己終於走進山中而擁有了安然淡泊的心情。雖然沒有退身，依然在官，

〔清〕王時敏　仿王維江山雪霽圖

然而，過上了亦官亦隱的生活，隱處山中，遠離塵囂，但聽秋蟲樹聲，與遲暮的白雲和蕭瑟的空林為伴。頸聯互文，選取「蛩響」與「蟬聲」，其寓

意豐贍，可以多向解讀，如果還是扣住「無才」解，則是一種享受瞬間自由的快意，似乎也夾雜有微微的悲意於其中。因而也有了如同陶潛的那種「久在樊籠裡」而「復得返自然」之後的愜意。莊子有「蟪蛄不知春秋」（〈逍遙遊〉）之說，也不能簡單解釋為時間太短暫。在深諳莊禪經義的王維眼中，時間之短暫與時間之流逝只是物自體覺的假象，對於超越時空的大道來說，一切都在即現即滅中。王維似乎是在為自己處理世俗問題上的高明而沾沾自喜，同時，也在為自己沒有能夠及早邁出隱退這一步而懊惱莫名。

應該說，這是一首心理詩，寫自己的心路歷程。詩中可見，詩人已經不以物累，過上了半官半隱的「吏隱」生活，甚至已體驗到了這種亦官亦隱生活的無比適意。王維這麼急於要走入山林，除了他「無才」的愧疚感，除了他好靜的天性，本能地反感繁華市囂而引發懷歸的極度焦灼，還有就是「功成身退」思想的影響。王維〈渭川田家〉詩的寫作時間，應該與〈早秋山中作〉差不多，也是自責歸隱太遲的，其詩曰：

斜陽照墟落，窮巷牛羊歸。
野老念牧童，倚杖候荊扉。
雉雊麥苗秀，蠶眠桑葉稀。
田夫荷鋤至，相見語依依。
即此羨閒逸，悵然歌〈式微〉。

古人對此詩的評價極高，說是堪稱陶詩嗣響，而主要側重於對其高超寫景技巧的關注。前八句皆寫景，王夫之則說「前八句皆情語，非景語」（《唐詩評選》卷二）。這是因為其詩中之景皆飽含深情，所有的景語皆情語。詩開篇即言「歸」，詩的核心亦在「歸」，黃昏時節，萬物皆歸。詩人純用白描，深情地描繪出一幅田家晚歸圖。人皆有所歸，田野上的一切生

第六章　隱忍不爭的仁者柔德

命皆有所歸，詩人以一種旁觀者的姿態觀歸，看人家歸，歸是人家的，歸是溫馨的，於是而有「即此羨閒逸，悵然吟〈式微〉」的欽羨與悵惘。詩以人之有歸而反襯我之無歸，以人歸之及時而反襯我歸之失時，反襯自己尚未找到歸宿而歸隱太遲的孤寂與鬱悶。王維對這種無憂無慮的「閒逸」，好生羨慕這種安閒自在的田園牧歌式的詩意生活。最後一句的「歌〈式微〉」用《詩經》典。《詩經·式微》：「式微式微，胡不歸？」意思是，已是黃昏，天也開始暗了，應該早點回去了。詩人的歸隱之意已經很強烈了。

　　王維的〈酬郭給事〉作於安史之亂前夕。從題目看，是與同事郭給事之間的唱和應答。給事，即給事中，唐代門下省的要職，掌宣達詔令，駁正政令之違失，地位顯赫。王維此時也官拜此職。詩曰：

　　洞門高閣靄餘暉，桃李陰陰柳絮飛。禁裡疏鐘官舍晚，省中啼鳥吏人稀。

　　晨搖玉珮趨金殿，夕奉天書拜瑣闈。強欲從君無那老，將因臥病解朝衣。

　　此類應酬詩的寫法，往往是稱讚對方，而感及自身。郭給事之贈詩，肯定是說王維如何有才、如何顯達、如何有前途。因此，王維在酬詩裡也「酬」答說，哪裡哪裡，你才是真有才，你才是真顯達，你才是真有前途。詩的前六句寫郭給事，後兩句自寫。一、二句先寫郭給事的顯達。前句寫其深得恩寵，後句寫其桃李滿天下，門生故吏個個飛揚顯達。三、四句說其能力強，辦事效率高，本來政務最是繁忙，然卻鐘疏人閒，鳥鳴境幽。五、六句正面寫郭給事恭謹敬業，早晨盛裝朝拜，傍晚捧詔下達。尾聯「強欲從君無那老，將因臥病解朝衣」二句陡轉而自寫，說自己既老且病，心有餘而力不足，無法相從而為朝廷出力。欲「解朝衣」，就是說我準備「功成身退」啦，也不戀棧了。這是全詩的主旨，明確地表達了詩人急流勇退的思想。或許，其中也有讓同僚寬心而無須設防自己的意思，不

過,我們可以十分肯定地說,王維雖然嘴上這麼說,而其也還是敬業的,肯定不會拆爛汙。這因為他不是個拆爛汙的人,而如果真是拆爛汙的話,他也不能混到這一步,混到想要辭官都辭不了。王維〈酬張少府〉詩曰:

晚年唯好靜,萬事不關心。自顧無長策,空知返舊林。

松風吹解帶,山月照彈琴。君問窮通理,漁歌入浦深。

這首詩是談窮通問題的。有個年輕人向王維討教窮通的問題,王維說,我不告訴你,你自己去思索吧。其實,前六句已經挑明了,已經明確告訴對方了,也就是「以不答而答之」。王維的意思是,所謂窮通,於我來看,無所謂窮,也無所謂通,正像無所謂仕,也無所謂隱。「松風吹解帶,山月照彈琴」寫「解帶」與「彈琴」之二細節,一任松風解帶,我自深山月下彈琴,閒到極致,也極其傳神,恰切南宗「無是無非,無住無往」(《壇經》)的任運無心。

這首詩為我們揭示了王維的真實思想,這可與〈漆園〉參讀,也是典型的「行到水窮處,坐看雲起時」的思維與境界。王維在這些詩裡所表達的意思是,不是朝廷認為我不行,更不是朝廷要罷我的官,而是我自己認為自己不行,是我自己覺得已經符合「身退」條件而欲自「解朝衣」。

王維才五十多點,為什麼早早就有了「解朝衣」的想法呢?此時的王維,雖然不能說是年富力強,但也不是年老力衰;雖然不是官運亨通,但也不是屢遭打壓;雖然不是左右逢源,但也不是橫遭暗算。其工作不可謂不得心,際遇不可謂不順心,環境也不可謂不稱心,怎麼就不想做了?似乎是從王維知天命之年開始,他似已無意於仕途,退朝之後,常焚香獨處,以賦詩詠懷、參以禪誦為事。這怎麼來解釋呢?王維說他已是「勝事空自知」,而且有了「一悟寂為樂」的充分體驗,清心寡慾、見素抱樸的莊禪義理,占據了他思想的上風,成為他的主導思想,與時遷移而不以物累,追求無慾無爭、功成身退的生活目標。其實,儒釋道三家裡,皆有類

第六章　隱忍不爭的仁者柔德

似「功成身退」的思想。「功成身退」是中國人的生存智慧。然而,「濟人然後拂衣去」,其實也真不容易,不僅欲拂衣者難下這個決心,世俗也感到不好理解,更不是「小車不倒只管推」的現代思維所能夠接受的了。

王維是個有「修齊治平」理想的人,要官做,也是個做官能手,其官也做得兢兢業業。然而,他做官卻從不把官當官做,正心修意,守默自律,而實現其「布仁施義,活國濟人」的理想。然其亦深受老莊、禪宗思想的浸漬,人世自然,清靜無為,無可無不可,既不認為在朝者就庸俗而可鄙,也不認為野逸者就獨潔而高尚。於山林裡可以做到獨善自養,他於魏闕中也能夠實現,而創造了仕隱於兩難中的大智慧,消解了仕隱間的界限,突破了仕隱非此即彼的不相容性舊囿,形成了盛唐所特有的「功成身退」的政治風度,而賦予了「功成身退」全新的內容、形式與境界。

仕隱兩可,仕隱兩全,隱得自由,也仕得自然,亦官亦隱,充分顯示出王維的生存大智慧,也對文化產生了極其特殊的意義。因此,要官做就說是「惡劣」,而要解衣就說是「消極」,也真是存心陷王維於兩難也。

真可謂:

亦隱亦官猶兩成,溫良恭儉事無爭。

拂衣自古本柔德,進退窮通無住行。

第七章

坐看獨往的閒極狀態

第七章　坐看獨往的閒極狀態

　　真難有像王維這樣熱衷於「閒」的，更找不到寫「閒」可以與之媲美的。

　　王維的詩多寫「閒」，閒也成為王維詩歌的永恆主題。

　　王維的詩中多「閒」字，而很多沒有「閒」字的詩也照樣是閒意瀰漫，閒情十足。「行到水窮處，坐看雲起時」二句寫閒，閒到極致，成為王維人生最大智慧的具體詩化。水窮雲起，起坐行臥，如行雲流水而同樣了無滯礙，行於所當行而止於不可不止，水窮而不慮心，雲起而不起念，一切皆從容不迫、不緊不慢、隨緣適意，極度自由而自然任運，不知西東而自然西東，舉止極其高雅，情態極其優逸，無可無不可，天如何人亦如何，表現出來的是一種超然物外的「閒」，也是一種讓人玩味不盡的「道」。

　　王維為何嗜「閒」如斯？他的這些閒詩有什麼思想和藝術的價值呢？王維的這些閒詩有「穆如清風」而直抵人心的溫馨。詩寫他的無所用心，寫他的無所事事，寫他體驗到安逸瀟灑、怡然自樂的閒適心情，最大限度地淡化了人的社會性與目的性，而又最大可能地強化了人的自然性，強化了「隨緣任運」的自由性，表現出一種道法自然的閒適意境。

　　「一悟寂為樂，此生閒有餘。」悟是禪，是生活，更是人生。悟而得閒，穎悟發慧，思想就更加空曠而深邃，精神就特別自由而廣大，審美觸覺也非常敏銳而靈覺。因此，這種「閒」，比較起魏晉風度來，是一種真正的瀟灑，是以極度自由為高蹈形式的人生境界，而不需要縱酒而藉助酒精麻痺精神，來增強生命的快感；也不需要遊仙而自我蒙蔽，來逃避生死得失的困擾；更不是以慢世逃名的形態抵銷失意，來故作清高。

　　閒，成為我們特別熟悉而親切的形象，在王維詩中頻繁出現，也成為一種特殊含義的隱語。王維最大的人生智慧，就是無可無不可。他似乎始終保持著一種天如何人亦如何的超然自得，以「坐看雲起」的從容與瀟灑，不滯於物而超乎塵俗，將生命從有限的時空裡超越出來，而生命的本

能和價值也被提升到審美的層次，展示出人性的全部瑰麗，表現出悠然自得而達觀寧靜的儀態風神，人生也處於無處不閒而無所不閒的極閒狀態，從而與他的「少年精神」形成了互補。

一、何以坐看雲起

「行到水窮處，坐看雲起時」，最能夠表現王維的人生智慧與生命風采。「這大概是中國古詩中內涵最為豐富、意境最為美妙的佳聯之一。它不僅是紀實，也是人生態度的象徵。」（駱玉明《詩裡特別有禪》）顧隨先生對此二句更是推崇備至，他比較而評曰：「山重水複疑無路，柳暗花明又一村」（〈遊山西村〉）與王維〈終南別業〉之「行到水窮處，坐看雲起時」頗相似，而那十四個字真笨。王之二句是調和，隨遇而安，自然而然，生活與大自然合而為一。陶之「採菊東籬下，悠然見南山」（〈飲酒〉）亦然。採菊偶然見南山，自然而然，無所用心。王維偶然行到水窮亦非悲哀，坐看雲起亦非快樂。[09]

陸游的「山重水複」二句，我們一直認為寫得太好了，既是寫景，也飽含哲理。然而顧隨先生卻認為「那十四個字真笨」。這是比較而言的，是比較的結果，比較王維的「行到水窮處，坐看雲起時」這十個字來「真笨」，亦即不自然，不融合，不能無所用心，最關鍵的還是他這十四字「太用力，心中不平和」。顧先生又拿陶淵明來與王維比，他認為陶詩「亦然」。就是說，陶、王比較而不相上下。一正一反的兩處比較，突出了王維此二句詩的無與倫比。

「坐看雲起時」二句，出自王維的〈終南別業〉：

---

[09] 顧隨：《顧隨詩詞講記》，葉嘉瑩記錄，中國人民大學出版社 2009 年版，第 92 頁。

第七章　坐看獨往的閒極狀態

中歲頗好道，晚家南山陲。興來每獨往，勝事空自知。

行到水窮處，坐看雲起時。偶然值林叟，談笑無還期。

王維的這首詩，雖然平白如話，卻詩意飽滿，理趣橫生而耐人尋味，古來真個好評如潮。

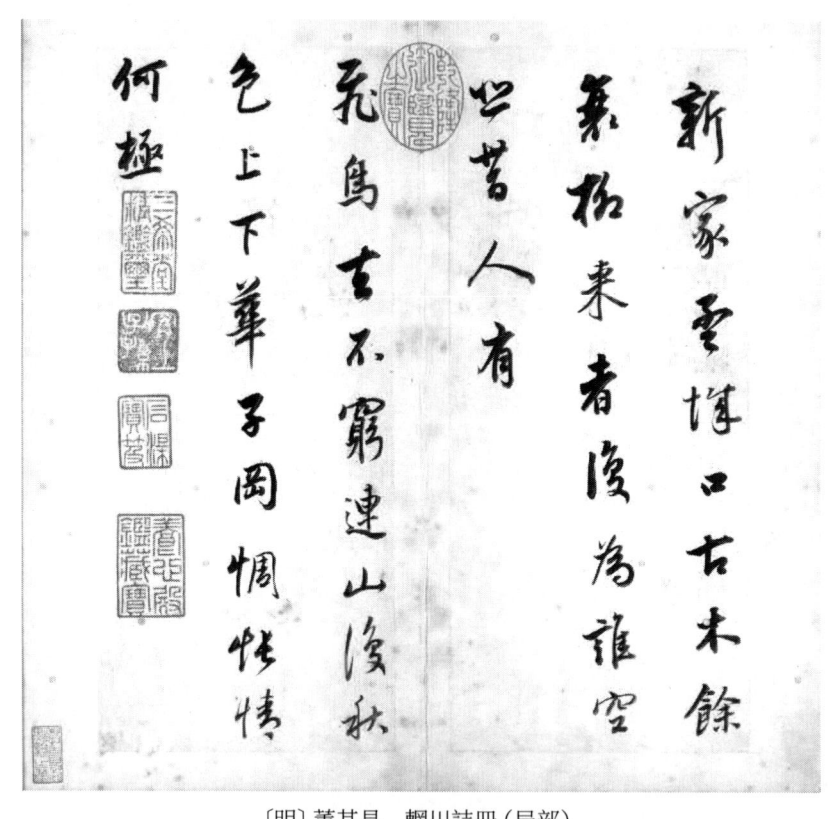

〔明〕董其昌　輞川詩冊（局部）

此詩旨在表現詩人進入山間而悠閒自得的心境，沒有具體描繪什麼山川景物，反倒是長於言說。其純口語性的敘述，是一種很輕鬆的談話風，彷彿是在與二三知己閒聊，閒聊他去終南別業的山居感受，還有點炫的意味。盛唐殷璠的《河嶽英靈集》選本裡，此詩入選，然題作〈入山寄城中故人〉；宋《文苑英華》本題同。我們以為，還是這個題目更好些。因為，

這首詩很能夠讓人讀出「寄」人的意味。其實,這首詩就寫一個字「閒」,誇張地寫閒,也把閒寫得很誇張,誇張到極致。看看書,遊遊景,不刻意地去遊走,高興什麼時候去遊走就什麼時候去遊走,高興到哪裡遊走就到哪裡遊走,高興遊走到哪裡就遊走到哪裡,一切聽由興致,一切都隨緣,一切都聽任自然,一切都無可無不可,真是閒到了極致。

應該說,這寫的是王維的真實狀態。然而,肯定不是天天都是這樣的狀態,甚至不是經常如此狀態。如果天天這樣或經常如此,就沒有了這份衝動,就沒有了創作靈感,也就沒有了「寄城中故人」的必要。也就是說,這種感覺是可遇不可求的,是難得才有的,是值得向城中故人炫的。這是一種勝意,一種勝事,「勝事空自知」也。勝事者,美事,快事,閒適事也。這種勝事是「入山」後才有的體悟與感知,其中之妙亦唯有自知,「如飲水者,冷熱自知」(《大白經疏》)。因為「勝事自知」,悟得世事變化無窮之理,方有此不可言傳的「化機」也。興致來時,每每獨往山中而遊行閒走,快意美感,唯有超然之心才能神會。

起句「中歲頗好道」之「好道」,很值得玩味,「好道」亦成詩眼。從詩的構思來看,前二句是因,後六句是果。詩起句就告訴人,我自中年開始,就更加注重莊學禪道的修練了,應該也包含著修練到了相當的境界。也在告訴人,我所以入山,所以獨往,所以行遊自由,就是因為「好」了「道」。因為好道,而趨靜入山,而「晚家南山陲」也;因為「好道」,而興來獨往,而空知勝事,而行業所行,而坐看雲起,而談笑無歸。唯有好道,方可有這許多無心遇合的偶然。王維的〈終南別業〉,分明就是在寫「道」,也妙在寫「道」,寫出了沒有玄言和禪語的人生之「道」、生命之「道」、休閒之「道」、處世行事之「道」。

「中歲頗好道」之「道」是個什麼「道」?也就是說,王維所好的是個什麼「道」呢?一般而言,都將這個的「道」,注為「佛家之道」,解作「佛家

第七章　坐看獨往的閒極狀態

學說」。為什麼這個「道」就一定是佛道呢？為什麼要將這個「道」分得這麼清呢？為什麼就不可以是儒釋道三教之「道」呢？儒釋道三教皆趨靜，皆愛自然，皆重和諧閒適。王維亦莊亦禪，或儒或道，這不僅是王維思想的特徵，也是唐代三教互動的特點。

詩裡的「興來每獨往」的「獨往」，暗用語典。《莊子・在宥》曰：「出入六合，遊乎九州島，獨往獨來，是謂獨有。」《列子・力命》也說：「獨往獨來，獨出獨入，孰能礙之？」《文選》：「獨往，任自然，不復顧世也。」興來每獨往，不是愛山水愛到極致的人，斷不會對山水有如此興致，難怪黃山谷說王維「定有泉石膏肓之疾」，也就是說他愛山水已經成癖，而不可救藥。王維的離群獨往、勝事得意，以及此詩後四句所展現的水與雲的自然變化，與其獨遊的自得之樂，還有其偶遇的閒談之樂，應該說，更多的是莊之玄趣。而「行到水窮處」也是莊子的思想，順其自然而與自然合一，不為物累，不為形役，淡泊超然，隨遇而安，隨遇皆道，追求獨立自由的逍遙境界，而其無目的的合目的性，自然而然，觸處可悟，人與自然山水合而為一。

誠然，王維的這種行之所當行而止之不可不止的無所滯礙，也應和了南宗「無住」之旨，可從「無我」的觀念來解釋。徐增說此水窮雲起「於佛法看來，總是無我，行無所事」（《說唐詩》）。因為王維全家信佛，其本人更是精通佛理禪義，因此，也就很容易讓人從佛禪方面來解。而事實上這種水窮雲起的描寫，也確定很適合以佛禪的隨緣觀、性空論來解，而常被南宗用來示法開悟。應該說，這種山水行樂裡，也有儒家「詠而歸」的思想。孔子《論語・先進》篇將「浴乎沂，風乎舞雩，詠而歸」作為最高的政治理想，追求「樂而歸」的暢懷放逸、平等和諧的生活。俞陛雲說水窮雲起「可悟處世事變之無窮，求學之義理亦無窮」（《詩境淺說》）。水窮雲起，盡是禪機；林叟談笑，無非妙諦。

因為「好道」，天性淡泊而獨好自然的王維，更加散淡悠閒，更加敏感於事物變化的神奇與美妙，也更加善於在機緣湊泊的遇合中感受到人生的樂趣。尼采（Nietzsche）說：「只有作為一種審美現象，人生和世界才顯得合情合理。」王維入山，消融於山的深度裡，也消融於時空和外物的深度裡，無意於時空的存在，似也無意於自己的存在。「偶然值林叟，談笑無還期。」豈止是林中與老叟之遇是偶然的，全詩皆在寫偶然，寫的是處處都是無心的偶然：興來獨往是偶然，隨興漫遊是偶然，水窮雲起是偶然，遇見林叟笑談而忘返也是偶然。一切都沒有事先的設計，沒有預期的目標，無須苦心經營，唯其如此，行於所當行，而止於不可不止。而這種偶然性，亦即隨任自然，隨緣適意，也才是真正的閒，才是真正的閒到極致。

　　「行到水窮處，坐看雲起時」二句，是閒到極致的一種獨特感受，一切皆從容不迫，不疾不徐，隨緣適意，不求人知，心會其趣，興致來了就獨自信步漫遊，走到水的盡頭而不能前行，便坐看行雲變幻。水窮何礙？水窮而不慮心。雲起何干？雲起而不起念。只有過程，沒有結果，也不問結果，無論水之窮否而內心自在平靜，沒有目標，沒有心機，不知何往，不知所求，一切都很偶然，一切都是自然，一切又都是因緣，一切無非適意，一切都無可無不可，一切皆不「住」於心，無念進退，不起世慮。這與阮籍的「途窮哭返」不同，阮籍「慟哭而返」，是因為觸到內心，「世路維艱」而感傷，乃放不下世情。這與王子猷「興盡不入」也不同，王子猷「何必見戴」，是因為顧慮重重，乃怕破壞興致。「水窮」而路阻，絲毫不能破壞王維的興致，還是那份好心情。「水窮」我便止步不行，坐下來看雲起雲散，不亦快哉！乘興而遊，無所滯礙，真正是超然物外，展現了詩人隨任之性。沒有空間意識，能走到哪裡就走到哪裡；也沒有了時間概念，想走多久就走多久。詩人寫的是一種心情，寫的是他自己閒到極致的

第七章　坐看獨往的閒極狀態

灑脫,是絕去執著的自由心境與閒適狀態。這一首詩寫的是生活,寫的是遊歷,寫的是閒情逸致,因其自然接通或對應了佛理禪機,而讓歷代好詩者參悟玩賞不已。

作為詩來說,古人特別欣賞〈終南別業〉的妙手天成,一無斧鑿痕跡。如果以平仄律衡量,此詩應該屬於古調。因此,高棅編的《唐詩品彙》與趙殿成的《王右丞集箋注》皆將此詩編在古詩卷中,認為「自是唐人古詩,不可謂律」。然沈德潛《唐詩別裁》卻將此詩收在近體詩五律裡。施補華《峴傭說詩》也將其作為五律來論,他說:「五律有清空一氣不可以煉字煉句求者,最為高格。」他認為這就是「所謂『羚羊掛角,無跡可求』」。

我們以為,還是將此詩作為五律來看比較好。嚴格意義上講,此詩不合格律。此詩韻用平聲,還算合轍合韻。中間兩聯對仗,雖不很工,卻也可算是寬對。但是,平仄卻嚴重不諧,幾乎沒有一句是正格,最多也只能作為拗體來看。或者只能算是古律,古詩與律詩雜糅的詩體,然其不求美則美矣,無須工而工也。施蟄存《唐詩百題》說:「這是一種古體與律詩雜糅的詩體,也是從古詩發展到律詩時期所特有的現象。」這種說法不無道理。然而,我們寧可把它作為律詩來看。高步瀛《唐宋詩舉要》就認為:「此等作律詩讀則體格極高;若在古詩則非其至者。」此論見解很獨到。意思是說,寧可將其作為五律看,貌似自由散漫,然無意求工卻意趣盎然,而如果將其作為古體看,齊梁詩裡不乏佳作,就無所謂「體格極高」,也就不見得為奇了。

譬如崔顥的〈黃鶴樓〉,為古人所特別推崇。詩乃散文寫法,不拘常規,不守格律,前四句散調變格而後四句整飭歸正,屬於古體散調。這明明是首不合律的七言律詩,卻說成是唐詩第一律。南宋嚴羽第一個這麼說,他是矯枉過正,也是有他的道理的,不是認為詩不需要講格律,而是欣賞自然,不刻意雕琢,認為詩意和意境比格律更為重要,認為開元天寶以後的詩刻意所為,就不要多去學了。真可謂不可無一,不能有二。這樣

的作品多了，也就沒有意義了。而如果不把〈黃鶴樓〉作為七律看，其在古詩中也就沒有什麼大不了的。

我們以為，王維是按照五律來寫的，信手拈來，沒有硬拘平仄，其詩起承轉合，也如行雲流水般的自由自在，時空切換，形跡無拘，也像其出遊一樣，想怎麼走就怎麼走，能走到哪裡就走到哪裡，活現出詩人的內在氣質、高人風度與此在狀態。故而，此詩形成了隨意灑脫的突出特點。這種表達的本身，也就是一種「行到水窮處」的隨意，隨緣與隨適，如行雲流水而同樣了無滯礙，天機所到，自在流出，「行所無事，一片化機」（沈德潛《唐詩別裁》卷九）。可以想像得出，詩人創作時的狀態，行止灑落，妙手偶得，可遇而不可求，絢爛之極而歸於平淡也。而於「坐看雲起」的王維，無所謂律體無所謂古體，無所謂形式也無所謂內容，你說五古就五古，你說五律就五律，譬若水窮雲起，行止自然亦任其自然。

「行到水窮處，坐看雲起時」，屬於一種天趣，寫的是一種超然物外的閒，是一種讓人玩味不盡的「道」。詩不直言其閒逸，而意則愈見其閒極。

王維詩多寫閒，也擅寫閒，閒也成為王維詩歌的永恆主題。他少年時寫閒，中晚年也寫閒，每一時期都有「閒」的人性自覺。他在山中田園寫閒，他在宮廷別業也寫閒，每一處地都有「閒」的心靈滿足。

「興闌啼鳥換，坐久落花多。」（〈從岐王過楊氏別業應教〉）

「松風吹解帶，山月照彈琴。」（〈酬張少府〉）

「閉門寂已閉，落日照秋草。」（〈贈祖三詠〉）

「籬中犬迎吠，出屋候柴扉。」（〈贈劉藍田〉）

「倚仗柴門外，臨風聽暮蟬。」（〈輞川閒居贈裴秀才迪〉）

「披衣倒屣且相見，相歡語笑衡門前。」（〈輞川別業〉）

「山中習靜觀朝槿，松下清齋摘露葵。」（〈積雨輞川莊作〉）

第七章　坐看獨往的閒極狀態

　　詩人著力寫閒的感悟，寫其體會閒的心性，寫息心靜慮的平和心態，寫物我天人而同構冥合的閒適關係，放大了人與自然山水融洽的生機和韻律，含而不露，雍容婉轉，表現出對於意象與意境高度嫻熟的高超運用，真可謂「但見性情，不睹文字」。王維保持著一種超然自得的自由與閒適，不知西東而自由西東，一舉一動皆為「坐看雲起」的自由狀態，以不滯於物的超乎塵俗的人格精神，與悠然自得而達觀寧靜的儀態風神，顯示出合情合理的生命意義，展示人性的全部瑰麗，突出了自由自在的極閒狀態。

　　「行到水窮處，坐看雲起時」，所以深為歷代詩家所盛讚，正是詩中所表現出來的閒到極致的自由精神與禪悅哲味。王維寫的是生活，是生活的閒情，是生活的極端自在性，而不是在寫禪，然不是寫禪卻讓我們讀出了禪悅來，感受到濃郁的禪意。這也正可用以反證，禪就是一種生活，是生活的感悟，而不是道理，更不是講道理，也不是讓你來全盤接受人家講的道理。禪宗的精神，是要在現實人生的日常生活中認取。而我們對於王維詩中閒的審美，也應該成為我們生活與生命的一種本能需求，成為我們的一種奢侈的精神消費，成為我們詩意存在的一種休閒形式。

二、此生閒有餘

　　閒，是個很高的人生境界。身無事，心無事，身心俱無事，才是真正的閒，才是真正的人生福報。然而，閒也不是所有人都能享受的，或者說不是隨便能夠享受得到的。朱光潛先生在《文藝心理學》中談讀王維詩的感受說：「『萬物靜觀皆自得，四時佳興與人同。』你只要有閒工夫，竹韻、松濤、蟲聲、鳥語、無垠的沙漠、飄忽的雷電風雨，甚至於斷垣破屋，本來呆板的靜物，都能變成賞心悅目的對象……你陪著王維領略『興

闃啼鳥散，坐久落花多』的滋味。」無論怎麼忙，我們還是應該擺脫「塵勞」、「形役」，騰出點「閒工夫」來陪王維領略閒的滋味的。

　　王維坐看雲起，起坐行臥，舉止高雅，無不呈現一個閒字。王維說：「一悟寂為樂，此生閒有餘。」一旦有所領悟，思想變得空曠了，變得深邃了，也變得自由了，整個的人生境界也大了，處於無處不閒而無所不閒的恬淡淵泊。王維說的「此生閒有餘」的這個「閒」，是有條件的。他的〈飯覆釜山僧〉詩曰：

晚知清淨理，日與人群疏。
將候遠山僧，先期掃弊廬。
果從雲峰裡，顧我蓬蒿居。
藉草飯松屑，焚香看道書。
燃燈晝欲盡，鳴磬夜方初。
一悟寂為樂，此生閒有餘。
思歸何必深，身世猶空虛。

　　這首詩，為我們提供了研究王維晚年生活的文獻資料，可以與新舊唐書等史料互證，參照來讀。《舊唐書·王維傳》曰：「維弟兄俱奉佛，居常蔬食，不茹葷血，晚年長齋，不衣文彩。……在京師日飯十數名僧，以玄談為樂。齋中無所有，唯茶鐺、藥臼、經案、繩床而已。退朝之後，焚香獨坐，以禪誦為事。」精神上充實了，生活才能簡單，活得才會舒心，才可能有更多的閒適與情趣。

　　此詩寫的是王維忙著接待僧人而獲得頓悟的經過。從題目看，施飯食給覆釜山的僧人，亦即招待遠道而來的僧人。飯僧談玄，是王維晚年生活的一個重要組成部分，而今日他所迎來的是來自遠方的高僧，故而特別殷勤而隆重。詩的開頭四句，是自寫，寫自己飯僧前準備工作的忙碌。接下

第七章　坐看獨往的閒極狀態

來六句,寫覆釜山的數僧人。這些遠道自「雲峰裡」來的覆釜山高僧,真是不同凡俗,他們對物質的需求極低,異常虔誠,也異常專注,入夜已是初更天,還沒有休息,還在看道書、誦佛經。這是在寫來僧,也是為了寫自己,寫自己受到感染、受到開化的「悟」。詩的最後四句寫禪悟。「一悟寂為樂,此生閒有餘。」寂,寂滅,佛教用語,意為度脫生死,進入寂靜無為、涅槃再生的境地。此二句意謂:一旦覺悟了「寂滅」之佛理,此生就倍感閒餘安寧了。詩人在與高僧們的交流中,享受空門、山林的幽寂之樂,參證了「凡所有相,皆是虛妄」(《金剛般若經》)的禪宗要義,徹悟到真正的樂事乃寂滅與涅槃,明心見性,即事而真,達到了超現實的「湛然常寂」的境界。王維覺得,禪宗圓通靜達的啟悟,使其除去了一切世俗妄念的執著,因此,現實中的生命與物質,便顯得並不重要了,生成了「思歸何必深」的生存智慧。這樣的收束,類似謝靈運詩的玄言「尾巴」。其實,王維詩中也有些這樣的玄言「尾巴」,因為他也太想將自己的禪悟禪悅直白地表達出來,並傳達給世人。

「一悟寂為樂,此生閒有餘」的禪悟,透過宗教體驗與審美體驗,來實現「悟」的目的,明心見性,而到達「閒」的境界。一旦頓悟,其樂無窮,整個的人生也就處於無可無不可的閒適。因為「閒」,而歸寂,因為歸寂,而物我如一,即物即真的「思與境偕」。這在佛禪上叫「寂照」,對於詩人來說,就是以寧靜之心來觀照萬物寂然的本質,對自然山水的自主、原始存在以無條件、無心智活動的徹底認可和具現,直探生命之本源。

因此,王維一生幾乎都在追求這種閒的境界,實現「此生閒有餘」的意願。王維的〈歸嵩山作〉詩曰:

清川帶長薄,車馬去閒閒。流水如有意,暮禽相與還。
荒城臨古渡,落日滿秋山。迢遞嵩高下,歸來且閉關。

詩寫於早年,王維優哉游哉地走向嵩山隱地。嵩山位於東都附近,是

禪宗的發源地，是禪宗東土初祖達摩修成正果的聖地，達摩於嵩山少林寺面壁修行十年。「車馬去閒閒」，閒字重疊，從容自得貌，極其閒靜悠逸的樣子，詩人已非一般地閒，歸隱如還家，車馬從容，不快不慢，一路上所看到的都親切可愛，平川清朗，悠遊來歸，流水有意，歸鳥伴飛，真個是「江山如有待，花柳更無私」（杜甫〈後遊〉）。心閒看什麼都閒，看什麼都順心。寒山秋水亦恬淡淡泊，荒城古渡亦安詳從容，秋晚遲暮，不僅沒有蒼涼孤寂的況味，反而增添了蕭疏閒淡的生意。詩人忘機相待而從容淡定的神態，超然物外而蕭閒幽遠的風度，是很少能夠在其他人的詩中看到的。「歸來且閉關」，他用閉關，來實現「閒」的預期。他也因此而獲得一種解脫，進入了自由閒適的自足天地。

閒，是一種超越了百無聊賴的恬淡淵泊，是擺脫了「塵勞」、「形役」之後的隱逸恬適。王維是真的閒到極致了，他對田園生活的喜愛，對享受平常人生活的滿足，也在外在形式上表現為應時而行、天人合一的境界和風采。

「寂寥天地暮，心與廣川閒。」（〈登河北城樓作〉）

「落日鳥邊下，秋原人外閒。」（〈登裴秀才迪小臺作〉）

「灑空深巷靜，積素廣庭閒。」（〈冬晚對雪憶胡居士家〉）

「澄陂澹將夕，清月皓方閒。」（〈泛前陂〉）

「秋色有佳興，況君池上閒。」（〈崔濮陽兄季重前山興〉）

「閒居日清靜，修竹自檀欒。」（〈沈十四拾遺新竹生讀經處同諸公之作〉）

「落花啼鳥紛紛亂，澗戶山窗寂寂閒。」（〈寄崇梵僧〉）

非常耐人尋味的是，王維的詩中反反覆覆地出現「閒」字，這也展現了他蕭閒平和的風度。千古詩人中，真難找到有詩人像王維這樣熱衷

第七章　坐看獨往的閒極狀態

於「閒」的,更找不到所造「閒」境可以與他媲美的。王維為什麼嗜「閒」如斯?這些閒詩有什麼思想和藝術的價值呢?這與王維的「高人」氣質和形象有什麼關係?王維為什麼以「閒」為其人生的最高境界呢?王維深諳「閒」滋味,人閒入靜,心空萬物,穎悟發慧,超越了庸庸碌碌的小我之後而「萬物皆備於我」(《孟子・盡心上》)的悠遊從容,其人精神自然也特別自由與廣大。

閒,既是王維的美學觀,也是他的人生觀,是王維高人風采的自我設計,是他的人格理想的詩意呈現,是他超越了功利追逐、超越了韜光養晦的一種生存智慧,形成了王維無可無不可的行事風格。

「無事在身,並無事在心,水邊林下,悠然忘我,詩從此境中流出,那得不佳?」(徐增《而庵詩話》)中晚年的王維,更加從容不迫,優哉游哉,「行到水窮處,坐看雲起時」,對境起意,而又對境無心,其本心本體在對時空萬物的感悟中物我兩忘,閒適且愜意之極。

「人閒桂花落,夜靜春山空。」(〈鳥鳴澗〉)王維閒到了能夠聽到桂花落地之音,閒

〔元〕唐棣　摩詰詩意圖

到了但有花開花落而沒有了自我，禪坐靜觀，心態超然，月移鳥飛亦心驚。

「澗戶寂無人，紛紛開且落。」（〈辛夷塢〉）王維禪定入境，空山自適，閒到了無人，閒到了無心亦無思，與花為一而自開自落，無生無滅，一切皆因緣和合。

「獨坐幽篁裡，彈琴復長嘯。」（〈竹里館〉）王維或動或靜，或長嘯或彈琴，閒到了想怎麼就怎麼，儒雅至極的王維，也如狂狷至極的阮籍，生命精神呈現出真原面貌。

王維的心靈韻律與自然節律高度同步，閒適的人生內容與審美內容高度一致，而得以與自然外物神遇化合，同形同構，形成了其詩禪意飽滿而境界空明的寧靜之美。禪宗認為，自然的節律與人的心靈韻律是同步的。因此，走向山水，是王維生活的一種常態，也是他生命的一種常態，是他人性的自覺。王維〈泛前陂〉詩曰：

秋空自明迥，況復遠人間。暢以沙際鶴，兼之雲外山。

澄陂澹將夕，清月皓方閒。此夜任孤棹，夷猶殊未還。

詩人自放於秋夜，陶醉於萬物，一無掛牽、一無待累的愜意，欣然自適而以至於忘我忘歸，而在靜極空懷的愜意中與萬物同化，於晶潔輝光的虛空中自由往來，也反映出萬物自由、各得其所的生態意趣。

王維走向山水，真不是失意或失志的消極，更不是慢世逃名，故作清高。走向山水，是一種生活，一種休閒，是他的審美態度和審美活動，以禪宗「觸目而真」的精義為基點，而以莊子「大同而無己」的觀念為歸宿，與萬物同春，追求「至人」的自由精神。無論是宗教體驗還是審美體驗，主體都能獲得一種精神解脫，都能獲得自由、輕鬆、愉悅、和諧的感受。詩人透過這種洞見物之性的審美體驗，從而體悟到內心的澄明敞亮，觸處成春，藝入化境。王維〈登裴迪秀才小臺作〉詩曰：

第七章　坐看獨往的閒極狀態

端居不出戶，滿目望雲山。落日鳥邊下，秋原人外閒。

遙知遠林際，不見此簷間。好客多乘月，應門莫上關。

雲山滿目，秋原廣袤，人閒則萬物皆閒，端居不出，閉關自守，不論外境如何熱鬧喧囂，王維也能保持一顆寧靜自在的平常心，也能夠盡情享受禪悟後的愉悅和通脫。神遊萬物而物我同春，於精神層面獲得了充分的自由，心無罣礙，清淨有定，心平氣和。王維似乎並不注重實際意義上的自然人世，而著重心理主體的建設，到達終極的意義和審美超越的高度。

王維詩中頻繁出現的閒，成為一種特殊含義的隱語，構成了我們特別熟悉而親切的王維形象。遊歷山水，混跡林泉，或者端居不出，閉關自守，人雖在塵世之中，依然要做到心超然於塵世之外，寵辱不驚，進退從容，飄逸而閒適，高蹈而灑脫。逍遙齊物的人生哲學及超然於物外的人生態度，讓詩人縱情享受生活而生成了一種充分的滿足感和閒適態，形成了他莊禪其表而儒道其內的「從心所欲不踰矩」的風儀，而與他的「少年精神」形成了互補。

三、閒者便是主人

「坐看雲起」的情性與閒逸自在，最易與山水發生息息相通的感應，「我心素已閒」（〈青溪〉），心隨境轉，人與景諧，清川淡泊如我心，我心亦淡泊如清川。

言入黃花川，每逐青溪水。隨山將萬轉，趣途無百里。

聲喧亂石中，色靜深松裡。漾漾泛菱荇，澄澄映葭葦。

我心素已閒，清川澹如此。請留盤石上，垂釣將已矣。

黃周星評賞此詩曰：「右丞詩大抵無煙火氣，故當於筆墨外求之。」

(《唐詩快》卷四)古人特別提示我們讀此詩當於「言外」、「象外」尋繹。其實,王維詩多應於言外求之。王維為什麼愛青溪如此呢?有什麼言外之意可求呢?詩人入山必入黃花川,「每逐青溪水」。非常耐人尋味的是,青溪並不是什麼奇景,更非什麼名勝,然而,王維卻對其如此感興趣,不僅常來這裡,且屢「逐」不疲。其中原因,王維詩已經告訴了我們,那就是「我心素已閒,清川澹如此」。此二句意謂:我之心性已如淡泊之清川,而清川亦如我之心性之淡泊。詩人之所以這麼喜歡青溪,而對青溪百般讚美,是因為青溪「澹如此」啊,即「澹」如他自己,人溪俱「澹」也。我就是青溪,青溪就是我。詩人借青溪來為自己寫照,寫青溪即寫自己,寫他自己的心情。王維寫他心中的那個青溪,也寫出了他心中的青溪,而於青溪素淡的天然景緻中,發現了自己,發現了自己與青溪一樣的恬淡心境與閒逸情趣。或者說,詩人原本就有的素淡心性,恰好找到了一種吻合其素淡情感與心志的對應物,找到了一個可以會心解意的山水知音。而詩人深契與對應素淡青溪之物理,而生成了高度和諧一致的情境。

「隨山將萬轉,趣途無百里」二句,表現出他隨山萬轉而百里逐水的不竭熱情與不敗興致,這亦可與王維的「危徑幾萬轉」互讀。隨山萬轉,逐水百里,非常具體而傳神地道出詩人徹底自放於自然之中,以山水之性情為性情,與天地同流,與萬物歸一,人景物我,高度和諧統一。這也是「行到水窮處,坐看雲起時」的意思,也就是其詩中經常出現的天如何人亦如何的生命體驗方式。

詩的中間四句寫景。詩人筆下青溪聲色俱佳,儀態萬千,既喧鬧活潑,又素淡沉靜。「聲喧亂石中,色靜深松裡」二句,「喧」、「靜」俱極深妙。「聲喧」訴諸聽覺,從聽覺上寫溪水在山間亂石中穿過時的動感;「色靜」訴諸視覺,從視覺上寫溪水在松色中流淌的靜感。錢鍾書先生在《七綴集》談「通感」時舉例說:王維的「色靜深松裡」,「用聽覺上的『靜』字

第七章　坐看獨往的閒極狀態

來描寫深淨的水色」,「詩人對事物往往突破了一般經驗的感覺,有深細的體會」。而這種突破一般經驗的深細體會,只有其人亦靜如松才有。於是,詩人大喜過望,遂發願「請留盤石上,垂釣將已矣」。詩暗用了東漢嚴子陵垂釣富春江的典故,希望也能夠以隱居青溪來作為歸宿。

青溪,在王維筆下,美到極致;王維愛青溪也愛到了極致。詩人寫動態中的青溪,寫青溪的動態,表現出各種狀態中的青溪形態,青溪也被賦予了自由個性和豐富情感。詩在寫法上,突出了青溪喧鬧而趨於平靜的形態,突出了青溪嫻靜安謐的特質,顯然是託物言志的寫法。王維寫青溪,固然是由於青溪的素淡沉靜,恰合了他淡泊閒適的美學趣味,也是在借題發揮,有所寄寓。他的〈過李揖宅〉寫道:

閒門秋草色,終日無車馬。
客來深巷中,犬吠寒林下。
散髮時未簪,道書行尚把。
與我同心人,樂道安貧者。
一罷宜城酌,還歸洛陽社。

古人說此詩「沖淡絕倫」,「然寄傲亦在此」。真是別具隻眼,能夠於筆墨之外而看到其中的「傲」。詩寫人,寫的是李揖,深巷亦即陋巷也,詩人經過李揖住所時,投以極其羨慕乃至欽佩的目光,先寫主人的幽居環境,再以大寫意寫其人,抓住了人的性格特徵寫。徐增極其欣賞這個寫法,說:「先將李揖所居之處寫四句,後將李揖行徑意趣寫四句。人稱摩詰詩天子,天子者,憑我指揮無不如意之謂也,此真有天子氣。」(《而庵說唐詩》)

王維為什麼要寫李揖?他欣賞李揖什麼呢?詩中明白地告訴我們,因為李揖是個「與我同心人」,因為李揖與我皆「樂道安貧者」也。這個李

三、閒者便是主人

揖，亦是太守級官員，安貧樂道，亦好老莊。李揖端居深巷，「散髮時未簪，道書行尚把」，旁若無人，成為自己的主人。王維寫的是一方天地，寫的是一方天地裡的主人。蘇東坡《東坡志林》第四卷「亭堂」裡說：「江山風月，本無常主，閒者便是主人。」閒者便是主人，便是山水的主人，也便是自己的主人。

人只有在閒的時候才是自己的主人。人只有在閒的時候才最像是一個人。應該說，人的休閒，是開明盛世的產物。這種以自然情懷為情懷的休閒狀態，不可能生成於一個政治動亂、經濟凋敝的社會，不可能成為一群窮困潦倒者的精神狀態。拙著《盛唐生態詩學》有云：

因為社會狀況與山水麗質的共同作用，使人便具有了「閒」心而易於進入山水之「閒」境，也最易與山水發生息息相通的感應。換言之，如果戰爭頻仍、政局動盪而人們生活無定、前途渺茫，那是想「閒」也閒不起來的。「閒」境，主要是蕭散平淡的心閒，而不是一定要休官罷職的身閒。而且，似乎只有在身不閒而心能閒的狀態裡，才更能讓詩人們感發生命的活力，讓詩人的身心徹底進入生命本然自寂的狀態，其詩性精神漂泊於寧靜和平的山水之間，與自然產生同一生態節律而在自然山水中感悟生命的意義，充分享受生命的愉悅。也就是說，盛唐人的回歸，主要不是為了逃避現實的壓迫，不是對於現實政治的疲倦，而是人性與自然生態在本質上的呼應。盛唐詩人的心靈宇宙與自然的恬靜愜然拍合而心融神釋，一個個的都是十足的「閒者」。

王維詩中常有「時倚簷前樹，遠看原上村」（〈輞川閒居〉）的蕭閒狀態，寫他的無所用心，寫他的無所事事，寫他體驗到安逸灑脫、怡然自樂的閒適心情。這是一種絕對閒適的狀態，是一種很高的人生境界。而王維以「閒」的方式獲得了「閒」的狀態，精神絕對放鬆，意志高度自由，比較起魏晉風度來，這才算是一種真正的瀟灑，是擺脫了社會壓力而以極度

第七章　坐看獨往的閒極狀態

自由為高蹈形式的人生境界，是消解了內心憂憤「以遊無極之野」的詩意狀態。

詩是閒出來的。詩也最適合有閒者消費。有閒實際上是一種生活態度，也是一種生活品質。馬克思（Karl Marx）說，貧窮與審美無關，憂心忡忡也與審美無關。馬克思在《1844年經濟學哲學手稿》(*Ökonomisch-philosophische Manuskripte aus dem Jahre 1844*)裡指出：「憂心忡忡的窮人甚至對最美麗的景色都無動於衷，販賣礦物的商人只看到礦物的商業價值，而看不到礦物的美和特性。」對於「憂心忡忡的窮人」與忙忙碌碌的商人來說，他們沒有真正的閒情，因此，「最美的風景」對於他們也是沒有意義的。只有能夠閒適了的時候，才有權利享受審美。從審美方面來說，人要與現實建立審美關係，除了必須具有相應的物質條件外，還要有相當的藝術趣味。

我們當下所處的時代，也是一個「休閒」的時代，中國進入歷史上最為繁榮富庶的時代，最為寧靖安定的時代，最為強大穩定的時代。我們這個盛世，真是比盛唐不知要「盛」過多少倍。我們不僅已經告別了貧困，物質高度豐富與繁榮，社會高度安定與和諧，我們的思想也已經高度的自由與開放，而渴望享受閒適所賦予的精神灑脫與超逸。

閒，不是真的無所事事，而是有了涵養自己也提純自己的時空與心情。王維因為閒而靜，因為靜而空，因為空而形成審美意興，進入審美化境，而生出世之姿，而感受到動靜色空永恆之真諦。美學大師康德（Immanuel Kant）說：「美是一種沒有目的的快樂。」而這「沒有目的的快樂」，就是美的最大意義，就是詩的最大意義，就是實現以閒為目的而消費閒適的生命意義。閒雅一直是華夏骨子裡流淌的基因，而當我們真正走進王維詩裡，心定神逸而靈慧自現，我們的人性精神與生存狀態「那得不佳」呢？

四、入興貴於閒

　　劉勰有「入興貴閒」的說法。《文心雕龍·物色》曰：「是以四序紛回，而入興貴閒；物色雖繁，而析辭尚簡；使味飄飄而輕舉，情曄曄而更新。」創作過程中內心閒靜，最易入興，亦最易感發，這是一條重要的創作心理規律。

　　詩歌創作，不是說不閒不行，而是說能閒則更行。貴閒，即貴在閒。詹鍈先生《文心雕龍義證》箋釋「入興貴閒」句，先引述劉永濟《文心雕龍校釋》裡的一段評語：「閒者，〈神思〉篇所謂虛靜也，虛靜之極，自生明妙。故能攝物象之精微，窺造化之靈祕，及其出諸心而形於文也，亦自然要約而不繁也，尚何如印印泥之不加抉擇乎？」詹先生指出：「四時景色很繁，又總是不斷循環來往，但感物起興卻要極虛靜，這樣才可以在有意無意之間，抓住最感人的意興。」駱鴻凱先生說：「入興貴閒者，蓋以四序之中，永珍森羅，觸於耳而寓於目者，所在皆是，苟非置其心於翕然閒曠之域，誠恐當前好景，容易失之也。」其舉例陶潛「採菊東籬下」詩，繼續說：「使非淵明擺落世紛，寄心閒遠，曷至此乎？」而「閒」關乎詩人的創作，亦關乎讀者的接收。

　　入興貴閒說，說的是一種心態，是一種物我的關係。詩人於山水的觀照，純然發乎於山水形象本身的審美直覺。總歸一句話，要有好作品，首先要閒下來。而能否閒得下來，與詩人的處境心情密切相關。而千古詩人中，王維是個「入興貴閒者」的範例，最適合拿來作例子。《舊唐書·王維傳》中說王維：

得宋之問藍田別墅，在輞口。輞水周於舍下，別漲竹洲花塢，與道友裴迪，泛舟往來，彈琴賦詩，嘯詠終日。嘗聚其田園所為詩，別為《輞川集》。

第七章　坐看獨往的閒極狀態

我們從這份史料中,可以看到王維的真實生活,「他的生活態度是不知道生活而享受生活,他的生活態度極其自然,只求在平淡閒適生活中度過此生」(聞一多《唐詩雜論》)。詩人於物質生活上也沒有什麼特別的要求,而追求放懷自適的精神自由,泛舟彈琴,詠歌賦詩,玄談禪誦。生活與審美,了無界限,生活即審美,審美即生活,以審美的態度生活,而以生活的姿態審美,洵為真正的「入興貴閒者」。與歌德(Goethe)齊名的德國著名詩人席勒(Friedrich Schiller)說:「只有當人是完全意義上的人,他才遊戲;只有當人遊戲時,人才完全是人。」審美即遊戲,以遊戲的狀態審美,而遊戲的狀態使人處於高度的休閒中,使人的天性得到最充分的詩性化,也使人全然「依乎天理」而任自然山水以其本來面貌自然呈現。這種以審美的直覺遊戲,而以遊戲的態度審美,應該是最佳的「閒」,也是最可寶貴的「閒」,最能夠「入興」的「閒」。詩人王維似乎就是這種狀態,「泛舟往來,彈琴賦詩,嘯詠終日」,完全是一種「遊戲化」了的充分休閒狀態。王維〈輞川集並序〉曰:

　　余別業在輞川山谷,其遊止有孟城坳、華子岡、文杏館、斤竹嶺、鹿柴、木蘭柴、茱萸沜、宮槐陌、臨湖亭、南垞、欹湖、柳浪、欒家瀨、金屑泉、白石灘、北垞、竹里館、辛夷塢、漆園、椒園等。與裴迪閒暇各賦絕句云爾。

王維在序中說「與裴迪閒暇各賦絕句」,分明是在告訴讀者,他的這些詩,具有「遊戲」的性質,是「閒暇」時寫出來的,寫的也是一種極閒的生活狀態。《輞川集》聯袂組唱,約來裴迪,將輞川別業裡的二十個景點,一景一詠,二人各寫二十首,聯袂而合成一集,閒暇得像是在做遊戲。這個時期,王維確實是過了點好日子,簡直是一種奢侈,雖然不是花天酒地,更非聲色犬馬,但是也算得上是一種養尊處優的生活,王維心情也大好,屬於「此生閒有餘」時期。這是王維創作的高峰期,出現了大量的好

作品，他的好多代表作，就是在這段時間裡完成的。

這個時期，約在開元末到天寶初年，主要是在西元748年前後三、五年，王維四十五到五十五歲間。應該說，王維過的是一種貴族的生活，心平氣和，無事在身，更無事在心。這些閒詩，是他在閒適狀態下寫出來的。「作品內容也十足反映出當時貴族的華貴生活。」（聞一多《唐詩雜論》）王維詩的一個重要主題就是閒。只有閒到那種程度，才能有這樣的閒詩。他寫休閒的詩，往往表現一種享受自然即享受人生的滿足感，而這種閒適的景象、閒適的意境、閒適的心態，表現在詩歌的意境上即是渾融圓整，平和寧靖。錢穆在《中國文化史導論》中指出：「我們若說中國古代文化進展，是政治化了宗教，倫理化了政治，則又可說他藝術化或文學化了倫理，又人生化了藝術或文學。」王維的這些詩，就是那種「人生化了藝術或文學」。

李白、杜甫的詩，也是「人生化了藝術或文學」。同樣是盛唐人，李杜的生活與處境與王維大不同，其所入之「興」、取材表現以及意境風格，也就大相逕庭了。以杜甫為例，他的詩沉鬱頓挫，以淒風苦雨為主要題材。然而，杜甫也有過一陣子「閒暇」的日子，他在這段時期的詩歌，題材與詩風也發生了很大變化。窮困潦倒了一輩子的杜甫，避難成都時，也在浣花溪畔建成草堂。草堂的位置背向成都郭，臨近錦江，西北可見山巔終年積雪的西嶺。杜甫〈堂成〉曰：「背郭堂成蔭白茅，緣江路熟俯青郊。榿林礙日吟風葉，籠竹和煙滴露梢。暫止飛鳥將數子，頻來語燕定新巢。旁人錯比揚雄宅，懶惰無心作解嘲。」杜甫安居草堂，結束了流浪漂泊、居無定所的生活，也進入生活與心理的休閒狀態。他的〈田舍〉詩寫道：「田舍清江曲，柴門古道旁。草深迷市井，地僻懶衣裳。櫸柳枝枝弱，枇杷樹樹香。鸂鶒西日照，晒翅滿魚梁。」杜甫很為這段安寧悠閒的日子所陶醉。其〈江村〉詩曰：「清江一曲抱村流，長夏江村事事幽。自去自來梁

第七章　坐看獨往的閒極狀態

上燕，相親相近水中鷗。老妻畫紙為棋局，稚子敲針作釣鉤。但有故人供祿米，微軀此外更何求？」草堂改變了杜甫的人生態度和生命精神，也改變了詩人對生活、生命與自然的理解。〈客至〉曰：「舍南舍北皆春水，但見群鷗日日來。花徑不曾緣客掃，蓬門今始為君開。盤飧市遠無兼味，樽酒家貧只舊醅。肯與鄰翁相對飲，隔籬呼取盡餘杯。」這首詩備受人賞愛，詩人心情極好，快樂自得，悠閒自在，盡情享受著樸素的農舍生活，享受著優美的自然風景。正如錢穆先生在《中國文學論叢》中所說：「中國文學之理想最高境界，乃必由此作家，對於本人之當身生活，有一番親切之體會。」他非常重視生活的體味，重視心靈感應，「其所抒寫，雖若短篇薄物，旁見側出，而能使讀者亦隨其一鱗半爪而隱約窺見理想人生之大體與全真」。

大凡比較純粹的山水田園詩，表現的是詩人以物觀物的審美情趣，表現的是與物俱化而物我為一的境界，表現的是於物我親密關係中的詩人休閒狀態。而大凡寫這種純粹的山水田園詩的詩人，一般而言都是在比較休閒的時候而有比較休閒的狀態。王維〈輞川閒居贈裴秀才迪〉詩曰：

寒山轉蒼翠，秋水日潺湲。倚杖柴門外，臨風聽暮蟬。
渡頭餘落日，墟里上孤煙。復值接輿醉，狂歌五柳前。

王維把「閒」字放到題目裡去了，就像杜甫老是把「悶」字放到題目裡去。詩中句句寫閒，詩人內心與生態自然愜意一體，以此觀照整個自然，既不是物的立場，也不是人的視域，而是「即心即物」的意境。《紅樓夢》裡十分激賞「渡頭餘落日，墟里上孤煙」二句，然「倚杖柴門外，臨風聽暮蟬」二句則更妙，這是王維閒到極致的代表性動作，本該對仗而不強行對，「一氣揮灑，妙極自然」，「初學人當講究對仗，不能臻此化境」（《峴傭說詩》）。詩人閒到了無心，也無所用心，無須雕飾，無須刻板湊泊。這首詩能打動人心的，也是詩人所表現出來的安靜意態與散淡閒情。或者

倚杖柴門，或者臨風聽蟬，或者靜觀渡頭落日，或者回望墟里孤煙，王維對於閒的外在追求，實際上是他以一種智慧的生存方式而實現了對於生命有限形式的無限超越。我們卻很在意此中所具現的「閒雅」心態而形成的外在環境，因為生存環境的優越，詩人處於生存的極度自在之中，入境而起興且有好詩則是極為正常的了。

王維說他「晚年唯好靜，萬事不關心」，其實也是說的一種閒，是一種與自然山水交流和渾融的入興和專注。王維的〈書事〉五絕，神韻天成，意趣橫生。詩曰：

輕陰閣小雨，深院晝慵開。

坐看蒼苔色，欲上人衣來。

題目很有意味，「書事」，書的是什麼事呢？無所事事，無事可書，便書寫一種幻覺，一種宴坐式的體驗，因此也是一種非常投入的閒。筆者《王維詩選》對此詩有這樣的賞鑑：

此詩妙筆寫「閒」。語不用一「閒」字，而詩中俱染「閒」意，俱是閒情，俱著閒色。由於人之閒，即使是白晝也懶得去開院門；因為人之閒，方有耐性獨坐，而能夠萬念俱息，閉關凝定，進而虛懷待物，逼生出一種幻境。於是，詩人輕而易舉地進入與物冥一的高峰經驗時刻；於是，詩人生成了不辨何為現實之真而何為想像之幻的交感；於是，詩人達到真作幻而幻也作真的同一。是青苔之色欲上人衣來，還是人心潛入苔色？「欲上人衣來」這一神來之筆，巧妙地表達了詩人新奇、獨特的感受，傳達出欣喜、呵護的心情。詩人捕捉住觸發靈感的詩意，透過移情作用和擬人手法，化無情之景為有情之物，蒼苔之綠如靈性生物活潑上身。是青苔之色欲上人衣來，青苔雖然本為靜景，然而青苔經雨水之潤則鮮豔欲滴而生「上」之情態；更是人心潛入苔色，詩人入定生出幻覺，賦予青苔輕盈而活潑的動感，賦予它上得人衣的動態。詩人的視覺印象和清幽的身心感覺自

第七章　坐看獨往的閒極狀態

覺重合，透過一種「欲上不上」的情狀，誇張地反映了雨後深院一派清新幽美的景色，以人之極閒來寫院落之極幽，而深院之極幽則有力地烘托出人之極閒。因為人之閒，而物我渾然一體，無跡可尋；因為物之幽，故使人忘卻塵世的喧囂，生活的榮辱，而越發地閒了。這是一個很典型的物我相生的藝術境界，這種超悟對象的智慧之光，暗合莊、禪理諦。王維把在特定場合裡獲得的虛幻的「情境」暗示，凝練成「當下通向無限」的藝術玄妙，給予人積極而多向度的暗示。

　　詩人怎麼寫，寫什麼，與各自的遭遇有關，也與他們各自所處的年代乃至社會處境有關。冒春榮《葚園詩說》曰：「故意在於閒適，則全篇以雅淡之言發之；意在於哀傷，則全篇以淒婉之情發之；意在於懷古，則全篇以感慨之言發之。此詩之悟意也。」而王維詩閒的主題與閒的內容，其祥和氣象與雅緻風格，既是他人性自覺的反映，也是時代接受的要求。王維「極目無氛垢」，其筆下無惡俗，反映的多是「雨後山川光正發，雲端花柳意無窮」（〈奉和聖制雨中春望〉）的海晏河清的盛世氣象。王維的山水田園詩，應該說他無論是什麼題材的詩，多寫社會的寧靜和諧，多寫國家的強盛和平，多寫自己也寫別人的安恬閒適，寫得詩意十足，真正表現出盛世社會所特有的那種「桃源」境界。人道是，詩窮而後工。明人吳寬則說：「窮而工者，不若隱而工者之為工也。」（《匏翁家藏集‧石田稿序》）李杜詩乃「窮而後工」，王維詩是「隱而後工」，是「閒而後工」也。

　　蘇格拉底說過，清閒是一切財富中最難得的財富。確實也是，閒也不是一般人所能享受的，或者說不是隨便什麼人隨便就能夠享受得到的。閒，是個很高的人生境界。王維寫閒的那些詩，是以恬靜而歡喜的心情看待世間的一切，自然超脫的生活態度，這也是生活美學的本質，是美學的禪。時在盛世，讀王維的〈鳥鳴澗〉這類寫閒情逸致的詩，不僅沒有格格不入的牴觸感，反而感到格外親切，格外溫馨，格外享受。

真可謂:

對月彈琴動八風,落花啼鳥性清空。
人間天籟千秋靜,雲起水窮歌嘯中。

第七章　坐看獨往的閒極狀態

第八章
我已無我的虛靜境界

第八章　我已無我的虛靜境界

　　靜，是打開王維詩的鑰匙，也是打開王維其人的鑰匙。

　　王維生性好靜，也很想靜，事實上也確實很靜，靜得讓人覺得沒有了自己。

　　「心遠地自偏」，也成為王維好靜趣靜也能夠靜的一種「精神定力」，成為其詩之靜境朗現的一種修養工夫。心隨物遷，必累其真；其真既喪，必然無靜，也必然無察。王維以「閉關」的動作，隔絕世間喧鬧與紛逐，閉關自修，閉關自靜，不只是避開車馬喧囂，而是在自己的心底裡修籬種菊。

　　靜，亦成為王維打開世界的鑰匙。劉勰說：「陶鈞文思，貴在虛靜。」劉禹錫曰：「能離欲，則方寸地虛，虛而萬景入。」蘇軾亦曰：「靜故了群動，空故納萬境。」構思創作唯靜為貴。王維心空性虛，離欲虛靜，而可容納萬境，而多納靜境，其詩多寫靜穆和諧的生態環境，多寫平心靜氣的人際和諧，多寫息心靜慮的生命狀態，其詩充滿了靜氣，靜到極致，比靜還要靜。

　　王維致虛守靜，其詩亦貴在寫靜，「極靜無思」的靜，「極靜無詩」的靜。這已經不是物理意義上的靜，更多的是精神性的靜。這既是審美體驗的靜，也是宗教體驗的靜；既是藝術境界的靜，也是哲學境界的靜。故而，他詩中的這種靜，靜到人骨子裡去了，具有深刻而深長的靜寂意味，讓人莫可名狀而息心靜慮。

　　靜，是打開王維詩的鑰匙。人只有在靜的時候，或趣靜欲靜的時候，才對王維的詩特別感興趣。古人說王維詩「讀之身世兩忘，萬念皆寂」，說的是其詩的「靜化」功能，就是說其詩具有「淨化」的作用，具有精神療救的意義。讀王維的詩，在閱讀中享受大美，涵詠性情，以自然林泉之趣為趣，進而改善精神生活、涵養精神氣質，讓人「調理性情」而心平氣閒，寧靜去躁，摒除俗念而息欲止貪，讓人在充分地享受自然、享受閒適、享受寧靜的審美快感中，成為一個真正的人，一個有趣的人。

一、沒有牢騷語的真靜

　　聞一多《唐詩雜論》中說：「王維獨創的風格是《輞川集》，最富於個性，不是心境極靜是寫不出來的，後人所謂詩中有畫的作品，當是指這一類。這類詩境界到了極靜無思的程度，與別家的多牢騷語不同，在靜中，詩人便覺得一切東西都有了生命。這類作品多半是晚年寫的。」這段話很值得我們玩味。為什麼王維詩靜，靜到別人寫不出來，是因為他的人靜、他的心靜，靜到了沒有任何牢騷的靜。因此，他的詩，「與別家的多牢騷語不同」。

　　詩裡沒有「牢騷語」，也不容易；詩裡沒有了「牢騷語」，也才能真靜。胡應麟最欣賞王維〈辛夷塢〉那類的詩，說那才是真的「靜」，比較而言就是已沒了「牢騷語」。他在《詩藪》裡說：「右丞《輞川》諸作，卻是自出機軸，名言兩忘，色相俱泯。又曰『千山鳥飛絕』二十字，骨力豪上，句格天成，然律以《輞川》諸作，便覺太鬧。」胡公將王維的〈辛夷塢〉等詩與柳宗元的〈江雪〉比較而論，二人的詩都是寫靜的，都靜到不能再靜，都是唐詩中寫靜的傑作。王維詩的靜，所以靜過了柳宗元詩的靜，是因為柳宗元詩裡有牢騷語而王維詩中沒有牢騷語。

　　王維〈辛夷塢〉中的辛夷，是一種很美的花，它是一種葉子還沒有長出花就先開的植物，其作為香料被屈原多次寫入詩中。辛夷花每年迎著料峭春寒開放，絳紫色，形似廣玉蘭，生於樹枝最末端，如生命的火焰高高燃起，給人一派勃勃生機的美感。

　　王維詩無描寫，不說花美還是不美，但作平靜的述介，很簡明，也沒有任何感情流露，只做紀實性報導。那些個辛夷花，紅紅地綴於花樹的枝條頂端，默無聲息地綻放於人跡罕至的深山，或開或落，花開紛紛，花落也紛紛。

第八章　我已無我的虛靜境界

　　詩意重心在「紛紛開且落」上，先說開落的環境，花開落於沒有人跡的地方，開落於沒有干擾也沒有污染的環境中。這種環境，突出靜寂，靜到了沒有人事，沒有任何個人知性的介入，無人問津的靜，依其天然的靜，因其固然的靜，也任其自然的靜。

　　開落本來就是偶然的，就是無心的，就是生態的，就是靜謐的，就是與美或不美無關的。自開自落，自生自滅，開也是落，落也是開，沒有開的榮耀，也沒有落的悲哀，不因為有人欣賞而開，也不因為無人欣賞而落，不以開來顯示我在，也不以落來表達物無。開時自由自在地綻放，落也無怨無悔地飄落。花開花落，無心無念，歸於寂靜。所有的一切都靜到了極致，是默無聲息的沉寂，整個宇宙以及所有的喧囂都被淹沒在絕對的沉默裡，完全呈現了自然所內蘊的生命力的靜，超越了物理意義之靜的靜。

　　詩止於感性，是感性與智性、神性的妙合。詩不是禪，禪卻是哲學的詩，是詩的哲學。胡應麟說「右丞卻入禪宗」，就是以此詩為例的。〈辛夷塢〉為歷代詩論家所最欣賞的也是其中的禪意，因此，他們在談詩中有禪時，舉例都離不開這首詩。王士禎說王維的這類五言絕句「妙諦微言，與世尊拈花，迦葉微笑，等無差別」（《帶經堂詩話》卷三）。拈花微笑的公案講的就是頓悟，瞬間明白佛法的含義。讀王維的這類詩，與之「等無差別」。這樣比，是強調讀詩需要參與悟，如同參禪要用最深密的內心去接近最高深的道義。禪是靜到了極致。禪往往是以平凡的語言來言說一個平凡的生活場景，而給予人一種對生命、生活、人生的平凡的啟悟。禪的本質是悟，我們在類似禪拈花微笑中，獲得了「萬念皆寂」的提示。讀後不需要進行知性的分析，而讓人有了靜到極致的感覺。心中本來就有的那份靜意給點染了，給強化了，就有了會意，而發生了內心的呼應。花開花落的自然，寓意無為的天道，木芙蓉自開自落，自生自滅，隨緣應運，依乎

天性，順應自然，而歸於虛靜，歸於寂滅。因此，胡應麟認為讀這樣的詩，「讀之身世兩忘，萬念皆寂，不謂聲律之中，有此妙詮」。這就是說讓讀者息心靜慮，忘記了自我，擺脫了物累，棄絕了凡塵，摒除了俗念，真正地息機靜慮，充分享受美、享受自然、享受閒適與寧靜的愜意。

中國文化是個崇尚靜的文化。儒釋道三家「靜」的觀點，實質是將靜觀的態度和政教的態度合而為一。儒家是「恬靜」的倫理觀；佛家是「寂靜」的人生觀；道家是「虛靜」的自然觀。因而，也形成了中國人審美以「靜」而「助教化、成人倫」的美學邏輯。王維生性好靜，尤其是他善解禪意，而又得益於禪助。禪助其靜，其詩是有深度的簡單，也簡單得窮幽極玄。〈辛夷塢〉表現出來的是一種無心生滅、息機靜性的機緣，是一種於大寂寞中尋悟到宇宙生命深處的大禪樂。這給人的頓悟就是，對於人生的一切境遇，心念不起，憂樂不生，自守真我，如是自得寧靜，自得清明，而獲得超穩定的內心平靜，獲得與大自然息息相通的愛憐與撫慰。

〔明〕文震孟　行書王維詩句軸

第八章　我已無我的虛靜境界

　　王維寫的是靜美，寫的是靜美的歲月，寫的是靜美的天道。這種「靜」，是生命的最好姿態：既有沉寂，又有綻放；既能高標，也能低落；生如夏花絢爛，死如秋葉靜美。木芙蓉自開自落，「無目的而合目的性」地自然自現，真個是「名言兩忘，色相俱泯」也。

　　柳宗元〈江雪〉詩也寫靜，表現出了萬籟俱寂的靜，靜到所有的山上都不見了鳥的蹤影，靜到所有的道路都沒了人的行跡，靜到那個江中獨釣的簑笠老翁，一動不動地蜷縮在大雪中，蜷縮在寒冷的一葉孤舟上。

　　然而，詩中有人，詩中更有釣。詩人用了一個釣的意象，透露出其內心不平的訊息來。古詩意象裡，釣具有特定內涵。大凡失意者，多隱於漁樵。大凡失意者，多有釣的期待。唐人之釣，也多含失意之後的幻想。孟浩然詩中的釣比較多，他的「閒垂太公釣，興發子猷船」（〈冬至後過吳、張二子檀溪別業〉），雖然不能肯定其中就有以求引薦的意思，但是，他的〈望洞庭湖贈張丞相〉以詩「干謁」、以求引薦錄用的意思則是很明顯的。詩藉洞庭湖說事，說得很藝術，先說「欲濟無舟楫，端居恥聖明」的煩惱，再說「坐觀垂釣者，徒有羨魚情」的渴望。詩直言個人進身無路、閒居無聊的苦衷，表達了急於用世的苦苦期待之心。李白「狂歌自此別，垂釣滄浪前」，這裡有萬不得已而痛苦歸隱的意思。白居易〈渭上偶釣〉，詩的格調不高，也是寫失意心情的。先寫「釣人不釣魚」的姜太公，然後自寫：「況我垂釣意，人魚又兼忘。無機兩不得，但弄秋水光。」說自己意不在人，亦不在魚的忘機心態，其實寫得很露骨，即使不是明眼者也看得出他表面豁達，而實際上很心虛也很無奈。他退居渭上的一段時間裡，精神頹廢，感覺無望，寫了不少「效陶體詩」，他也千方百計地走關係而想要走出來，走出被冷落被擱置的困境。這些有釣的詩，往往內心極不平靜而「多牢騷語」也。

　　柳宗元也不例外，詩中的釣叟，是個隱士的形象，是個不甘心寂寞的

隱士形象。〈江雪〉寫一釣翁,離群孤絕,不畏嚴寒,全神貫注地垂釣於冰天雪地之中。畫面之靜,似亦靜極。然而,古人讀詩,眼睛真毒,一目了然,看到柳宗元不能平靜的內心。或者說他儘管也想寫靜,儘管也寫得很寒寂孤冷,仍是讓人「便覺太鬧」了。靜是表面的,關鍵是內心不靜,而心的不平靜,是真正的不靜,這個不靜自然投射到詩裡來了,雖然不是託物言志的寫法。柳宗元筆下垂釣的環境,極其惡劣。釣者態度,也極其倔強。我們雖然不能說其中就沒有歸隱的意思,但更多的是「志不在魚」的追求,是迫切希望得到別人的欣賞或理解,希望改變現狀。連繫柳宗元的身世際遇來看,他是個大才,是個大思想家,是在中國哲學史上占有一席之地的大哲學家,因為黨爭被排擠,常年被外放,被閒置在永州或柳州這種環境極其惡劣的地方。政治上失意的鬱悶苦惱,又被瘴癘之地摧殘得一身是病,但他為人倔強耿直,又不能像其「難友」劉禹錫那樣的豁達,擅於自我心理調節,故而長期處於心理壓抑狀態。獨釣寒江,有一種自賞意味,也是一種獨潔孤立的強硬姿態,以一個孤傲不群而執拗勇毅的鬥士形象,站到社會對立面,表現出絕不屈服的清高與孤傲,亦「多牢騷語」。

柳宗元還有一首看山的詩,可以與〈江雪〉比照看。〈與浩初上人同看山寄京華親故〉詩曰:

海畔尖山似劍鋩,秋來處處割愁腸。

若為化得身千億,散上峰頭望故鄉。

題目顯示,與僧人浩初一同看山,有感而作。禪宗著名的參禪三重境界是:看山是山,看水是水;看山不是山,看水不是水;看山還是山,看水還是水。柳宗元看山,似乎是參禪的第二境界,看山而不是山。柳宗元眼裡的山,不是山,而皆尖如劍鋒,是拔地峭豎的劍,是「割愁腸」而寸斷的「劍鋩」。柳州四野群峰,對「一身去國三千里,萬死投荒十二年」的逐客來說,形象可怖,驚心動魄,而有利劍割愁腸之絞痛感也。看山是

第八章　我已無我的虛靜境界

劍，因人而異；山之劍美，「因人而彰」。柳宗元的「物不自美」觀，尤其是他長期被遺棄而遭致的心理變異，強化了觀物的主觀性，強化了審美的移情作用，強化了其筆下景象的怪異性，當其將個體特異的生命精神灌注到審美對象中去時，審美對象就有可能昇華為詩人的靈性之象。他的〈江雪〉裡，寫淒神寒骨的環境，寫孤寂獨釣的老叟，也能夠讓人看出他孤傲不屈的生命精神，因此，古人說其「鬧」。或者說，孤立地看還好，還是很靜的，但是，比較王維的輞川詩來看，「便覺太鬧」也。

盛唐人是「美在自美」觀，特別是王維，「王維的詩，景物自然興發與演出，作者不以主觀的情緒或知性的邏輯介入去擾亂眼前景物內在生命的生長與變化的姿態」(葉維廉《中國詩學》)。著名的海外華人學者葉維廉對這一點極其欣賞，他自己創作的新詩也有這樣的追求。〈辛夷塢〉寫靜，屬於「物性原原本本地呈現」的那種，靜到無我，不見情感意義，不見人事俗塵，但見花開花落。然而，詩人在詩中所表現出來的人與物化的意念和境界，並非是要人降低到生物程度，泯滅人的人文性，而是要超越特定的社會性的局域，以生成無目的之心，而遇合大自然的無目的。這種無心生滅的境界，是詩人對於宇宙與生命的詩意解讀。

王維其意不在寫花，更無意於花的美與不美，而是要突出人與自然萬物同一的特性，突出詩人超越塵俗、不論人事的內心平靜。

王維的〈竹里館〉亦寫靜，詩人深隱幽遁，自由自在，或彈琴或長嘯，唯恐讓人知道他的形跡。同樣是寫彈琴，孟浩然則「欲取鳴琴彈，恨無知音賞」(〈夏日南亭懷辛大〉)。孟浩然彈琴為了人賞，因為無人能賞而有深「恨」以至於不能取彈，其心煩意躁可以想見。王維彈琴則怕有人賞，不希望有人賞，也不讓人賞，也許他原本就知道難有人能夠賞。這樣比較，我們更能夠感覺到王維詩的靜意。他的心情原本就非常平靜，故而他也隱得很深，在「深林人不知」的地方，以彈琴來表現一種遠離塵俗

的風度，那是脫離了虛浮的嘈雜之後，面向生命本源和世界本源的一種靜態。

以蘇軾的觀點看，「其靜有道，得己則靜，逐物則動」。他在〈江子靜字序〉裡這麼解釋說：「後之學者，始學也既累於仕，其仕也又累於進，得之則樂，失之則憂，是憂樂繫於進矣。」、「故君子學以辨道，道以求性，正則靜，靜則定，定則虛，虛則明。物之來也，吾無所增；物之去也，吾無所虧，豈復為之欣喜愛惡而累其真歟？」王維是「得己」也。「得己則靜，逐物則動」，比較柳宗元，比較孟浩然，王維靜在「得己」也。故而，王維不大在乎「物」之來去，因而也不易失其真也。王維的〈與裴迪書〉裡也說到心靜的意義。王維趨靜，裴迪也是個趨靜的人，一般人都是趨鬧，往熱鬧處去，看熱鬧去。

「正則靜，靜則定，定則虛，虛則明」，詩靜乃源自詩人主體之「靜」。唐代山水詩「王孟韋柳」四大家，皆是寫靜的高手，皆多寫靜，而聞一多先生卻說：「王維替中國詩定下了道地的中國詩的傳統，後代中國人對詩的觀念大半以此為標準，即調理性情，靜賞自然，他的長處短處都在這裡。」聞一多先生肯定也是比較而言的，因為王維詩「與別家的多牢騷語不同」也。

二、心遠而地自偏

最近讀曹旭先生的新贈書，時有會心。他在《六朝詩學論集》裡說：「從人到詩，陶淵明的偉大及陶詩的好處，就是他用這種『精神定力』平衡自己；再令人憤怒的事，也可以化為淡淡一笑，或透過『酒』把煩惱融化掉，讓他的人和詩『變得平淡』。我們讀陶詩的時候，讀到的經常是在他精神定力『管控』下的『平淡』。」曹先生談陶淵明的「精神定力」，主要

第八章　我已無我的虛靜境界

是以「從哪裡來的」來拷問與發微的。筆者對陶詩沒有研究，然無知亦無畏，竊以為，如果要我從陶淵明詩裡檢出一句來概括其「精神定力」，我選「心遠地自偏」句。

我對自己的這個說法，也沒有多少信心，便又翻閱陶淵明專家齊益壽的《黃菊東籬耀今古——陶淵明其人其詩散論》。齊益壽先生與曹旭先生都是詩人，我對詩人型的學者情有獨鍾，如聞一多、顧隨、林庚與葉維廉等，他們的唐詩研究，與一般學者就是不同。齊益壽先生曾任臺大中文系主任，與葉嘉瑩先生私交甚好。我曾與齊先生同遊天柱山，高攀而交好。他認為陶淵明〈飲酒〉（其五）詩的「意境高妙，無與倫比。這是一種得道的意境。人、廬舍、南山、夕陽、歸鳥、山嵐，都在一片本色所交映的閒和之中，真意盎然，隨處充滿。而這種意境的朗現，則得力於『心遠』的修養工夫」。齊先生很推崇「心遠」，認為「心遠」是一種「修養工夫」，認為此詩之所以妙不可言，全得力於陶淵明「心遠」的思想。

陶淵明的「心遠地自偏」句，極富哲理，可謂千古妙諦。真正的好詩，也是哲學的，或者是具有很濃的哲味禪意的。所謂的「心遠地自偏」，亦即「行止由心」的另一種說法，相由心生，境也由心生。心遠，即一無雜念，心靜如水，遠離塵俗，超凡脫俗。心遠了塵俗，即使是身居鬧市，其靜也勝過穴居深山。只要心遠，無論處於何地也都能心寂意靜。只要心念無染，居地何處都不要緊。王維的「隨意春芳歇，王孫自可留」，也是這個意思。心裡有桃源，何處不芬芳？重要的是心，如果心之不遠，即使是你遠隱於深山老林，也未必能夠平靜安穩。因此，我們以為，「心遠」是一種精神定力。「心遠」也是一種修練工夫。陶淵明能夠「心遠」，王維也能夠「心遠」。陶淵明有精神定力，王維也是個有精神定力的人。王維與陶淵明都具有「『心遠』的修養工夫」。

「心遠」，其實也真不是件容易做到的事。人生如舞臺，你方唱罷我登

臺。熙熙攘攘，推推搡搡，各色人等你來我往。陶淵明歸隱後，其結廬隱居處，仍然在喧囂的塵世中，人仍然是社會的人，因此，要能夠真正地、完全地靜下來，便要作「心遠」的修練了。因此，他也便有了「心遠地自偏」的思想方法與精神定力，也有了「地自偏」的靜謐感覺。

　　世界是喧囂的，也是空寂的。人事是繁雜的，也是簡單的。人的生性，一般多喜歡熱鬧，趨炎附勢。陶淵明「心遠」，不僅身隱，而且是心隱，主要的也就是要心隱。王維天生好靜，關鍵是因為他是個竭力想要讓自己靜下來的人。他的這種強烈的靜欲，在其他詩人的詩中是極少見的。他在詩中反反覆覆地表述，我是如何想要靜，我是如何讓自己靜下來的。

　　王維的「閉門成隱居」，亦即「心遠地自偏」的思想與舉措，也是「心遠」的一種修練方法。這種欲靜的渴望，既是王維的天性，也是他閉門自修的自覺。既然無法從喧鬧的塵世中跳脫出來，不妨閉關自隔，趨靜守拙，這是一種自甘寂寞、享受孤獨的精神定力，也表現出他擺脫塵世而親近大自然的自覺與能力。他不只是避開車馬喧囂，而且要心修東籬心築桃源。

　　王維的這種「閉關」自修，曾經被視為「深刻的避世主義」。肖馳引述了十餘例王維涉「關」的詩句，然後批評說：「自信一門一戶就足以將自己和喧鬧紛逐的人世隔絕，這是一種更為深刻的避世主義。」他認為，「它是從開元末年開始在世俗地主知識分子心靈中瀰漫的深刻悲觀主義思潮的反映。所謂『少年不足言，識道年已喪』，應當不只是他作為個體步入中年後的醒悟，且也包含著地主知識分子一旦成熟後的頹廢吧」[10]。這種說法，發生在 1980、1990 年代，不足為怪，可以理解。

　　王維的這種「閉關」，如果說有「避世」的成分，應該也主要是自修，是致虛守靜的一種堅守，似乎不能定義為「深刻的避世主義」。如果說是

---

[10] 肖馳：《中國詩歌美學》，北京大學出版社 1986 年版，第 152 − 153 頁。

第八章　我已無我的虛靜境界

「避」,那麼準確地說王維是避俗,避塵俗,避喧囂,甚至可以說是避名利。他以「閉門」的方式守拙處世,鬧中取靜,遠心趨靜,回歸到生命本真,而為浮躁的心靈爭取到一方淨土,而將孤獨與寂寞作為一種美來享受。因此,王維將他的獨居與獨往的靜居生活,寫得很靜,寫得很美,寫得很享受,他在孤獨寂寞中歌詠自然的靜美與他的靜得。王維詩中反反覆覆出現的那個「門」,是「心門」的一種象徵。他透過閉、關、掩、返等動作,而竭盡避隔之力,遠避塵世而隔離喧囂,拒絕外界侵擾,而進入物我兩忘的境界,這是他閉關自修的一種具體說法,是他守拙守靜的一種人性自覺與人生態度。他也因此而獲得了真正「心遠」的身心俱安的感受,而進入了空靈悠逸的詩性境界。

所謂「心遠地自偏」,是一種唯心主義的心理學,於王維來說,是一種宗教體驗,也是一種審美體驗。王維深受禪宗文化的超脫覺悟與涅槃精神的影響,深諳「真空妙有,無異無礙」的禪家三昧。他說:「一興微塵念,橫有朝露身。」(〈與胡居士皆病寄此詩兼示學人二首〉其一)意思是,一旦稍有微小的雜念,便感到人生短暫如朝露。也就是說,不能有雜念,不能有塵想。這與老莊的思想也有相同處。老莊認為,人只有摒除了內心的慾念,才能使主體空明虛靜。老莊的「虛靜」觀,認為人心原本是清純的、安靜的、空明的。《莊子・天道》曰:「夫虛靜、恬淡、寂漠、無為者,萬物之本也。」因此,虛靜也成為天地的準則和道德的實質。人心多從動處失真。「萬物無足以撓心者,故靜也。」(《莊子・天道》)如果心被「微念」所「撓」,那便失真了,便浮躁了,便有閉塞而蒙晦了。如何才能不為萬物撓心呢?也就是如何才能保持或恢復內心光明,達到心靈澄澈呢?《老子》第十六章曰「致虛極,守靜篤」,《莊子》曰「心齋」,曰「坐忘」,就是要「虛」其心,就是要「齋」其心,一無雜念坐定入空,去知忘我,萬物與我合一,而神清志靜,而空明廣大。因此,《莊子・天道》曰:「聖人

之心靜乎，天地之鑑也，萬物之鏡也。」意思是，人唯能靜，方能心如明鏡，照鑑萬物。

像王維這樣的好靜而趨靜之人，血管裡「必多少含有莊學的血液」。徐復觀說：「能『忘』故能『遊』，這是莊子人生實際受用之所在。而『忘』與『遊』的人生，正是藝術精神全體呈露的人生。」王維入靜的修練，這種「閉關」亦即莊子所謂的「喪我」、「坐忘」的修練，企圖以消失自我來順合自然。除了閉關自守，其詩中還不斷出現掃灑、候倚、靜坐等動作，透過宗教體驗和審美體驗來實現「心遠」的目的。門外是紛擾喧囂的俗塵世界，門內是孤寂寧靜的心靈世界。心隱即身隱，居塵即出塵，因此，仕即隱，隱亦如仕，仕隱可以抵消偏執一方的困窘與煩惱，而接通了莊禪理義。

誠然，王維還主動走向山林，山中習靜以觀朝槿，松下清齋而摘露葵，於幽寂淨靜的山林自然境界之中，透過對大自然物象的觀照，來實現「致虛」、「守靜」的修練與體驗，獨自邀遊於心靈世界之中。「以虛靜的工夫，呈現出以虛靜為體的心，此心是『官天地、府萬物』的；所以說『弘大而闢，深閎而肆』。因為心的虛靜，是有生命力的虛靜，生命力由虛靜而得到解放。」也就是說：「『闢』是開闢，生命力是在擴充中繼續；即生命力自身常是不斷地開闢。」因此，「心的虛靜之體，是無限大的，所以說是『弘大』；是無限深的，所以說是『深閎』。同時，虛靜之自身是理性的」。[11] 老子提出了「虛靜」觀，以虛靜為體的心，可「官天地」也可「府萬物」，因此，虛靜工夫的修練，也非易事也。

所謂的「心遠」，亦即心隱也，亦即大隱於市朝的大隱也。王維好靜，他以閉、關、掩、返、掃、灑、倚等方式，以及獨往、習靜或坐看雲起等方式，而進行「心遠」的修練，而追求無論處於何種熙熙攘攘的名利場也有「地自偏」的平靜，而有「地自寬」的自在，不一定硬性去找個「瓦爾登湖」。

---

[11] 徐複觀：《中國藝術精神》，春風文藝出版社 1987 年版，第 89 頁。

第八章　我已無我的虛靜境界

他內修精神，效法自然，超越各種限制，使心靈得到自由，以「心齋」、「坐忘」的功力，形成「致虛」、「守靜」的定力，而遠離塵世與喧囂，以虛靜為懷，超越功利，領悟物我一體、天人合一的道理，達到物我兩忘而物我無際的忘我境界。王維之「心遠」，以林泉之心而遊廟堂而逛朝市也。

三、如何動息自遺身

王維詩裡有「動息自遺身」的提法，讀王維詩，我們也有這種感覺。詩人非常追求這種動息遺身的忘我乃至無我的境界，他在竭力混同天地萬物而成為一株樹或一片雲，甚至否定自我存在而沒有了自我。

王維〈戲贈張五弟諲三首〉（其一）曰：

青苔石上淨，細草松下軟。
窗外鳥聲閒，階前虎心善。

王維〈戲贈張五弟諲三首〉（其三）亦曰：

我家南山下，動息自遺身。
入鳥不相亂，見獸皆相親。

所謂的「動息自遺身」，動可遺身，息亦遺身，無論在什麼境況下皆能夠遺身，應該說這已到「坐忘」的境界了。王維也自詡為這種「坐忘」境界裡的靜者。詩人居身南山下，我已非我，而成為與鳥獸林泉同類的「吾」，成為與天地萬物相通的「吾」，而在物我同一的境界裡實現了「遺身」的自然轉化，因為他也找到了自然本真狀態的自我。《莊子·至樂》曰：「天無為以之清，地無為以之寧，故兩無為相合，萬物皆化生。」因為「無為」，故而「遺身」，進而「無我」，而融入乃至化入自然界的天地萬物中，置於自然和諧統一中，也因此而展現出真正的人的意義，表現出與天地萬物同

三、如何動息自遺身

在的價值。老莊認為，人只有按照自然本性生活，不為名利所誘，不為物欲所困，萬物無足以撓心，保持心靈的恬淡虛靜，才能鏡鑑萬物，到達與天合而為一、與道同為一體的境界。王維的「山林吾喪我」說的也是這個意思，王維的〈山中示弟〉詩曰：

山林吾喪我，冠帶爾成人。

莫學嵇康懶，且安原憲貧。

山陰多北戶，泉水在東鄰。

緣合妄相有，性空無所親。

安知廣成子，不是老夫身？

這是一首勉勵類的詩，勉勵其弟積極進取，不要像嵇康那樣懶於進取而喪失了上進心，剛行成人之禮，更應該如原憲（子思）那樣樂道安貧，刻苦自修。然而，詩裡卻多寫自我，寫自我已到無我之境，已十分超脫。這用意似是在勉勵其弟，勉勵他要以出世精神而做入世事業。詩裡合儒（原憲）釋（性空）道（廣成子）三教一體，三教交通，都說的一個「自忘」的思想。詩的第一句「山林吾喪我」很有意味，意思是我在山林時的狀態，就像沒有了自我。換言之，我如果不在山林呢？人在山林，無慾無求，如廣成子一樣山水悠哉。

「山林吾喪我」的這種「喪我」的認識論，源自莊子。《莊子·齊物論》「今者吾喪我」，是莊子人生觀中的一個重要理論，形容一種忘我乃至無我的境界。所謂「吾喪我」，就是我忘記了自己，我已感覺不到自己的存在了。其「吾」，不是「形態的我」，也不是「情態的我」，而是在任何極端情景下都不為所動的「真我」與「大我」，是體悟大道了的「我」，是超越了人世間一切世俗之慾的「我」，亦即〈逍遙遊〉中「無己無功無名」的「至人神人聖人」的「我」。王維用莊子典而說「山林吾喪我」，就是說山林讓自己

第八章　我已無我的虛靜境界

忘記了自己，進入山林就感覺不到自己的存在，進入喪我、忘我與無我的精神狀態。山林對於我來說，具有「喪我」的基本功能。一旦走入山林，我就沒有了，我就喪失了，我已無我，我已非我，或者說我已成為新我，而非沉溺於滾滾紅塵中為慾望和物質所束縛、所糾纏、所困惑的我，實現了「齊物我，齊是非」的至高境界。

　　道家的「喪我」與佛家的「對境無心」，使王維進入了「無我之境」。物我一體，人為的秩序變成自然的秩序，人也由原先對自然的崇拜而變為與自然的高度和諧。這種「自遺身」、「吾喪我」，不僅是靜的天性、靜的自覺，也是靜的能力，是不管在什麼情況下都能夠使自己靜下來的境界。新加坡國立大學教授王國瓔在其《中國山水詩研究》裡說：「李白的道家色彩固然比較深厚，但其情緒澎湃，往往靜不下心來，所以像這類表現個人恬淡自適之趣的詩歌創作，亦遠步於王維的後塵。」李白的心靜不下來，故而，他寫不好「恬淡自適之趣的詩歌」。杜甫呢？更是靜不下心來。譬如〈登高〉，開篇寫景，「風急天高猿嘯哀」不是靜景，或者說不是寫靜，詩人由於心不靜而不取靜景，景也難靜，前四句景象描寫，給人一種不安定的躁動感。下半部分的四句，更是寫心不靜，百感交集，悲慨萬端，寫半世人生之悲愴，寫當下困境之不堪。讀這樣的詩，心也跟著詩人動，為詩人的命運而唏噓不已，感慨莫名。我們前面已經說過，杜甫也有不少「恬淡自適之趣的詩歌」，而且寫得很好，這肯定與他趨靜入靜而心也比較安靜的緣故有關。著名美學家別林斯基（Belinskiy）曾說過：「無論在哪一種情況下，美都是從靈魂深處發出的。因為大自然的景象是不可能絕對的美，這美隱藏在創造或者觀察它們的那個人的靈魂裡。」[12] 王維天性易靜，虛靜直覺，澄懷觀照，順其自然本真而取景造境，其「恬淡自適之趣」的詩就多，也就好了。

---

[12]　別林斯基：《別林斯基選集》第一卷，上海譯文出版社 1979 年版，第 241 頁。

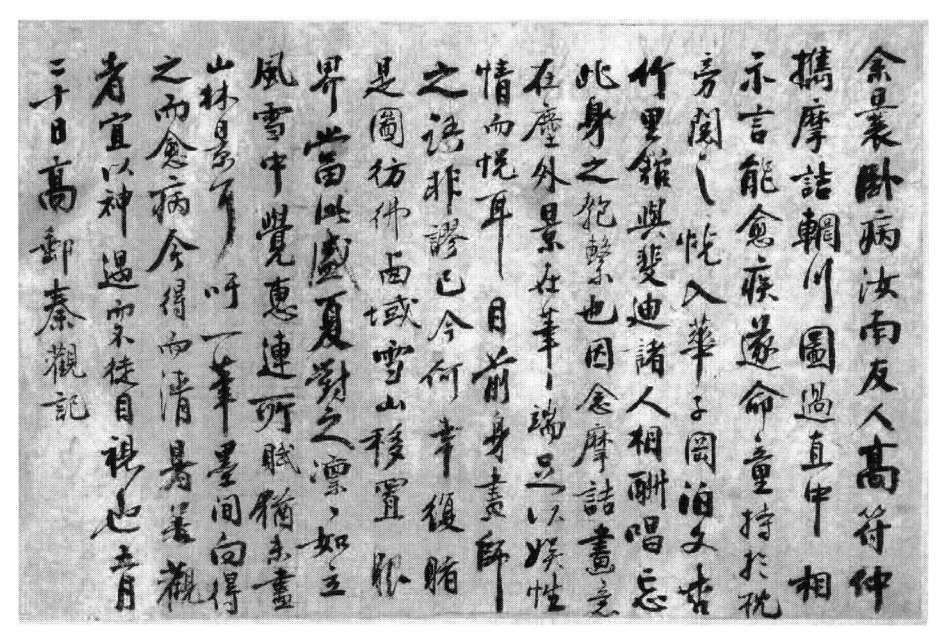

〔宋〕秦觀　秦觀書摩詰輞川圖跋

　　瑞士思想家阿米爾（Amiel）說：「一片自然風景是一個心靈的境界。」王維詩裡的風景，是詩人心靈的藝術凝凍，像王維「那充滿著情感又似乎沒有任何情感本體的詩」，李澤厚認為那是「凝凍的永恆」。「那不朽、那永恆似乎就在這自然風景之中，然而似乎又在這自然風景之外。它既凝凍在這變動不居的外在景象中，又超越了這外在景物，而成為某種奇妙感受、某種愉悅心情、某種人生境界。」「而這種凝凍，即所謂『凝神於景』，『心入於境』，心靈與自然合為一體，在自然中得到了停歇，心似乎消失了，只有大自然的紛爛美麗，景色如畫。」[13] 也就是說，你的詩是靜還是不靜，主要取決於你的靈魂，因為這主要「隱藏在創造或者觀察它們的那個人的靈魂裡」。王維筆下的不少山水田園詩，靜心靜景，靜趣橫生，常常表現出湛然空明的「色空如一」的思想。

---

[13]　李澤厚：《李澤厚十年集》第一卷，安徽文藝出版社 1994 年版，第 364 頁。

第八章　我已無我的虛靜境界

　　秋山斂餘照，飛鳥逐前侶。
　　彩翠時分明，夕嵐無處所。

（〈木蘭柴〉）

　　北垞湖水北，雜樹映朱欄。
　　逶迤南川水，明滅青林端。

（〈北垞〉）

　　颯颯秋雨中，淺淺石溜瀉。
　　跳波自相濺，白鷺驚復下。

（〈欒家瀨〉）

　　古人說，這些詩中之景，「唯幽識得」。詩人以心靈映照永珍，代山川而立言，成就了一個鳶飛魚躍、淵深淡泊的靈境。詩之靜到無人，完全不涉及人的活動，然卻是詩人以自我的無為與山水的無為默而契之，而深得天籟靜寂之神諦，深體飛鳥水禽之性，隨任物各自然的興作呈現。詩中一派天道自然的靈氣，一派無形、無聲、無臭、無色的靜意，具現出神遇物化而空靈清妙的意境。王維對大自然作深層禪意的觀照，在自然萬籟中，聽得到自己所需要的聲音，聽得見自己的心跳，聽得到自己靈魂的呼吸；而在對自然永珍的超越中獲得回覆本真的寧靜和福慧；而「以宇宙人生的具體為對象，賞玩它的色相、秩序、節奏、和諧，藉以窺見自我的最深心靈的反映：化實景而為虛境，創形象以為象徵，使人類最高的心靈具體化、肉身化」（宗白華《美學散步》）。詩中興象深微，湛然空明，水自流而雲自起，秋山彩翠亦自明滅，自身就是一切，一切皆無目的的合目的性，超神得逸，進而復歸於寧靜。

　　王維詩最傑出的貢獻就是，寫其獨靜其身的情態，以及何以能夠獨靜其身的原因。劉勰《文心雕龍·神思》裡談創作構思，說是「陶鈞文思，貴

在虛靜，疏淪五藏，澡雪精神」。他認為創作構思，虛靜是最重要的。這也就是個洗去浮躁、雪除鄙俗的過程。唯虛能納，唯靜能照，守靜去躁，摒除雜念，澄懷凝神，馳騁思想。劉勰特別強調「秉心養術」。也就是說，如果這一點做得很好了，就「無務苦慮」，亦「不必勞情也」。構思，神之思也，指思維的精妙活動，亦「用志不分」的凝神活動。王維以莊、禪的「虛靜」、「虛空」觀，在處理人與自然的關係時，以自然的目的為目的，以自然本身的尺度為尺度，維持著大自然的生態平衡，因而也便最容易進入一個呈現價值存在的審美境界，使文化的、哲學的理念轉化為審美的範疇，加速了中國美學以虛空美取代證實美的嬗變。王維以物靜而顯示心靜，而這種由山水外物建構起來的「物自在」的靜，如同空無禪境，呈現出空寂而幽靜的瀰漫性境相，以實有形象反襯了隱藏在背後的空無之相，於空靈之境得超然之美。

　　王維的「動息自遺身」與「山林吾喪我」，深受中國農耕文化的「天人合一」的哲學思想影響，是儒釋道三教合力而生成的一種修練及修練成的工夫，也是他身處於喧囂嘈雜而能自靜守拙的精神定力。王維致力於「致虛極，守靜篤」的修練中，致虛守靜，保衛心靈的那一片淨土。世道紛繁，熙熙攘攘，充滿了各式各樣的誘惑，也充滿了各式各樣的煩惱。人心往往於動處失真。世界是永恆，也是當下；是深邃的，也是生機無限的。從積極的意義看，人在息機靜慮的情境下，心地愈加光明而心生美好，超脫塵俗而不為物累，從而真正實現逍遙自在的閒適。「動息自遺身」，王維為我們展現了一個忘我無我的靜默風神，也為我們提供了將人心靈引向寧靜的一種修練啟示。

四、靜是一把萬能鑰匙

王維太喜歡寫靜了,他的詩也太靜了,比靜還要靜。胡應麟說王維《輞川》詩「名言兩忘,色相俱泯」。而這類詩,靜到無詩,是王維的絕工作,無人可及也。

讀王維的詩,讀這種比靜還要靜的詩,靜澈骨髓,靜化靈魂。陸侃如、馮沅君在《中國詩史》裡指出:「我們讀王維的詩,讀到這幾句(「寂寞天地暮,心與廣川閒。」、「我心素已閒,清川澹如此。」)便好似找到了開發王維詩的鑰匙了。這鑰匙便是個『靜』字。我們細翻全集,知道我們的詩人最愛用『靜』字。唯其他能靜,故他能夠領略到一切的自然的美。」靜,是我們打開王維詩的鑰匙;靜,也是王維打開世界的鑰匙。靜,是一把萬能鑰匙。

讀王維的詩,我們真實地感到,他是在處心積慮地寫靜,以詩來寓託禪宗的空寂觀與老莊的虛靜思想。王維把莊禪理念應用於他的山水詩,更重要的是他靜化了自然,讓其筆下的環境與人,皆充滿了靜氣與清氣,超脫塵俗而無為物累。

王維不僅善於鬧中取靜,也喜歡往靜處走。於王維看來,萬物皆靜。他眼中的幾乎所有的自然外物都是靜的,不僅能夠把動物看成靜物,也擅於把動寫成靜,還擅於把靜寫成動而讓靜變得更靜。

王維筆下的山水田園,安恬之極,閒適之極,靜謐之極。山水田園,性本曰靜,也容易往靜裡寫,這個是不需要再多費口舌的了。非常難的是,王維把社會生活、人事活動,也寫得那麼靜。王維筆下的最高權力機構裡,也安靜得讓人發顫。「禁裡疏鐘官舍晚,省中啼鳥吏人稀。」(〈酬郭給事〉)門下省,相當於中央辦公廳,與中書省同屬中央政府的兩大最高機構,設在宮禁(帝后所居之處)左右兩側,負責審查詔令,簽署章

奏，有封駁之權。宮禁之中，政務清閒，環境幽寂，門可羅雀。他的〈左掖梨花〉也是寫他在門下省工作的：

閒灑階邊草，輕隨箔外風。

黃鶯弄不足，銜入未央宮。

「左掖」，即大明宮宣政殿的左側庭院。公事之餘，王維閒灑坐觀，空無人事，閒得無聊，唯有靜觀黃鶯戲梨花，黃鶯銜著梨花忽左忽右地飛。

王維筆下的豪宴，如〈從岐王過楊氏別業應教〉，寫他跟岐王去赴宴。詩共八句，首句是交代，「楊子談經所，淮王載酒過」。接下來寫赴宴活動：「興闌啼鳥換，坐久落花多。」沒有吹拉彈唱，也不寫觥籌交錯，而寫鳥啼久而換聲，寫花開久而凋落，來寫夜深人靜，來寫賓主興盡，也暗寫宴席的周邊幽靜環境，極富詩意，寫景入神，讓我們領略到「不著一字，盡得風流」的真諦。因為「坐久」而「興闌」，於是引出了後四句，寫夜歸的情景。從者紛紜，繞過曲徑，穿過樹林，猶顯夜靜也。

王維寫天子臨朝，沒有寫文武百官分列的豪華排場，沒有寫山呼萬歲的熱烈場面，大殿裡似有點過於嚴肅緊張的氣氛，什麼都無動於靜。「日色才臨仙掌動，香煙欲傍袞龍浮。」（〈和賈舍人早朝大明宮之作〉）只有日色在動，日色在仙掌上微微地移動；只有香煙在動，香煙在龍袍上裊裊浮游。靜到了只有光與影的瞬間閃滅。

王維寫天子出遊，沒有寫萬人空巷、歡呼雀躍的熱鬧場面，而單寫天子，寫天子賞花，天子車輿在禁內交流道上行走，「回看」皇家園苑中的花木。「雲裡帝城雙鳳闕，雨中春樹萬人家」（〈奉和聖制從蓬萊向興慶閣道中留春雨中春望之作應制〉）二句，天成秀發，其實寫的也是「回看」，即照應題目上的「春望」。帝城唐宮之內高高翹起的鳳闕，彷彿在雲遮霧繞裡凌空盤旋；攢聚萬家的茂密之春樹，都在茫茫的春雨中淋漓滋潤。

第八章　我已無我的虛靜境界

王維筆下的戰場，也是靜穆的。《舊唐書‧玄宗李隆基》載：開元二十五年「三月乙卯，河西節度使崔希逸自涼州南率眾入吐蕃界二千餘里。己亥，希逸至青海西郎佐素文子觜，與賊相遇，大破之，斬首二千餘級」。王維〈使至塞上〉，寫其奉旨前去涼州犒勞將士，這麼大的勝仗，靜悄悄地就上路了。斬首這麼多外敵的戰場，沒有一點血雨腥風，除了隨風飄卷的蓬草，除了偶爾可見的幾行歸雁，什麼都沒有，荒無人煙，更無行旅。猛然間但見，大漠孤煙，扶搖直上，告訴人們邊疆平安無事；長河落日，給予人一點暖色，然讓人感到更加孤寞與靜穆。

王維筆下的獵場，也靜。他的〈觀獵〉前四句寫出獵時的刀光劍影，後四句寫獵歸時的風定雲平，瞬息千里之勢，終歸平靜，「回看射鵰處，千里暮雲平」，靜到只有雲在翻卷，這是邊疆安寧的平靜。喧囂歸於靜寂，最終回歸靜寂，清空一氣，饒有深味。

王維最喜歡寫獨寂的境界。他很喜歡獨往，很喜歡杳無人跡的窮山僻壤，很喜歡野山荒嶺，而他寫這種獨寂之靜，則往往喜歡透過光影聲響來寫，使靜越發地靜。王維〈鹿柴〉詩最為典型，詩云：

空山不見人，但聞人語響。

返景入深林，復照青苔上。

詩寫的空山，人跡罕至，一片古木參天的樹林，一個空寂幽深的境界。山空未必無人，人語響卻不見人，林深青苔滋生，唯斜陽還能照入。一、二句偏於敘述，是敘述性的交代。第二句寫人聲，以看不見人的人語響，這種局部性的、偶然性的「響」，反襯出整體性的、永恆性的空與寂；以喧響於幽靜中，來寫空山，形成強烈的反差，愈見空山之空，愈見空山之靜。三、四句偏於描寫，由寫空山傳語而寫深林返照。由聲而色，以色寫空寂。幽暗的深林，傍晚時分餘暉返照，陰溼苔蘚上也一時光亮，深林顯得更加與幽深，「空山」更空寂更靜謐。

人語響是虛無的，返影是虛渺的，都是若有若無的、不可捉摸的、稍縱即逝的。然而，又都是瞬間永恆的、真實而虛幻的，空山也因為這「語響」與這「返景」，而更加空寂，更加幽靜，更加意味深長。錢鍾書先生在《管錐編》中說：「寂靜之幽深者，每以得聲音襯托而愈覺其深。」詩以聲響與光影來反襯山之空靜，攝人心魄的靜。王籍的名句「蟬噪林逾靜，鳥鳴山更幽」，中國詩史上時常被人提起，《梁書‧王籍傳》中還特別提到此二句詩，說是「當時文壇奉為絕唱」，也就是說其奇妙之處而他人不能及。

也許與王維精通繪事、精通音樂有關，他有著音樂的耳朵，又有繪畫的眼睛，特別喜歡寫光與影，特別擅長對景物的光與色彩的捕捉，以稍縱即逝的光影聲響來寫靜，渲染靜的神祕性。

秋山斂餘照，飛鳥逐前侶。
彩翠時分明，夕嵐無處所。

（〈木蘭柴〉）

飛鳥去不窮，連山復秋色。
上下華子岡，惆悵情何極。

（〈華子岡〉）

人閒桂花落，夜靜春山空。
月出驚山鳥，時鳴春澗中。

（〈鳥鳴澗〉）

三首詩中都寫鳥，都寫人的眺望，都是透過鳥之飛動來反襯環境之幽靜的。一、二兩首詩寫夕照中的飛鳥，飛鳥活躍於明滅閃爍的山嵐彩翠中，畫面越發瞬息變幻，呈現出種種變幻不定的奇妙色相。第三首詩則是透過月色來寫，在這個連桂花落地都能夠聽到聲響的夜晚，月光的移動，也竟讓棲息之鳥驚起，月既驚鳥，鳥亦驚澗。靜中之動，愈見其靜。靜中

第八章　我已無我的虛靜境界

之響,愈見其空。以動反襯靜,將月夜寫得靜上加靜。〈竹里館〉也是此寫法,以琴音與嘯響以顯靜,以明月相照以顯靜。

王維寫靜很懂辯證法,不是一味的靜,不是單調的靜,不是死寂的靜,不是令人窒息的靜,其靜也都與人的活動有關,透過人之閒來反襯,畫面中包含著「色空」、「無常」的禪理意蘊,給予人哲學的思考,或者說可以作為哲學來讀。因此,哲學家李澤厚說:「返景入深林」、「秋山斂餘照」、「月出驚山鳥」等等,「一切都是動的。非常平凡,非常寫實,非常自然,但它傳達出來的意味,卻永恆的靜,本體的靜。在這裡,動亦靜,實卻虛,色即空。而且,也無所謂動靜、虛實、色空,本體是超越它們的」。他認為:「這便是在『動』中得到的『靜』,在實景中得到的虛境,在紛繁現象中獲得的本體,在瞬間的直感領域中獲得的永恆。自然是多麼美啊,它似乎與人世毫不相干,花開花落,鳥鳴春澗,然而就在這對自然的片刻頓悟中,你卻感到了那不朽者的存在。」[14] 詩人於「動」中獲得的「靜」或表現出來的「靜」,廣大無垠,而成為異乎尋常的「靜」。

王維還常常將靜的寫成動的,讓人覺得比靜還要靜。〈書事〉詩曰:「坐看蒼苔色,欲上人衣來。」以寫幻覺來寫靜,禪趣充盈。因為心境特別虛靜,詩人竟然能夠感受到階下院中那青苔綠幽幽的顏色,正在靜悄悄地向自己衣襟上爬來。如此奇妙得不可思議的幻覺通感,只有環境與心境皆極其靜寂,才可能體驗出來。王維簡直就有能夠「捉得虛空」的神奇了。《五燈會元》裡的一段對話:石鞏會藏禪師有一次問西堂說:「汝還解捉得虛空麼?」堂曰:「捉得。」師曰:「作麼生捉?」堂以手撮虛空。鈴木大拙引述以說明,禪在生活中最平凡的事裡,是非常樸素的生活經驗,他認為「禪家以日常生活的簡單事實來回答深奧的問題」(《鈴木大拙禪學入門》)。

王維十分注重「觀有悟空」,這許是他以有寫空的藝術空寂觀吧。詩

---

[14] 李澤厚:《李澤厚十年集》第一卷,安徽文藝出版社 1994 年版,第 363 頁。

人以禪宗理義來看取外物，以自然為法，捕捉住那些契洽生命意識的平凡物象，表現出「妙有萬類」的意境。「空山新雨後，天氣晚來秋。」王維〈山居秋暝〉詩倒置語序，將「空山」提前，突出「空山」，以「空」字籠罩全篇，總起而帶動所有，中間兩聯的所有描寫，皆由此「空」所出，亦皆為此「空」作注。此「空山」顯然不能簡單解釋為空曠、空寂的荒山野嶺，不能說成是人跡罕至的山空。「空山」之空，乃「色空」之空。空，虛也，虛室生白，亂想不起，邪妄不侵。空者，眼界無染，心空不迷。境由心生，境由心造，憑「空」造境。「空山」不是實在性的空無，而是由眾緣和合所組成的物質界，是詩人對生活、人生、自然和社會的詩意解讀。

　　佛禪把一切有形的物質稱為「色」（包括慾望），一切物質皆虛幻不實，「凡所有相，皆是虛妄，若見諸相非相，即見如來」。所有相皆因緣而生，故而本質為空。因此，王維詩裡的「空山」不「空」：「明月松間照，清泉石上流。竹喧歸浣女，蓮動下漁舟。」空山秋野，暮色蒼茫，雨過天晴，萬物清馨。但見那：月白如水，松青亭亭如蓋；石靜如洗，泉流潺潺如歌；幽篁喧譁，浣女踏芳歸來；荷葉紛披，漁舟順水而下。詩中的「空山」，妙有永珍之「空」，空中見色，亦色中見空，新雨後之空山，非視覺上空無的空，乃胸中脫去塵濁而對自然靜觀後的認知之「空」，空的是心，心空則萬物皆空。心空不是放棄所有，而是放棄執著，生成悟道體道的觀照和思辨方式，而成為一個真正的審美的人。空者，無也，無垢，無常，無慾，無我，空到我也沒有了，即「山林吾喪我」也。世界是空寂深邃的，而又是生機無限的。「空山」，是一種意境，是詩人生命與自然和諧一體後而生成自由與歡欣的藝術情境，蘊含了詩人對生活、人生、自然和社會特殊理解的深意。王維靜照忘求而澄懷觀道，把色相提煉到最精簡的程度，亦即將意象提煉到具有最高概括力的程度，意象與意象間的和諧渾融則生成了清空簡遠的意境，形成了富有韻外之致、象外之趣的境象，提

第八章　我已無我的虛靜境界

供給讀者最大的想像餘地。而詩中的物象,「物各自然」(郭象),自然呈現,明月、清泉、翠竹、蓮花,空山裡的世界非常靜謐聖潔。這種天籟之靜,不人為破壞而自生自發,這是詩人如花心靈的自然外化,也是樂土桃源在人間的再現。這種莊禪空寂觀的真髓與宇宙中心主義具有同一性質。

空是靜極致空,靜到讓人覺得空,或者說他是以空來表現比靜還要靜的靜。他的詩中多次出現「空」字,王維存詩四百餘首,詩中出現「空」字八十餘次,平均每五首有一個,好像還沒有誰詩裡用「空」的頻率有這麼高的。而他尤喜作空山、空林、空谷的描寫與「空」境創設。慧能《壇經》說:「心量廣大,猶如虛空。……虛空能含日月星辰、大地山河,一切草木,惡人善人,惡法善法,天空地獄,盡在空中,世人性空,亦復如是。」又說:「性含萬法是大,萬法盡是自性。」由於心性虛空,所以廣大無邊,因此一切世間萬物皆可包容於內,而世間萬物在其本性上也只是虛空。詩人劉禹錫曰:「能離欲,則方寸地虛,虛而萬景入。」(〈秋日過鴻舉法師寺院便送歸江陵詩並引〉)詩人蘇軾亦曰:「欲令詩語妙,無厭空且靜。靜故了群動,空故納萬境。」(〈送參寥師〉)拒受世事紛擾,離欲虛靜,而可容納萬種境界,能成為一個真正的審美的人,就有好詩誕生。詩人以對「空」的體驗為最高的藝術境界,從「空」的理性出發,尋找契合審美主體感覺和印象的物象,尋找一種與自然和諧的生態,形成第二自然。

王維的空觀,既是禪宗的,又是審美的。王維的禪是美學的禪,其詩是禪意雋永的美學。王維〈與魏居士書〉中說:「苟身心相離,理事俱如,則何往而不適?」理即事,事即理,理事俱如,理事皆如,人與物,事與理,超越了世俗認知,而不會被「得」、「失」所影響,也沒有了「隱」、「顯」的執著,在什麼情況下都能夠心靜如水而「心善淵」。

靜,是王維的一種行舉風度,一種思考方式,一種人生智慧。他滌除玄鑑,致虛守靜,我已無我。人靜心自遠,人靜心自閒,人也靜去了塵

埃，靜去了貪慾。總之，靜，是王維與世無爭、淡泊寧靜之心境的形象顯現。「行到水窮處，坐看雲起時」，乃心靜如水才有的生命狀態，也成為王維與自然和諧而皆靜美的象徵寫照。人世間紛亂喧鬧，人心浮躁難靜，人也不可能真正置身世外。唯其王維能靜，能我已無我的真靜，故而寫出了比靜還要靜的詩來。而人只有在靜的時候，或趨靜欲靜的時候，才能夠對王維詩特別感興趣，特別能夠讀出淵泊恬淡的天籟靜意來。

真可謂：

秋花春樹閉閒門，守靜詩皆清且敦。

性癖林泉吾喪我，空山新雨自銷魂。

第八章　我已無我的虛靜境界

尤無曲
明月松間照　清泉石上流

結語

　　王維「三十二相」，將王維比喻成佛，比喻成神。說其「詩佛」，應該也是有神通廣大的意思。

　　王維是人不是神，雖然我寧可將他視作神。他做人也做到了人所難及的高度。或者說他做人要做到極致。在「做人」方面，唐代詩人中很少有人如他自覺，更不要說達到他的高度了。

　　王維追求人格的完美，禪與儒、道同修，而融儒釋道三教的道德原理和人倫規範，孔子「樂水樂山」的和樂精神，老莊「歸真無我」的自然道法，禪宗「空諸所有」的空觀無念，成為其個體生命秩序的建立依據，而糅合了文化理念與文化精神，在享受生活的同時達到自省內悟的修行目的，非常專注於自覺人性和心理本體的建設，注重在道德修為中的道德救贖。

　　「行到水窮處，坐看雲起時」，是王維詩的核心內容與中心意旨，最能呈現王維的自由意志與生命精神，也是他行事風格的藝術寫照。王維走向自然，坐看雲起，淡泊寧靜，萬慮全消，隨緣任運，在與自然萬物同春的體驗中撫愛萬物，嚮往一種沒有矛盾、完全自由、無限和諧的境界，在情與景的具象中使作者的形神高度和諧，達到了澄靜淡泊而和光同塵的境界，達到了水窮雲起的無可無不可的精神自足與自在。

　　我們深感，愈是走近，愈是心意相通，似乎愈有一種「摸象」的感覺，愈是懷疑說清楚王維的能力，藉此「結語」，在王維是個什麼人的問題上，再作幾點重申：

　　其一，王維是個超人而非完人。王維天生麗質，氣質高貴，行舉優雅，

結語

是個發展很全面的人。杜甫說王維是「高人」，日本學者小林博士也說「王維是高人，但也是凡人，可以說他是凡人中的高人」[15]。王維是「凡人中的高人」，他最為可貴的是他不以為自己是個超人；他最為可敬的是他深知自己不是個完人。因此，他特重修身，特重做人，一輩子都在做人，而做向善的自我救贖，想要成為個完人。

其二，王維是個「乾淨人」，也是個很愛乾淨的人。王維字摩詰，維摩詰，無垢無染稱。他生性愛潔淨，簡直是個「潔癖」者。盛唐詩人中，多行為放蕩，任誕不羈，或「尚氣弋博」，或「不護細行」，或「志不拘檢」，或「褊躁傲誕」云云。王維雍容儒雅，知書達理，自勵獨潔，安詳平靜而從不張揚，很是循規蹈矩，似乎始終處於戰戰兢兢中，唯恐違犯了清規戒律的哪一條而對不起祖宗，對不起世人，也更對不起自己。而王維的人生彷彿就是想告訴人們，人活著的意義就是身心修養與靈魂救贖。

其三，王維性格偏於內向，他溫良恭儉，謹言慎行，行事低調，隱忍不爭，不溫不火，不快不慢，不顯山不露水，給予人與世無爭的印象。然其情感世界豐富細膩，心靈似乎也敏感脆弱，心靈裡受到的創傷應該也可能比別人更大，卻無牢騷，也不憤青，內心常持敦柔潤澤的中和之氣，即使遭受外界攻擊，也逆來順受地隱忍與迴避，淡然沉靜，談不上什麼激烈反抗，因此其詩很容易讓人誤讀為消極軟弱，甚至悲觀厭世。

其四，王維一生節儉，崇尚至簡。雖然他出生貴族，一生為官，身居高位，又活在富庶繁榮的盛唐，但卻極其簡樸，簡樸到不可思議。其室內無長物，衣不文彩，食不葷血，衣食住行無不從簡，物質上標準極低。然其重精神享受，文化關懷超過了生命關懷，這也反映了他的人性自覺與人格高度，反映了他的人生境界與審美趣尚，甚至決定了他的詩美形態。

其五，王維很善良，慈悲為懷，仁人愛物，至孝友悌，與人為善，遂

---

[15] 轉引自日本學者丸山茂《唐代文化與詩人之心》，張劍譯，中華書局 2014 年版，第 258 頁。

己達人，有非常好的人際關係。他心地光明，目無垢氛，詩之選題取材也多陽光，而盡將山水田園「桃源」化，形成了中國詩史上最合格的「溫柔敦厚」的詩標本。其詩不直言、不大言、不狂言，也少怨言酸語，非常遺憾的是看不到社會陰暗面的紀實，也聽不到體念蒼生、關注民瘼的憫嘆，很容易給予人「對於民生漠不關心」的錯覺，給予人冷漠而沒有血性的錯覺。

信然！「詩乃人之行略，人高則詩亦高，人俗則詩亦俗，一字不可掩飾，見其詩如見其人。」（徐增《而庵詩話》）王維其詩，可與其人互證也。

錢穆先生論文學也很重詩人的人文修養，提倡「性情與道德合一，文學與人格合一」，主張作詩與做人同步。其所著《中國文學論叢》便認為：「若心裡齷齪，怎能作出乾淨的詩，心裡卑鄙，怎能作出光明的詩。所以學詩便會使人走上人生另一境界去。正因為文學是最親切的東西，而中國文學又是最真實人生的寫照，所以學詩就成為學做人的一條直接的大道了。」王維詩的最精妙而讓人難以企及處，就是他的性情與詩得到了很完美的契合，而其做人與作詩也都追求做到極致。

王維有這麼好嗎？我把王維說過頭了嗎？寫罷此書，我似也愈加懷疑自己。我可以肯定地說，王維是個中華傳統美德陶冶與創塑出來的在世高人。我也敢斷言，王維是盛唐不可無一，而不能有二的詩書畫樂的超人。真不是說過了頭，而是限於學養、才力與思想水準，還沒有說到位。著名作家郁達夫在紀念魯迅的大會上有一段話說得極好：一個沒有英雄的民族是不幸的民族，一個有英雄卻不知敬重愛戴的民族，是沒有希望的奴隸之邦。王維，或許算不上偉大，甚至算不上英雄，雖然他早在他的那個時代就被認作「英靈」，被呼作「高人」。而在中華民族的歷史長河中，像王維發展得這麼全面也這麼優秀的文化菁英，也是不多見的。因此，對於王維，我們真應該懂得敬重與愛護，應該珍視他給後人留下的精神遺產，而

結語

不該無端放大他的缺點、弱點，更不該不明就裡地偏聽偏信，而挑剔他，曲解他，汙名化他，邊緣化他。而一旦我們對王維沒有了偏見，更不抱有陳見，而去親近他，那麼，你就肯定能夠親切地感受到他的平易、他的善良、他的悲憫、他的睿智、他的博大，他的雍容儒雅，而深受其人其詩的靜氣、清氣與靈氣的濡染與涵養，也許還會生成「一種我們在偉大的藝術作品面前體驗到的驟然成長的感覺」（《龐德詩選 —— 披薩詩章》）。

既然是「結語」，說幾點概括性的話就該打住了，然還是意猶未盡也。

真可謂：

不是完人不是神，畫師詞客應前身。

名高希代本天妙，何待善誇尋季真。

後記

　　我撰《坐看雲起》，純屬偶然，卻非意外。

　　2022年原本沒有新做王維書的計畫，《論王維》稿才過一校。年初便自整理拙詩，爭取出版。三月底，接到一個陌生電話，手機裡傳過來陌生而熱情的聲音，是個很陽光的女士聲音。

　　打電話給我的是出版社的楊總，要我做一本王維。

　　我自結緣王維，三十年間讀一人，自1993年《人文雜誌》發表第一篇論文起，至今已發表單篇論文60餘篇，出版相關書五、六本，也真想有個對此前研究的總結與概括的機會。

　　真是緣分，簡直就是天意。意外的電話，投我所好，亦消解了我的審美焦慮。

　　很快，我們就在通話中商量好了新著的題目及規模。很快，我就收到了合約。真佩服楊總的辦事效率。

　　我也急事急辦。自四月初啟動，即進入「大考備考狀態」，每天八小時伏案，百日埋首，心無旁騖。這是我寫得最投入、最亢奮、也最享受的一部書。這分明是一次自我極限挑戰。

　　我是站在三十年研究的基礎之上，站到自己的肩膀上了。七月初三日稿殺青，為自己的生日獻了個禮。

　　交卷前，承蒙博士後張麗鋒教授主動校讀，提出了不少建設性的意見。

　　交卷後，滿以為今年大伏天裡要有一校的。然而，一個月過去了，沒有動靜；兩個月過去了，還是沒有動靜，連責編都沒有落實。

後記

　　我心裡正犯嘀咕時，九月十六日，接到出版社的電話。

　　原來，出版社走三審流程，一點也沒耽擱。

　　兩天後，我便收到了紙本校樣。按照讀者的定位，責編已對原稿進行了技術處理，略去了不少引文的出處。

　　這樣的處理，我也非常樂意接受，或者說叫做「正中下懷」。早有學者指出：「當今古典文學研究主要存在三個問題：即考據遮蔽了思想；技術偽裝成學問；八股替代了文章。」我們爺爺叔叔輩們的文學研究根本就不是現在的這個寫法。

　　只是，書稿中有些「出處」的處理也過略了點。我做這本書雖說有點趕，卻因為寫得很順，且已三稿。因此，校對的主要任務，就是適當添補了幾個「出處」。

　　說不意外，還是有點意外的，出版社讓我來做王維。在特殊的「現實主義語境」中，王維曾被汙名化，妖魔化，也被邊緣化了。其實，詩是作用於性靈的，詩的第一功能就是陶冶性靈。李杜詩欲治世，王維詩堪治心。聞一多先生說王維詩最適合修身靜養。雖然王維距離我們已很遙遠，然王維詩中的盛世氣象與盛世情懷，似也很適合盛世讀者的審美接受。王維詩溫柔敦厚，靜穆平和，以和諧美取勝，將意境做到極致，詩裡充滿了靜氣、清氣、和氣與靈氣，特別適合診治我們的浮躁與無趣。「坐看雲起」是王維詩的核心，也是其人生大智慧。古人講究「知人論世」，讀其詩而知其人，我們於其詩裡讀出了其人，其人的貴族精神、家國情懷、懿美心性、生存智慧，以及他的兼修自覺，他的高人風度等，都是很需要我們特別珍重的精神遺產。

　　真可謂「仰之彌高，鑽之彌堅」，愈仰望愈覺其人崇高，越鑽研越覺其詩幽深，古人以「三十二相」譽評，信然。

我與王維朝夕相處，其影響是深入骨髓的。因此，沒有偏愛是不可能的，撰寫中一點沒有預設立場也是很難做到的。法國象徵派詩歌先驅波特萊爾（Charles Pierre Baudelaire）在奠定他藝術批評家聲譽的《一八四六年的沙龍》（*Salon de 1846*）書中指出：「公正的批評，有其存在理由的批評，應該是有所偏袒的，富於激烈情感的，帶有政治性的，也就是說，這種批評是根據一種排他性的觀點作出的，而這種觀點又能打開最廣闊的視野。」文學研究雖然當下也叫做「科學研究」，但是這種研究真不大可能成為一門精準的科學。而文學研究，唯獨在其也具有了創造性時，這種「偏袒」才是「公正」的。此著還在三校中的時候，出版社楊總就熱情洋溢地寫成了書評，對我的「偏袒」還頗為欣賞。楊總他們還將拙著作為精品在做，責編、美編通力合作，精心打造，連封面設計都六易其稿，讓我很是感動。拙著中配以尤無曲兩幅精品山水，尤老乃我鄉賢，當代水墨大師，深得王維神韻，被畫家范曾譽為南宗畫派的最後守護人。謝謝敝友尤燦館長無償貢獻，拿他爺爺的畫來壯我行色。

　　研究王維，我還在路上。雖然老婆早就反對我再做書了，然而每到做書時她總全力相助，這讓我有一種莫名愧對。老婆卻說，你是愧對了你自己。說得也是，我也早該對自己好點，不再做「爬格子」的苦差事了。事實上，我也婉拒了不少文字工作。不過，如果還做王維，我也一定還是義無反顧的。

　　真可謂：

熟參不啻逆行舟，輞水隨波自逐流。

三十年兮越千載，原來隔代可同遊。

坐看雲起──王維的三十二面向：
穿越千年詩韻！盛唐詩意與靜美心境，詩佛超脫塵世的山水人生

作　　　者：	王志清
發　行　人：	黃振庭
出　版　者：	崧燁文化事業有限公司
發　行　者：	崧燁文化事業有限公司
E - m a i l：	sonbookservice@gmail.com
粉　絲　頁：	https://www.facebook.com/sonbookss
網　　　址：	https://sonbook.net/
地　　　址：	台北市中正區重慶南路一段61號8樓 8F., No.61, Sec. 1, Chongqing S. Rd., Zhongzheng Dist., Taipei City 100, Taiwan
電　　　話：	(02)2370-3310
傳　　　真：	(02)2388-1990
印　　　刷：	京峯數位服務有限公司
律師顧問：	廣華律師事務所 張珮琦律師

-版權聲明-

本書版權為河南人民出版社所有授權崧燁文化事業有限公司獨家發行繁體字版電子書及紙本書。若有其他相關權利及授權需求請與本公司聯繫。
未經書面許可，不得複製、發行。

定　　　價：375元
發行日期：2024年11月第一版
◎本書以POD印製
Design Assets from Freepik.com

國家圖書館出版品預行編目資料

坐看雲起──王維的三十二面向：穿越千年詩韻！盛唐詩意與靜美心境，詩佛超脫塵世的山水人生 / 王志清 著 . -- 第一版 . -- 臺北市：崧燁文化事業有限公司, 2024.11
面；　公分
POD版
ISBN 978-626-416-088-9(平裝)
1.CST: (唐) 王維 2.CST: 唐詩 3.CST: 詩評 4.CST: 學術思想
851.4415　　　113016781

電子書購買

爽讀APP　　臉書